月亮 出来

Take Me Home

沈书枝 著

人民文学出版社

图书在版编目（CIP）数据

月亮出来/沈书枝著.--北京：人民文学出版社，2024.--ISBN 978-7-02-018749-2

I．I267

中国国家版本馆CIP数据核字第2024WB0020号

责任编辑　欧阳婧怡　邝　芮
装帧设计　陶　雷
责任校对　李晓静
责任印制　王重艺

出版发行　人民文学出版社
社　　址　北京市朝内大街166号
邮政编码　100705

印　　刷　河北新华第一印刷有限责任公司
经　　销　全国新华书店等

字　　数　160千字
开　　本　850毫米×1168毫米　1/32
印　　张　9　插页12
印　　数　1—10000
版　　次　2024年7月北京第1版
印　　次　2024年7月第1次印刷

书　　号　978-7-02-018749-2
定　　价　59.00元

如有印装质量问题，请与本社图书销售中心调换。电话：010-65233595

忽地

月亮出来

山丘之上

慢慢慢慢地

谁在走

——山村暮鸟《月》

杠板归蓝紫色的果实

① 蒸好的乌米饭
② 蓬蘽果实

① 茶果子
② 茶蓬上密密麻麻的新芽

①
—
②

① 高高的新竹笋,即将开枝散叶

② 小孩爱新竹上的白粉

① 白粽子和红豆粽子
② 做蒿子粑粑,把粉团捏圆压扁

①
②

栀子花

① 过年炸藕圆子
② 做糖

①
—
②

①乡下的一餐,爸爸做的肉丸汤

②北方的磨盘柿

①

②

南方的柿子

萱草花

月亮

白皮松

金银木

① 春天的白头鹎,吃毛白杨的花序

② 灰椋鸟

①
—
②

① 梣叶槭的翅果

② 元宝槭的翅果

①
―
②

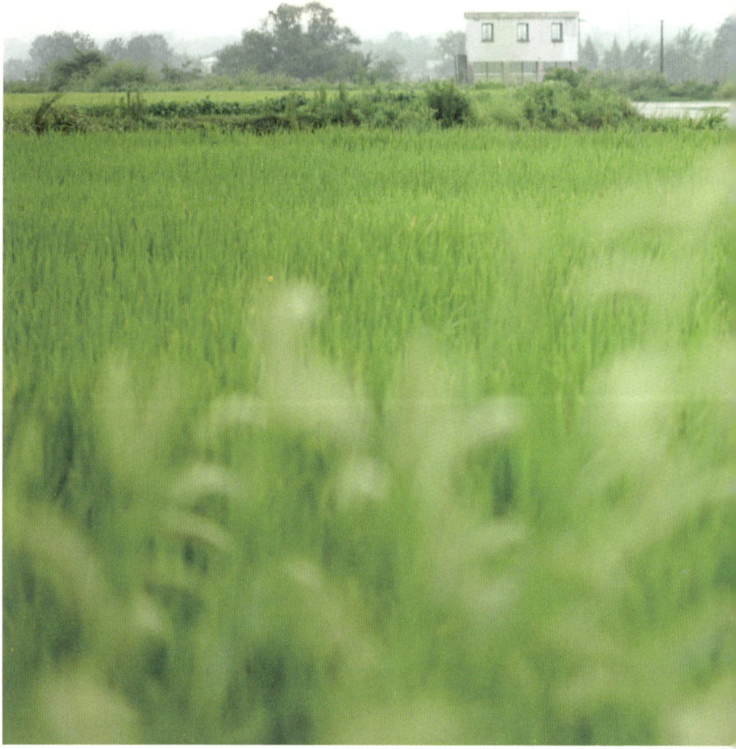

狗尾草和田畈

黄昏

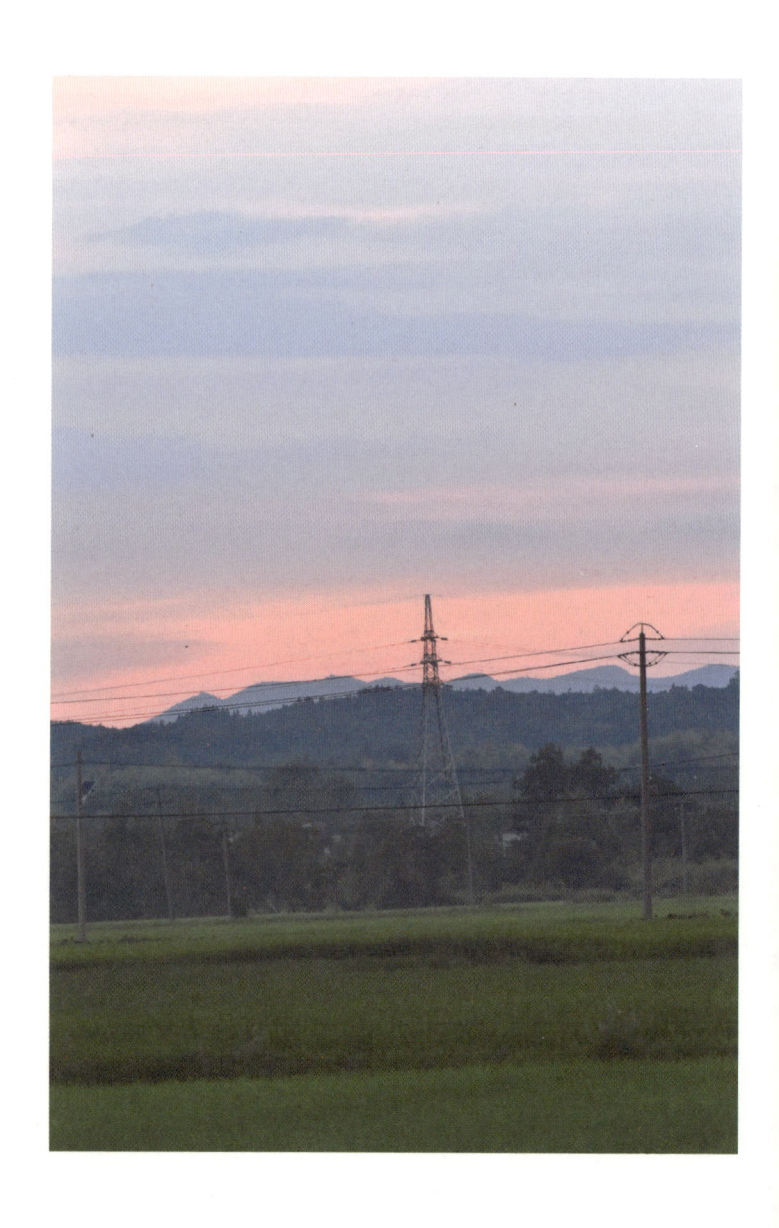

① 黄昏时棕背伯劳和月亮

② 夏天的云

①
——
②

通往镇上的旧日的路

序 为我们的出身说话

胡子

认识书枝是十二三年前的事了,那时她在豆瓣写文章很受欢迎,我也喜欢看。在她的文章里,我知道原来"无端端的忧愁"也可以是很好的事;在工作上遇到灰心的事,冒昧给她写豆邮,她很认真地回,说"在这里不合适,在另外一群人那里未必不是优点",得到这样的安慰和鼓励,心里顿时舒坦极了。我在书枝身上感受到文学的力量,我努力把生活中的事写下来。其实以前也写,但身边的人看了只觉得是我矫情或想太多,书枝却从我的书写里看出来我有一颗敏感细腻的心,一直鼓励我写。书枝是我文学上的启蒙老师,她让我明白好一点的文章是怎样的。现在她又出新书,喊我帮忙写序,我心里又激动又害怕,激动的是可以和书枝同框,害怕的是担心自己写不出书枝的好。

看书枝的文章需要一点心境和耐心,比如她写食物,有一种贯穿古今的浪漫和准确,这得益于她古典文学的知识背景,以及对自然科学的浓厚兴趣。做蒿子粑粑,在时间上,她跨越古今,探寻"青"的来源,从鼠麹草、五月艾写到麦草汁,从空间上,结合她自身的人生轨迹,从安徽写到江苏、浙江和北京,她孜孜不倦地像一个解剖学家一样精细地做着这些细微观察。在回顾中,童年时成长的寂寞得以缓解——用一种恰到好处的力气扯断鼠麹草的叶子,看它拉出柔软细长的白毛,而感到"不足为大人道的乐趣",身处异乡的她也感受到来自"春天的希望与热情"。

自然或者风俗中打动人的部分在我们小的时候看来往往是抽象的。"父母忙于田地,没有精力也没有能力帮助小孩答疑解惑。"和很多人一样,通过读书,书枝进入城市,接受到更广泛和深入的自然科学教育,她得以把过去生活里隐约的快乐具体地描述出来,比如写摘茶捡柴,"这喜欢固然有一些审美的因素在其中,但更多的……是乡下人对于实用的欢喜……是一种物尽其用的快乐。"写乡下常见的风吹竹林的场景,她记起小时候在诗中读到,并在参透作者某一个字的用意时,内心激荡"一种别样的琢磨的乐趣",她说,那是她"少有从平常的现实里跳出来,从画上去'发现'竹林的'美'的机会"。写爸妈的簟子,有"是'我们的东西'的亲近感"。到了冬天,簟子放在楼梯间,她"会因为它们的冷清而感到难过"。写把捡回去的竹笋外衣,被妈妈做成鞋底,把手伸进去,"感受那刚纳好的鞋里的柔软和温暖"。

在书枝的描述里,我们仿佛重新拥有了过去,她挖掘出和我们生活相近事物中所蕴藏的普通人的审美,朴素的,实用的。她的视角总是细微凝重,接近于宇宙凝视。这个词很大,但在阅读过程中,细微和宏伟的感觉的确对应存在。她的内心世界丰富,同时又带着温柔的忧愁,在《野果》里,她写烟花,在漆黑的山间爆炸开来,引发心中寂寞,她说:"真美啊,要记住它。"这让我想起过去很多个新年,爸妈不在家,我守在电视前倒数跨年,心里非常害怕时间的流逝,我羡慕那些在新年可以热热闹闹期待未来绝不留恋过去的人的洒脱。

在《过年》和《正月》里,书枝把人带入到过年的热闹气氛里,那时我们还是小孩子,对新年有很多期待,但生活拮据,现在看来再普通不过的东西在当时也会因为吃不够而变得特别。但那时我们懂得的词汇只有那么多,无法把复杂的情绪表达出来。站在这一刻回看,有一种俯瞰的宽阔感,明白自己从何而来,知道自己曾经在父母那里得到过的朴素而珍贵的爱——他们总是把生命里觉得好的东西给孩子。

书枝新书的最后一篇文章,初稿写出来的时候给我们看过，那时她看了法国作家迪迪埃的《回归故里》。受她影响，我也去看了这本书，并在书里又知道了安妮·埃尔诺，她的几本书我也买来看了，在这几位作家的影响下，我体会到了更进一步的写作形态是怎样的。

这两位作家都通过学习完成了阶层跃迁，可是离开工人阶级的身份，他们并没有在看起来光鲜亮丽的资产阶级世界里找到属于自己的位置。他们回不去自己的故乡，也无法真正融入新的阶层，安妮后来意识到自己用讨好更高阶层的语言在写作，感受到对自身出处的巨大背叛。在夹缝中，她最后找到了可以为自己出身的阶层说话的方式。

在这里，我意识到，写作不仅仅只有自己，父母也绝不是站在我们的对立面，我们需要为他们说话，去真正看清楚他们的困境，这种理解最终会通往自身，为自己所在的阶层说话——为他们代言的，不一定能真正体会他们的甘苦与诉求，而他们自己常常无法真正说出自己的话，这个任务不可避免就落在了夹在两个阶层中的人的身上。

但这种写作可能会是冒犯。书枝坦言，她害怕写家里人不够完美的部分，家里人看了会伤心，她也不想别人来抨击这种不完美——她爱自己的家人。不过，在这一篇的写作里，书枝拿出勇气、克服不安，把家人不完美的部分老实呈现了出来——他们因为日常生活中的种种责任和事情而生出的矛盾与嫌隙，各自的痛苦与用心。他们因而是真实、具体、矛盾的，让人情感复杂，而非只是在童年回忆里或偶尔回乡的相处中散发出盈盈温暖的光照。

比如，她写爸爸看不惯外公家的做法，又觉得自己家亲戚更好，妻子常常去看望娘家人他会觉得不高兴，但大多时候他睁一只眼闭一只眼，因为他有理解妻子想要去照顾娘家人的心。平常他也把自己完全地投入到劳动之中，乡下人笑他"种田像绣花"，因为哪里少了几棵秧，他会一个一个去补。写父母们的聚会，大家在一起聊的不过都是重复的、相同的事，但在书枝的叙述中，可以看到被生活剥夺了一层又一层的长辈们，似乎也只有和熟悉的人在一起，回味存在于彼此记忆中的部分，才能感受到一点安全的和爱有关的东西，尽管它看起来依然如此贫瘠。我这几年虽然看似在尊重父母们交友的自由，但实际上，内心充满了偏见和评判，并以迂回的方式表达了出来。因为他们每次从聚会中出来，不可避免地表达自己付出如何之多对方如何之冷漠，都会激活我的防御，以至于我无法看到，他们的抱怨背后藏着的是他们对爱深深的渴望。

在《月亮出来》这本书里，书枝敏锐且客观地描述了造成我们"缺失"的原因,看起来非常解惑。而诚实的描写,也让不完美的人拥有了更为长久的魅力,因为看起来"糟糕"的人也在努力给出自己的爱,并渴望得到爱。

想想,安妮·埃尔诺的父母"浑身缺点",但读的过程中我们反而能看到时代对他们形成了怎样的枷锁,并理解到其粗糙的爱里诚恳质朴的部分。我感觉这样的写作很有力量,让我们看到更大的问题所在,提醒着我们得到的究竟又是什么。

《月亮出来》这本书还谈到了儿童成长的问题,比如小孩子玩手机是大人们痛恨的事,书枝却能看到:"手机是他具有信息与情感流动意味的玩具,尽管这流动场常常也是表面的、浮夸的,缺乏真实互动的,但仍然是他所能有的最好玩的陪伴。"帮助我们把对儿童的责怪转移到成人身上来:我们是否给了儿童足够好的陪伴?

不论在生活中,还是在写作里,书枝都保持着良好的谦卑心,她坚持自我训练,兴趣从博物学拓展到心理学。在我们遇到困难、对生活感到灰心时,她总是鼓励我们去看书。我总记得书枝说的:"拿出勇气,不要躲在困难的背后享受重复的、失败的快乐。"希望大家也能从书枝的文字中感受到这份力量。

目录

上篇 月亮出来

蒿饼青团清且嘉	三
家乡的茶园	一四
竹子的意义	二〇
端午的节氛	三〇
栀子二章	四一
素汤之味	四八
萤火虫之光	五七
一杯甜汤	六五
世界上方便面这样好吃的东西	六九
柿子与山居	七四
打粉丝	八三
野果	九〇

下篇 山丘之上

过年	一一五
正月	一二三
初夏	一三一
仿《枕草子》	一四三
夏日之夜	一五四
月亮	一六五
等一只鸟来吃金银木的果子	一七四
翅果	一八三
在乌苏里的莽林中	一八八
手表的故事	二〇四
乡下的晨昏	二一一
后记	二七五

上篇

月亮出来

蒿饼青团清且嘉

客居北京，每当三月将尽，清明在即，心中念念在兹的，是家乡的蒿子粑粑、映山红与蕨菜。

家乡地处皖南，三月春山发绿，雨水渐多，在雨后烟岚笼罩的山里，映山红花开了。这时节倘若坐车从山中经过，每隔一小会便可望见一丛或几丛幽丽的映山红花，在新旧参差的绿林中，一闪而过。蕨禾初生低矮，端头蜷曲如小爪，藏在山坡上旧年干枯的茅草丛中，需要低头仔细寻找。转眼就长高长大，开枝散叶，容易望见的同时，也已经不能吃了。这两样事物，是少时清明时节必要上山寻取的东西，蕨菜掐半篮，回去给妈妈焯水切碎，加辣椒与蒜苗同炒，是一盘春天的好菜；映山红花得一抱，回去插在酒瓶中，放在房间案桌上，可以寂寂地望几天。

此外便是蒿子粑粑。家乡风俗，例于阴历三月三日，也即上巳那天，做蒿子粑粑吃。对于上巳的风流，了解已是上大学之后，而在小的时候，对于这一天的欢喜，则完全是由蒿子粑粑建立起来的。这种用野艾蒿、鼠麹草、糯米粉和黏米粉等材料做成的简单食物，说是童年时春天最期待的食物也不为过。这不仅仅在于蒿子粑粑好吃，也因为做粑粑之前，去田里掐蒿子的准备活动好玩。这在从前照例是妇孺的活动，乡下养育小孩，多从小安排其力能所及的事，为家里出一份小小的力，而去田里挖猪草、掐蒿子，正是这观念良好的践行方式之一。这时节正是盛春，田里到处开满油菜花和紫云英黄的红的花。在田埂上随意走着，一边低头寻找蒿子的身影，看到就把嫩头掐下，丢进篮子里，一边随手掐些紫云英的花，把一朵花插进另一朵花的花梗里，如此连成一条项链，挂在脖子上、耳朵上好看，本身是接近于玩的事情。想到掐来的蒿子过会是要做粑粑给自己吃的，心里就更充满期待了。有时在田埂上遇到其他掐蒿子的小孩子，也要看看相互的篮子，看对方掐了多少，有时候就结伴一起继续寻找。

做蒿子粑粑所用"蒿子"，主要是两种植物：野艾蒿与鼠麴草。野艾蒿家乡称为"艾蒿子""蒿子"，是一种菊科植物，清明前后植株往往还不很高，小小的羽状裂叶，叶底覆一层薄软白毛，翻过来看，是很好看的青白颜色。妈妈说艾蒿子有两种，一种翻过来茎秆绿色，一种则呈紫红，模样长得很像，我分不清，但总归都可以拿来做粑粑。宋乐天的《青与清明果》中，写浙江乡下做清明果，所用植物原料统称为"青"，其中蒿子有五月艾（Artemisia indica）和野艾蒿（Artemisia lavandulaefolia）两种，我们的野艾蒿里，一定也包含五月艾在其中，只是乡下不像植物学家分得那样清楚罢了。但无论哪种，都和端午插在门头的艾（Artemisia argyi）不是一种植物。妈妈更喜欢茎秆紫红色的蒿子，说它的香气更浓，做出来的粑粑味道更好，但我们出去掐蒿子，还是不管碰到哪种都掐的，篮子底先盖满要紧。

做蒿子粑粑的另一种蒿子，则是鼠麹草，也是菊科植物，本地称为"棉花蒿子"。这是因为鼠麹草周身都覆着一层柔软的白色绒毛，轻轻拉断它的叶子，会有丝丝缕缕的白毛牵扯出来。《本草纲目》里记它的别称，有"米麹""鼠耳草""茸母"诸种，"茸母"显然也与它身上的白色茸毛有关。我小的时候，每遇到鼠麹草，很喜欢用一种恰到好处的力道把它的叶子扯断，看它拉出柔软细长的白毛，心中充满不足为大人道的乐趣。"米麹"据李时珍说，则是因它开花黄色如米麹，又可以和米粉做东西吃的缘故。"鼠耳"则多半是因为它的叶子像小老鼠的耳朵。

在江南，鼠麹草的萌发很早。春节前后，走在田畈里，随便低头看看，就可以看见它贴地生长的细小植株，朵朵如银青色花，点缀在灰黄土泥上。到清明时节，已渐长高，仍很柔嫩，匙柄形嫩叶沿茎秆直竖上来，团团簇拥，正是采摘时节。等到茎秆抽得更高，开出平展的籽粒黄花，就已经太老，汁水渐少，不适合做蒿子粑粑，以野草为春食的季节也就过了。

田埂上的野艾蒿，远不如鼠麹草所在皆是，要去到田畈很远地方，在去年干枯的白茅丛中寻找，因此小时候我们掐蒿子都是艾蒿和鼠麹草混着掐，做粑粑也常是两种蒿子混用。实际上在那时我的心里，要更喜欢掐棉花蒿子而胜过掐艾蒿子，就因为棉花蒿子的叶子好玩，又比艾蒿要多得多。待掐满大半篮子，提回去交给妈妈，她已趁我们掐蒿子时，去碾米的地方碾好了粉，我们就跟在她后面，看着她做粑粑。蒿子洗干净，放到大澡盆里，底下垫一块砧板，用刀细细剁碎，而后紧紧攥去汁水，以减轻苦味。旧年腌的腊肉，留一块纯肥的，从正月里就挂在灶屋钩子上了，这时取下来，切成细丁。菜园里初春点下的大蒜，蒜苗已经长高，拔一把回来，洗净切碎。锅里热油，下腊肉丁熬出油，下切碎的蒿子，下蒜苗，略略翻炒过后，加盐、加热水，最后加入已对半掺好的糯米粉和黏米粉，然后用锅铲用力搋拌均匀。过不了一会，一锅柔绿的粉团就拌好了。

粉团盛出，锅重新洗净烧干，热菜籽油，揪一块鸡蛋大小的粉团，搓圆压扁，做成饼状，贴到油锅里，两面煎黄出锅。待煎完十几个，再一并进行最后一步：把煎好的粑粑重新一一排贴于锅壁，洒一点水进去，盖上锅盖，小火煊几分钟，一锅蒿子粑粑就全熟了。

这样做出的蒿子粑粑，外壳焦脆，内里绵软，带着蒿子特有的清苦，又咸香可口。有蒿子粑粑可吃的日子里，我连饭也不要吃，就把蒿子粑粑当饭吃。或者就是吃过饭以后，还要捉两块粑粑在手，到村子里边玩边吃。三月三的那天，村子上到处是吃粑粑的小孩子，我们再不羡慕别人手上的，因为自信自己妈妈做的粑粑毫无疑问是最好吃。直至如今我仍有这样的自信。吃不完的粑粑装在篮子里，上面盖上毛巾收着，隔夜变冷变硬，再吃就要趁饭熟以后，贴在锅壁上蒸一蒸。蒸过的粑粑变得软塌，失去起初的脆硬，有时候蒸了两次，就更加没有形状，味道上也要大打折扣，小孩子挑食，这时候就只有妈妈肯吃了。

到苏州上大学以后，第一次在街上看到青团，我才知道世上原来有这样与我们的蒿子粑粑相近而又相远的事物。学校离葑门横街不远，站在宿舍阳台上便可望见。那时横街只是一条普通的露天卖菜的长街，两边店铺相夹，显得它很窄，并不宽阔，有的地方更接近于巷子，通常也只有附近的人会来买菜，因此有着很浓的本地居民生活的痕迹。我们在那里念书后不久，就发现了它的存在，下课之后，常有同学跑到那里去，买些水果和能生吃的蔬菜回来，比学校摊子上卖的便宜。我常在寂寞无事时漫无目的去逛，身上没有什么钱，只是看一看沿街卖小吃与水果蔬菜的小摊，好像也能从中得到一点安慰。入口不远处即有一家糕团店，卖四季糕团，春天案板上列颗颗青团，以保鲜膜裹之，颜色碧绿，望去圆圆可爱。寻常走在街上，在黄天源之类的店铺，春天也有这样的青团，我喜欢它绿得那样好看，但出于一种乡下人常有的畏缩不前，从未问过价。有一年终于鼓起勇气买了一个，发现内里裹的是豆沙馅，我不爱豆沙的东西，此后就没有再吃过。

就是这样的青团，在离开南方来到北方以后，渐渐也成为我广泛的乡愁之一，与它所生长的江南一起，成为一种象征的凝固，仿佛那美丽颜色里，果然有一个碧绿的草长莺飞之意。但这也说不上是纯然的误解，青团的历史，本来古已有之。今人说起，常从介子推的故事说至寒食禁火，食冷飧；再引明郎瑛《七修类稿》："古人寒食，采桐杨叶，染饭青色以祭，资阳气也。今变而为青白团子，乃此义也。"青团是否由古时"青精饭"演变而来，当可存疑，但节气与寒食、清明接近，冷食的精神应在其中。晚近可靠的记录，则有清同治年间顾禄的《清嘉录》：

> 市上卖青团、炙熟藕，为居人清明祀先之品。徐达源《吴门竹枝词》云："相传百五禁厨烟，红藕青团各荐先。熟食安能通气臭，家家烧笋又烹鲜。"

这里明确指出青团与清明上坟祭祀的关系。袁景澜的《吴郡岁华纪丽》稍晚于《清嘉录》，其中也有相似记载。周作人《故乡的野菜》中，写到用鼠麴草捣烂和粉做成的黄花麦果糕与茧果，云清明前后扫墓时，也有些留存古风的人家用茧果设祭作供。在世易时移之后，如今青团的祭祀功能早已淡化，而成为纯粹的时令鲜食，然而其中仍包含了古老的习俗和民间生活浸润的情感，一种感应春天来临的希望与热情。

苏州的青团，颜色保持着那样碧青的鲜绿，乃是因为纯用青汁染成。青汁的原料，如今较为古久的做法，是用浆麦草的嫩苗来取，传说起源于昆山正仪，有百余年的历史。这也使得正仪成为近些年有名的青团产地之一，每到清明，街上到处都是来买青团的人。网上搜索资料，说正仪浆麦草青团的传统做法，是采春天肥嫩的浆麦草，去除根部，取其嫩叶，洗净在清水中浸泡一夜，捞出用石臼舂至柔软，挤出草汁，加少许生石灰水静置一夜；第二天撇去浮沫，留下沉淀出的杂质，将清汁加入搅拌好的粉中，就成为有色的青团粉，裹上豆沙或枣泥松仁玫瑰之类的馅，上屉蒸熟即是。

这浆麦草是一种什么草，也令人好奇，于是又搜索了一番，看到当地农人的描述是"类似小麦，约半尺多高，叶子柔软，呈嫩绿色，根部呈紫红色"，看图片是一种禾本科的草。丁国强、彭震主编的《上海菜田主要杂草识别图册》中，记录着禾本科的雀麦（Bromus japonicus）别名火燕麦、浆麦草、野子麦，倘若无误，浆麦草应当就是雀麦了。其实，在顾禄的《清嘉录》里，也引地方志书云："青团，乡人捣稻麦汁搜粉为之。"稻麦、雀麦、浆麦发音相近，一音之转，也是可能的。

近些年，随着青团在南北各地的霍然风行，野生浆麦草汁不敷使用，开始有人专门种植。嵇元的《品读苏州》中写到过，近年因为青团子越发受欢迎，浆麦草不够，有人就在浆麦草汁中兑入青菜汁，并在苏州批发，一些小糕团店自己无法搞到浆麦草，就去批发这种复合浆麦草汁。除浆麦草外，青团青汁的来源还有其他很多种，有用麦苗汁的，也有用南瓜叶汁的（从前是取上一年的南瓜叶，用石灰水储存，到下一年全部叶子捣烂加入粉团中），也有用青菜汁的，这些大约都可归为"染汁"一派。

不过事实上，苏州从前也有着用鼠麹草做青团的习俗，本地人称之为"石灰草"（多也与鼠麹草身上的白色茸毛有关）。嵇元在文章中写，本地朋友曾送来亲手做的这种"传统风味青团子"，是将鼠麹草煮后捣烂，拌入米粉中揉匀做成的。家在常州乡下的朋友，今年清明也给我发来自家用同样的方法做的鼠麹草青团的照片，馅有豆沙、芝麻两种，为作区别，芝麻馅的上面捏作小小尖头，望去十分可爱。宋乐天的《青与清明果》中写到浙地清明果，也是将植物原料加水煮熟后捣烂，所用植物原料，除五月艾与鼠麹草外，还有泥胡菜、香青等多种（嵇元的文章中提到苏州官渡的青团子还有用蒲公英的），统称为"青"，而"处于核心地位的，大约要数……五月艾与鼠麹草。这两种青的使用极广泛，因此之故，在关于青的泛泛而谈里，假如没有其他线索提示，以五月艾或鼠麹草二者之一代入,大致便不会错"。

在北京的这几年,有时清明前后不回乡,我也会自己动手做一些青团来吃。这是有一年在微博上看见一位桐庐的朋友,包了雪菜豆干春笋馅的青饺以后,孤陋寡闻的我才知道,原来青团还可以有咸馅的,只是浙地咸馅多包成花边的饺子形状,以与团状的甜馅作区分。其实有一年清明在屯溪,我也曾吃到过里面裹着雪菜春笋馅的蒿子粑粑,只是蒿子粑粑向来是煎熟的,故而不能想到蒸熟的青团上去。由是向浙地的朋友讨教了方法,慢慢学做起来。畏难于饺子形状,仍以最简单的团状应付,只是内里包作咸馅。我最爱的是雪菜豆干肉末春笋馅,在清明前几天,便慢慢准备起来,网上买了新鲜蒿子、春笋、豆干,待收到后,一一收拾干净,春笋、豆干切丁,和肉末、雪菜一起炒匀,再把蒿子煮一小会捞出,加水用料理机打成青汁,拌到掺好的糯米粉与黏米粉中,而后包团子、蒸团子。因为是自己做的,可以按照自己的喜好调节粉团的软糯程度、放多少蒿子。我喜欢口感韧结一点的青团,市面上卖的,常常觉得过于软糯了,便总是将糯米粉和黏米粉掺半,以增加口感的韧度。也总是喜欢稍微多放点儿蒿子,觉得那蒸出来后有些暗沉的绿色好看,吃起来有蒿子淡淡的苦味。加之内馅是自己喜欢的咸口,实在比买来的还要更敝帚自珍一点。

做青团而不做蒿子粑粑,是因为这几年清明前后若不回家,妈妈总会做好蒿子粑粑，分一份叫姐姐给我寄过来。而我总没有勇气尝试自己做蒿子粑粑，害怕没有妈妈做的好吃，使自己失望。妈妈还坚持认为，乡下碾米厂碾出来的米粉，比城里买的米粉质地要更粗，做出来的蒿子粑粑没有那么黏腻，才能保持过去的风味。因此，做蒿子粑粑的米粉，一定是在村子里碾米厂碾的，而不用外面买来的。如此，我就更不会自己做蒿子粑粑了。小时候四时节气，但凡有应节的吃食，在贫乏的物质生活里，妈妈都会一丝不苟地做给我们吃，她的手艺往往还很好，做的样子又好看，这大概也在无形中给了我影响，使我现在愿意在这些事情上付出一点力气。

看到这拥有古旧历史、在江南生活中有着广远深刻的影响的春之食物，在各地有着不同的变化，曰青团，曰清明粿，曰艾青糍粑，或实心，或有馅，或团状，或饺状，或蒸或煎，或甜或咸，或沾泡过的糯米同蒸，或裹明黄的松花粉同食，也都觉得新鲜有趣。正如周作人所说："我们对于岁时土俗为什么很感到兴趣，这原因很简单，就为的是我们这平凡生活里的小小变化。……池塘生春草，园柳变鸣禽，这与看见泥土黑了想到可以下种，同是对于物候变迁的一种感觉，这里不好说雅俗之分，不过实者为实用所限，感触不广，华或虚者能引起一般的兴趣，所以仿佛更多诗意了。在这上面再加上地方的关系，更是复杂多趣，我们看某

处的土俗,与故乡或同或异,都觉得有意味,异可资比较,同则别有亲近之感。"(《夜读抄·清嘉录》)

乡人做蒿子粑粑的风气,如今也有了小小变化。从前限于物资的贫乏,蒿子粑粑一年只做一次,必在阴历三月三日那一天。如今则多已不拘,清明前后,不论哪天,只要蒿子长大,掐回来做一做吃就行了。有时一春要做三四次,多余的蒿子,焯过水后,放在冰箱冷冻起来,夏秋时再拿出来做,也是一样的风味,是更为方便之处。这几年清明回家,妈妈也必照例做蒿子粑粑来给我们吃,每一次跟在她身后,看着她切蒿子、拌米粉、做粑粑,也还是感到亲切与感动,无论看过几次,从没有厌烦的时候。

2018年3月,北京

家乡的茶园

清明去泾县山里给爷爷上坟，回来时走错路，偶遇一片从未遇过的茶园。矮坡上硕大的茶蓬，一行一行修剪得整整齐齐，新绿蒙在金黄夕光中，远望如一条条巨大的绿茶色滚轴云，又或如卷好了还未切开的抹茶蛋糕卷。一家人忍不住惊呼，跳下车来跑过去看。正是珍贵的明前采摘时节，这茶园却不知为何连一个摘茶的人也没有，也无人看管，茶园中一间从前搭建的水泥小屋，木门紧闭。茶蓬上密密麻麻的新芽，齐齐整整，细如雀舌，为夕光所浸透了，静谧中熠熠发亮。山坡尽头，杉木林投下长长的阴影，一座同样碧绿的坟边，一丛朱暗的映山红寂寂开着。我们赞叹不已，爸爸却担心奶奶一个人在家，催着要走，只得匆匆拍了几张照片，便就走了。第二天，我们心里还惦记着那茶园，于是又托姐夫开车带我们重回到那里，又在茶丛中玩了一会。一面在心里感到暗暗可惜，这么好的茶叶，竟没有一个趁时采摘的人。

小时候村子里也有茶园，就在离村不远的杉木林里面，我们把那个地方叫作"林场"。也是这样低矮的山坡，只是茶棵多不如这样高大，几面山坡相围，连起来很大一片。茶园那时为一个温州人所承包，年年春天，约四月间，我们小学的学生都要在老师带领下，到茶园给他们摘一天茶，名义为上劳动课。虽是不爱做这样免费的劳工，碍于老师的威严，年年我们还是要去。摘得当然不积极，但在茶林间一边摘茶，一边呼朋唤友，而不用去学校上课，如今回想起来，也拥有了过去也许不曾有的额外的明朗味道，是春日里不同平常的一天。摘来的茶叶积得有点多了，就跑去林场中心的小屋里，把它们倾倒在那里的大竹匾。屋子里阴阴的，竹匾里已有了许多新鲜摘下的茶叶，绿松松的堆得老高，发出茶叶茎被掐断的好闻的气息，一点清清的苦气。看到这么多的茶叶，我们却得不到一分钱，或不能把它们带回去炒茶喝，心里难免很喜爱而可惜的。

　　茶场附近的妇女，这时节若得一点空闲，也会愿意趁机去茶场摘茶，拿一点摘茶的工钱。摘茶叶的钱很少，一斤大概只有七八毛钱，春天的茶芽那么细、轻，不容易打秤，就是一个出手如飞的妇女，一天也只能摘几两。一个春天累计下来，多不过几十块钱。钱还不是现给，要先在一个本子上挂账，等累到一两斤了，才给结钱。小孩子因此不耐烦，本来放学后或周末去摘茶，一次就摘不了一二两，又不如大人那么有耐心，摘摘还想玩一会，想通过摘茶叶挣几毛钱，回去到小店买一点零嘴吃就显得太难了，摘了一两次，就不高兴再去，先前称的茶叶也就白给茶场摘了。但大人们不这样，除了种田卖稻，乡下能得现钱的门路极少，摘茶不算累，就是要挂账，等一等的耐心也尽是有的。因此这个活，只要不是家里忙得团团转,还是有不少妇女愿意去。

小孩子乐意的,则是春天放学后,到林场去偷茶叶。我们一年大约总要去偷一次。温州人请了林场村子的一个老头子来看茶场,这个老头很凶,被长年累月的风日晒得极黑,小孩子都非常怕他。我们去偷茶叶,都是本村的几个小孩一起,背着布袋子的小书包,摘下的茶叶就装在书包里,等摘了差不多大半袋,就派一个胆大的,故意把一个只装了书的书包揣在怀里,揣得鼓鼓囊囊的,然后拔腿就跑。看茶叶的老头看见了,跟着就追,一面追,一面破口大骂。我们趁着这混乱,赶紧躲进旁边的杉木林里,心里害怕极了,一动也不敢动。直到骂声渐歇,才敢小心从杉木林后面绕出来,走到回家路上。一走到林场看不见的地方,我们的胆子就又大了起来,开始有说有笑了。

回到家,这半包茶叶就交给父母,留着晚上炒茶。等吃过晚饭,妈妈把锅洗干净,重新烧热,爸爸就在锅灶上用手炒起茶叶来。鲜嫩的绿叶很快变蔫变软,空气里充满茶青的香气。等到茶叶渐干渐脆,一锅茶就炒好了。这点茶叶收起来,供家里夏天割稻打稻时泡茶喝。有时候,我们也会去舅舅家屋边的山坡上,在他家的几行茶棵里摘一点茶叶回来炒炒。安徽许多地方的茶叶有名,黄山毛峰、祁门红茶、六安瓜片之类的自不必说,就是相邻的泾县,茶叶说起来好像也比我们那里的有品得多。但这样普通的自制的茶,正是融入那时我们日常生活的东西。盛夏"双抢"时割稻、打稻、犁田、栽秧,一家人倾屋而出,手里拎着打稻机上待组装的木板、润滑齿轮的油瓶、割稻的锯镰刀,还有一大壶茶、一只喝茶的碗。本地最常见的一种土黄或土褐色烧釉陶壶,质粗而价廉,壶腹上草草几笔花草,上面一根粗圆提梁。早上出门前往壶里抓一把茶叶,倒满开水,就这样拎到田里,藏到田埂下的阴凉里,或是打完一小块稻扔下的稻草堆里,待做事做渴了,茶水差不多也温下来,过来倒一碗喝。这样久泡出来的茶水味道浓酽,颜色深重,加上塘水水质不好,不一会上面就会结出一层薄薄的茶釉,倒茶的时候清晰地碰碎开来。这样的茶,实在不是什么可堪夸耀的味道,只是实实在在的苦茶,比起白开水来,更能使辛苦劳作的人感到一点振奋罢了。只有在来了稀客或是过年的时候,才会讲究一点形式,用茶杯泡了街上买的茶叶,给来的人喝。

生平第一次摘茶得到现钱,是小学三年级的初夏,去泾县的山里摘茶。我们从上面村子的大人那里得到消息,说泾县的一个茶场摘茶是给现钱,称多少给多少,钱还比我们这边的林场多。我们跃跃欲试,都想去挣一点钱回来。村子上大大小小几个小孩商量好一起,趁一个放假的清早一起出发。路却太远了,等终于一边问路一边走到,已是近午时分。前一刻还是朗朗白日,忽而便乌云翻滚,大雨落下,我们何尝能料得到,浑身上下被淋得透湿。找到茶场间收茶叶的小屋，站在屋檐下躲雨。不多时阵雨停歇，我们不甘心就这样回去，还是到茶山上去摘一会。山林间填满水汽，许多四脚蛇（蜥蜴）在茶棵间窸窸窣窣爬来爬去。我们疑心四脚蛇是会咬人的，心里总有些抖抖的。摘了一点茶叶，看看天色将晚，又赶紧去称。那一天我得了三毛钱。回去路上，大家都有一点无言的沮丧，走了这么远的路，以为能摘一块多钱的，谁料最后只得了这么一点点。

到了夏天，林场的茶园就无人看管了，茶叶的嫩头发得老高，任凭它们自己长去。我们偶尔去姑姑家，经过林场，往前去的山坡上，还有另外几片小的茶园。每当看见那样嫩油油的叶子，心里总不免爱而可惜，长得这么好的茶叶子，摘起来多好啊！为什么大人就不要了呢？有时候也忍不住揪一点回来，给家里炒炒。秋冬的茶园更是寂寞，茶叶已全老了，再没有人把眼光放在它们身上。秋末冬初，茶树间开出小小的白瓣黄蕊的花来，花头朝下，不甚起眼，只有仔细看才会注意。这花晒干了也可以泡茶喝，味道淡淡的，有微弱的香气。这是很多年后，朋友送我干茶花的茶，我才知道的了。这时我已经懂得欣赏那小小的茶花的美丽，但在小的时候，却从未意识到过。

到我们念初中时，进城打工的大潮迅速涌起，几乎三分之二的人都离开了农村，去往城市。昔日林场的茶园渐渐荒芜，逐渐被长起的竹林、杉木和其他杂木荫住，变成森森的杂木林。二十年过去，如今在杉木林中，时而还可以看到零零落落的茶棵，春天依旧发出嫩芽，自无人采摘。因为害怕失眠，我已经很久不喝家乡带苦味的绿茶，但仍旧保持着对新鲜茶叶和茶山的喜欢。这喜欢固然有一些审美的因素在其中，但更多的，还是对小时候喜欢"摘茶"这件事情的延续，是乡下人对于实用的欢喜。好比小时候喜欢捡柴，喜欢捡竹笋上脱落的竹箨，可以给家里烧火或是做纳鞋底的材料，都是物尽其用的快乐，觉得自己对于贫穷的家，也多出了一份自己的力。这种喜欢，不是从小在贫穷匮乏的环境中长大并与之亲近的人，大约是很难体会到的。直到如今，有时去山里玩，看到路上被风吹下的很好的枯枝，心里还不免爱而遗憾，想到不能把它们捡回去烧火，实在是很可惜的事。遇到一片茶林或几棵茶树，看到茶棵顶上柔软新嫩的枝叶，也总遗憾现今的我再也不需要——或者说无法——摘茶，即便能够找到主人，获得允许摘下来，也没有地方将它们炒成茶了。而自己如今已不喝茶，就更加深了这种寂寞。旧日样式的茶壶不见踪影，乡下用大壶泡茶的习惯也渐式微，只有夏季仍在做着农活的人，用着街上随便买来的什么瓶子，灌一大瓶茶水，带在身上出去。

2019年3月，北京

竹子的意义

小的时候，家里没有书看，我和妹妹偶尔得一点书，或几页纸，感觉就非常珍贵。有一本薄薄的古诗，不记从哪里得来，如今回想起来，大约只有一二十页，里面每页是一首诗，配一幅画。那画画得很好看，和诗意相托，且是彩色的，那时我们几乎没有见过任何专门为儿童做的书，因此喜欢极了，翻来翻去，视若珍宝，把上面每一首诗都背得滚瓜烂熟。记得有一首《风》：

解落三秋叶，能开二月花。过江千尺浪，入竹万竿斜。

画上一条江，片片水波涌起；江边一片竹林，棵棵竹子歪斜。没有人跟我们解释诗意，但我们从这画里面便也能猜出诗的意思了，写的正是诗题那一个"风"字。这等于是一个谜语，题是谜底，诗是谜面，在小孩子的心里又激起别样一种琢磨的乐趣，想到是自己发现了这个谜语，心里就更感到满意。竹子是我们多么熟悉的东西，毕竟大坝子上，塘埂对面就是一大片竹林。从小的时候，只要走到村子外的大路上，就能望见那一带长长的竹林在田畈边蜿蜒的样子。上学路上，也多有人家屋前屋后种着毛竹或斑竹，暗绿阴阴。风吹过竹林的样子，我们从小见过多少次，但那是我们少有从平常的现实里跳出来,从画上去"发现"竹林的"美"的机会。竹林我们是从小喜欢的。

不过,虽然是这样,我们村里却没有一棵竹子。本村在本县与邻县的交界,往隔壁县的方向走两三里路,山就多起来,许多亲戚家都在那边;而在我们这里,却四面都是平平,只有绿色的田畈,田畈中间七七八八的水塘,间或聚一个村子,十几二十几户人家,房子和房前房后的树,就这样在田畈之上造成一小块高高的地方,远远望去的参差。我们的村子就是这些平平无奇的村子里的一个。过去每到山附近的亲戚或同学家玩时,屋后往往见得一片竹林。夏天阴翳遮住后窗,风一吹过,叶子沙沙作响,在那炎热的天气里,显得房间也十分阴凉。我总感到十分羡慕,想着自己家屋后倘也有这样一片竹林该是多好,尤其在中学读了《红楼梦》,不免起潇湘馆之慕。但这愿望总不可能实现,村子里连一棵竹子也没有,人家和人家挨在一起,相互间只有各家的场基和一条略宽的土路,把彼此隔开。

过去我们和竹子间发生的联系,因此首先只在于竹之用:凉床、竹簟、竹椅、竹篮、竹篙、竹匾、稻箩、竹筐,种种诸如此类以竹编成的东西。因为毛竹在地方是这样普遍而廉价的东西,在过去乡下的生活中便占有了广大而重要的地位,如同后来的塑料制品一样。最得小孩子喜欢的首先是凉床,这自然是因为凉床在夏天里躺着舒服，踩着好玩。四边稳稳用四根粗毛竹架成框和腿，中间插上承重的大竹片，再细细铺上劈好的带竹皮的篾片，一架凉床就做好了。家里有凉床的人家，夏天里凉床终日摆在家门口迎风的地方，人把田里的事忙完，终于有闲时，就在那上面坐一会，一边乘凉一边做点家里的事。大部分时候，大人都在田里忙，凉床成为小孩子的天地，躺在上面，感受到身下竹片的凉意，过了一会，那一块竹子被躺热了，又挪一挪，换一小块地方。到了傍晚，早早地把凉床搬到外面，把菜端到凉床上吃饭，或是把凉床当作凳子，对着大板凳搭成的饭桌吃饭。吃过饭后，天色渐渐黑下来，人就坐在凉床上，一边打扇子，一边跟走过来的邻居聊天。小孩子躺在大人身边，一边享受着大人的扇子，一边模模糊糊感到困了，大多数时候，等到再晚一点，就会被赶到屋子里去睡觉，或是在楼房建起之后，抱着竹簟，到楼顶上去睡觉。有时早上，凉床摆在门口，很快太阳移过来，还没有及时搬回屋子里，就在那里晒着。慢慢凉床旧了，竹片之间出现缝隙，人躺在上面，有时就会有夹肉的风险。淘气的小孩子，喜欢在凉床上踩来踩去，大人怕竹篾踩坏，看见了就要骂几句。渐渐凉床开始松散，从角落断了几根，但一张凉床是那么好的东西，除非坏得不能再睡了，否则一张坐上去微微摇晃的凉床，仍然是夏天里小孩最喜欢躺的地方。到了秋天，凉床就收起来，架在猪笼屋或楼梯堡里，家里寻常去不到的阴暗地方，面朝着里，只背和脚露在外面，上面很快挂满灰尘和蜘蛛网。冬天我们偶然再看到它时，就好像碰见一个许久不见的凄凉的朋友，在那么寒冷的日子，小孩子也不会想到要去触碰它。但是等到第二年，春天一过，到初夏凉床又重新被从阴暗的角落搬出，几桶清水一冲，晾干了，就又是一张干干净净的、散发着凉气的好凉床了。小孩子们迫不及待跳上去，这么好的凉床啊！

竹簟在过去质量很好，打得很厚，一张可以睡很久。我小的时候，爸妈房间里有一床厚竹簟，那竹簟躺上去光滑、冰凉，而我们的竹簟就薄得很，夏天躺上去，总觉得有点刺挠、燥热。过去我总以为是爸爸妈妈的竹簟睡的年份较久，被人磨得光滑了的缘故，很久以后回忆起来，才醒悟是因为爸妈的竹簟是以前篾匠用带着竹皮的篾片编成的，因此睡上去十分光滑吸汗。而我们的簟子，则是后来市场化经济下从集市上买回来的，用的是薄薄的、不带竹皮的粗糙篾片，所以无论如何睡，都不能将它浸磨得光滑，而让人始终有一种因刺挠而产生的燥热感。这簟子因为薄，也容易坏，常常要扔掉换新的，不如爸妈的簟子，躺上去舒服，用了很多年，是"我们的东西"的亲近感。

此外是竹篮、竹篙、竹匾、竹筛，过去同样家家皆有。竹篮子大小几个，洗衣，拔菜，到塘埂边洗碗，都少不了用竹篮装去。

那时候家里的竹篮常常破一个大洞，也就那么破着拎着，这是一种因为长期的贫穷而带来的几乎对生活里一切的不便都习以为常的忍受。这当然是一种数千年来传承的习性，不独我的父母如此，不过在那时，却使我常常羡慕拎着好篮子的人家，看起来还很新的，或者即使旧了，从起初的绿色变作淡黄，看起来还是光洁的、结实的，给人心中舒适的向往。同样使我有此羡慕的是竹椅。竹椅在乡下当然并不少见，然而还是有区别，那便是在靠近山区的地方更为常见。我的家里只有木匠打的普通的大板凳和小板凳，椅子，无论木头椅子还是竹椅子都是没有，看见有的人家有靠背椅子，总使我觉得好玩。好像它是一个玩具，因为比平常的板凳要矮，不像其他东西一切皆是那么大的，更符合儿童的兴味，到别人家去玩时，就很愿意拣这椅子来坐。但自己家里没有，总归是遗憾的事了。竹匾有大有小，一户人家家里总有那么一两只，小的平常晒菜籽，晒干菜；大的竹匾很大，底下两根支撑的毛竹，我记忆里家里总是冬天用它，田里拔了成担的圆白萝卜，回来洗净，去掉缨子，萝卜切成条，放在干净的大竹匾里摊晒几个白天，而后加盐揉熟，拌上辣椒粉，收在坛子里，是冬天吃的"萝卜响子"。或是晒蒸好的糯米，一块一块摊开来晒干，而后把米一粒粒揉开收起，待天冷得狠了，用这米炒米吃。稻箩和大筐子也都是用竹子编成，稻箩四四方方，里面打得很深，过去乡下用来挑稻子和其他重物。大筐子有用毛竹做成的高高的柄，挑稻秧时，可以在这柄内把一把一把的秧苗压得高高的，连同挑它们的扁担，多数时候也是用毛竹做的。这都是竹子的用处，我们在那时用着这样的器具，并没有意识到它们是那么好的东西，既和人的生活那么贴近，又那么自然洁净，因其实用的朴素，而同时含有了审美的意义。好比小时候的春天，放学时候在小学校后面的竹林里捡拾新竹脱下的竹箨，回去交给妈妈，做纳鞋底的材料之一，也是在其实用中含蕴审美一样。毛竹箨外面毛乎乎的，点缀许多深褐圆斑，里面却很光滑，泛着银色的丝光。这竹箨压平压干了以后，是很好的纳鞋底的材料。那时我们穿的布鞋都还是妈妈做的，鞋底两面各是一层粗白布，里面再铺上几层碎布头，中间夹上竹箨，这些铺上一两厘米厚，再用粗麻线紧紧纳成鞋底。这鞋子轻便、好穿，虽然只是最普通的黑色灯芯绒的布面，但在那时，我已经学会感受一双新做好的鞋子的好看，看到它那沉静的鞋面和底下密密麻麻一行一行整齐纳成的鞋底，整齐地用一条长长的白布条覆盖住的鞋缘，温柔地弯曲的鞋口和上面白色的松紧带做成的"耳朵"，把手伸进里面，感受那刚纳好的鞋里的柔软和温暖。

因为贫穷，那时候我们也没有多少竹笋可以吃。毛竹自己家既没有，也少有人把竹笋拿到街上去卖，都舍不得吃，留着长成毛竹卖钱。不像今天，毛竹只卖十几块钱一担，还大多是"估堆"

（一堆毛竹，用眼睛毛毛估一下重量），还不如柴火值钱。过去我们非但没有怎么吃过春笋，冬天的冬笋在小孩子的耳朵里听起来简直有些神秘了。有时爸爸在舅舅家屋后的竹林里挖了几颗冬笋回来，必定要很得意地炫耀，跟我们说怎样才能在看起来没什么特别的地上发现底下冬笋的痕迹，我因为从没有跟着去过而兴趣寥寥。冬笋或春笋炖肉，是很美味的东西，从前我却几乎没有吃过的记忆，可见若不是记忆出错，就是真的吃得少。那时我们吃得多的，是山坡上、灌丛中随处生发的野竹笋。一般是水竹和木竹笋，这些竹子很细，个头也不高，新笋的个头细小，剥出来约小指粗，一拃来长。野竹笋用开水焯过之后，切成细段，加红辣椒和冬天的腌雪里蕻大火同炒，味道酸辣爽脆，很能下饭。

　　过去不太能吃得起肉，如今人们往往加肉丝同炒。去年清明回家，爸妈则在肉丝腌雪里蕻炒小笋的基础上，又变化出了更好的版本：肉丝腌青菜薹炒小笋。天暖以后，青菜纷纷茁薹，吃不完的菜薹，过不了几天时间就纷纷开花老掉，爸妈舍不得，想起来把菜薹也掐下，洗净晾干，像腌雪菜一样，一层菜薹一层盐踩实，等到小竹笋出来时，就成了又酸又脆的腌菜薹。腌菜薹比起腌雪里蕻来要更好吃，因为全是梗子，不像雪里蕻还有叶子，所以吃起来更脆，梗子又比雪里蕻的梗子要粗得多，那种脆爽的口感也就更为满足。自从发现这个吃法后，家里再炒小竹笋，就几乎都用腌青菜薹来炒了。现在村子里小竹笋也很多，人绝大部分都到城里，山和田以难以想象的速度飞快地荒芜和生长起来，野竹充塞了从前人们在山间走出的小路，每年生发出无数的小笋来。春末我们回家，爸爸每天清早去山上扳笋子，到吃早饭时，差不多就能扳一蛇皮袋回来。我们坐在门口，把小笋子倒到场基上，很快都剥出来，放在锅里开水焯过，而后收在冰箱里。等到临走前，妈妈把小笋用腌青菜薹和肉丝炒好了，给我们装在保鲜袋里带走。于是在回到城市的头两天，还有妈妈做的腌菜炒笋直接可以吃。

毛竹笋也吃得多了起来。毛竹不再卖得出价钱，一般人家也不像过去那样赤贫，就都把笋子挖出来吃。有的主人出去打工，常年不在家，春天毛竹林里极好的竹笋，有亲戚家的人去挖，使路过的人看了也心动心羡。有时老毛竹太多年没有伐，竹笋太多，有的人家甚至会把已经长大的竹笋砍倒，不让它们再长。大部分还是晒笋干。除去笋衣，开水焯过之后切成大片，太阳下摊晒成褐色，就是很好的笋干了。碰上老是下雨，或是嫌晒笋干太麻烦，也会直接收进冰箱冷冻，吃的时候再拿出来解冻，和肉一起烧。不过冻过的竹笋里面变得疏松，烧出来有一股水水的味道，远不如泡发的笋干吃起来更为紧实有咬劲。如今每逢春末夏初，爸妈总会从远方寄来一袋笋干，我收到时都感觉很珍贵，很快用水泡发了，在清水里煮很久，然后捞出来炖肉。这些笋干吃起来总是很嫩，很好吃，有很多的尖头。也许是爸妈把家里最好的笋干寄了来。

而我之在心理上真正感觉到这种对竹子的依恋，是在到北方工作以后。离开生活了将近三十年的南方，来到北地，要到这时，我的乡思，或者说南方之思，才真正被激发出来。我想念南方的植被、食物与雨水，若要举一种植物来代表我心目中家山的模样，我所能想到的代表之一便是漫山的竹林。每当坐火车回家，窗外的景色从一望无际的种着小麦的平原，到水田与水塘渐渐增多，或近或远的山坡上，茂密竹林一闪而过，每当这时，就知道是要到家了。有一次坐火车经过汨罗，见到一处巨大的山坡上种满毛竹，山坡底下，一户人家掩映在竹林下，有时人家还盖着旧时的黑瓦，前面还有一个圆圆的水塘，心里感觉十分亲近，几乎等同于小时候的场景。有时春末回来，竹林里新年的毛竹笋已长得很高很高，笔直刺入云霄，竹箨脱落，竹竿上一层薄薄的白粉。这竹粉如今也觉得可爱，颇堪写画，说给小孩听，于是他每遇到一棵新的，就很高兴地在上面写上最喜欢的数字，或是画上心爱的画。

乡下竹器的使用早已不再像过去那样普遍，虽然竹篮和竹匾还是用着，过去的凉床却几乎已经不再出现，旧的凉床大多完全坏掉，没有什么人再打新的凉床了。前几年有一回秋天回去，临走前从舅舅家吃饭回来，经过人家门前，只见屋外摆着两把竹椅，我想起小时候羡慕别人家的椅子,遂指着说:"我喜欢这种椅子,可惜家里没有。"爸爸说:"哪个椅子?那个啊,你要上头一百块钱买好几个。"过了一个星期,姐姐回家,发了一张照片给我,四把还是绿色的小竹椅整整齐齐靠在我的房间里。那一霎时心里充满温暖,后来再回家,在自己家就也坐上了小椅子,实现了小时候的梦了。

2018 年 8 月 29 日初稿,北京
2022 年 12 月 1 日二稿,北京

端午的节氛

家乡的端午,节氛说起来是很简单的。比之全国,多是些普通的习俗。插艾叶菖蒲。艾叶在菜园里,阴凉的一角长着,年年春天发出,爸爸不去管它,到端午时已长得很高,粗壮健硕。端午一早,就用芒镰刀去砍几枝回来。菖蒲的气味强烈,碧叶似软剑,扁而狭长,中心有棱,长在水塘中,风微微一过,便飒飒抖动起来。菖蒲整株从水里拔出,连一小截根,洗净带浅浅一层黄釉的白,配着油亮绿叶,是很好看的。从前我们都还住土墙瓦屋的时候,大门框边的墙土总是慢慢裂缝、脱落,端午艾叶就插在这门框高处的缝隙中——也许正是因为年年插艾,才使得这里的土块瓦解、脱落——一边插几根,菖蒲叶从中分开,骑在艾枝上。两层的水泥楼房兴起后,门框和墙之间不再有缝隙,艾叶和菖蒲就直接靠在门边,"蒲剑艾旗"高悬的景色不复得见,动人的情味也减损了好些。

包粽子。包粽子是小孩子心里的头等大事,在端午前好些天,就已经惦记着了。端午前几天,街市上渐渐摆出粽叶、艾叶、菖蒲,粽叶是箬竹叶,宽大厚实,十张二十张捆作碧绿一捆捆来卖,都号称是从山上打来的老粽叶子。我小的时候,很惊异于这样大的竹叶,想摘一柄把玩而不可得。这样的老粽叶是长在很深的山里的,离家近的那些小山上都无从见其踪迹。妈妈说她少女时,端午时和外公去泾县的深山里打粽叶去卖，半夜爬起来出门，走到天亮才走到山里，打一天粽叶，天黑时再往回走。没有吃的，带一点冷饭，也没有水，就这样干吃。这样一天打的粽叶挑到街上，可得一点点钱。如今我们清明去泾县上坟的时候，开车远远经过那座山，她总要指给我们看："就是那座山，我没嫁姑娘的时候跟你家爹爹（我们称外公为'家爹爹'）来打粽叶子。叫象山，远远看和大象一样的。"象山树影臻臻，笼罩在夕阳金辉中，它曾见证一个在贫困中长大的少女的辛劳。现在市场上很少有真正上山打来的粽叶了，多是自己家在门口种的，就连乡下也多了许多箬竹，粽叶再不像从前一样是稀奇的东西。十来年前，我们屋后那户人家不知从何处得来一丛，种在门口，我终于得以一睹它的真容，心下不免失望：这粽叶丛生，茎秆细矮，不过我半身来高，叶子也多细窄，简直教人怀疑它是不是包粽子用的。只有零星几片老叶稍稍宽大些，全不是我少时想象中如毛竹一样高大的一树，要用长长的钩子钩下来摘。失望归失望，这粽叶从此便在村子里扎下根来，慢慢其他人家也养，这家端午的粽叶，便靠自家的竹叶供给，无需再到街上去买了。妈妈包粽子，碰到叶子不够的时候，也会去屋后掐一些回来，只是她总说这小粽叶不如从前山里的老粽叶有香气，叶子也太嫩，包粽子时筷子捣得稍微重一些，很容易便将叶子捣破，滴沥沥流出米来。

回到从前村子里包粽子的光景，是很热闹的。粽子家家户户都包。端午节不包粽子的，除了家贫的孤老，村子上几乎没有一个。孤老这一天也有粽子吃，隔壁邻四家包了粽子，煮好必要叫小孩拎一串送过去，给人放在碗橱里，接下来两天慢慢吃。有的年纪大的老人家也不包粽子，等到端午节那天，女儿或儿子家会叫小孩来送粽子，有那么一两串，吃吃就够了，不再自己动手。粽子有白粽子、饭豆粽子。地方贫俭，白粽子只是撒了一点盐的糯米，饭豆粽子则是在糯米里掺些饭豆。饭豆比赤豆略大，形如弯月，色泽微红而有白斑，煮熟后质地细粉，很得地方人的喜欢。我小时候很喜欢饭豆粽子，虽然在今天听起来早已没有什么吸引力，但在二十世纪八九十年代，饭豆粽子是村子上小孩子寤寐思服的美食之一。因为没有钱，舍不得买许多饭豆，只够拌一半糯米，包粽子一般只包一半白粽子、一半饭豆粽子。不知为何，那时平常村子里却没有人家种饭豆，好像想都没有想起过这件事，直到这两年，村子附近偶尔见到人家种，我才意识到，原来饭豆是可以自己家种的！那为什么小时候爸妈不自己家种一点呢？真是太遗憾了。

端午前一天上午，妈妈在家包粽子。我们地方的粽子是锥形粽，下半部是尖筒，上部三个尖尖的角，形成一个大头。粽子包时把两张粽叶半叠在一起，卷成一个冰激凌甜筒模样，里头插一根筷子。抓几把米填进去，筷子捣一捣，把米捣实，再添一点米进去，捣一捣，然后筷子抽出来，米压一压，把它压紧实。把上面的粽叶压下来，像猪笼草的盖子那样往下一压，多余的粽叶顺着粽子的棱角往旁边一扭，大台子（八仙桌）下面的档上绑上一截麻线绳，往麻线绳上一系，一个粽子就包好了。系到十来个，一截麻绳用完，一串粽子就包完了，用剪刀剪下来，丢到大台子上。台子上粽子很快堆满，冒出尖尖的头。

晚饭后煮粽子。用冬天熬糖的硬柴火烧，要煮两个小时。很快糯米的香气混着竹叶的清香飘摇出来。我们在锅灶边围着，心里急得要命，想等粽子出锅了先吃一个，粽子总也不熟！小孩子很快困了，被大人哄去睡觉："还早哩，明的（明天）早上才能熟！"于是我总以为粽子是要煮一夜才能熟的了，这误会直到我二十多岁时才解除，分明见得我从小在家是个不顶事的。第二天清早起来，第一件事是吃粽子。粽子已捞出来，大半被妈妈收在碗橱或篮子里，一串放在外面留给我们吃。先吃饭豆粽子，用小碗倒一点白糖，把粽子解开的一瞬，就盼着大头那端有许多饭豆，将周围的糯米也染成淡紫。用一根筷子从粽子大头插进去，这样举着来吃，吃一口粽子蘸一口糖，可以避免把手粘得黏糊糊的。但这是小孩子才喜欢的吃法，稍微大一点的孩子便不屑再用，要像大人那样剥开，隔着粽叶拿着来吃，并在蘸糖时小心不使糖沾到粽叶上，以显得自己成熟。饭豆粽子是太好吃了，不把最后一个饭豆粽子吃掉，我们不甘心于吃普通的白粽子。那些年妈妈总是在我们吃饭豆粽子时默默剥开一只白粽子，倘若我们问，她就说："妈妈不喜欢吃饭豆粽子。"或是："妈妈喜欢吃白粽子。"我们竟然也就相信，不再深究。至于爸爸呢，他不吃一切糯食的东西，连一个粽子也不吃。

除开粽子，端午那天不可或缺的吃食还有：绿豆糕、咸鸭蛋、黄鳝、红苋菜、黄瓜。绿豆糕也是小孩子的恩物，扁扁一盒，分成上下两层，每层切作若干小块，如薄薄骨牌一般，中间用一层白纸隔着。这绿豆糕浸满了麻油，翠绿如玉，吃起来甜甜的，香香的，粉粉的，十分好吃。离乡以后我吃外地所谓少糖少油的"健康绿豆糕"，总觉得怅然若失，这样的绿豆糕有什么好吃的呢？还是自己家那边的绿豆糕好，偶尔网上买一点，夜里配着茶来吃。绿豆糕过去一年中只有端午这一天能吃到，平常舍不得买，因此很珍贵，也用来馈赠亲友。咸鸭蛋多是自己家所腌。地方养鸭多在秋冬，或是初春。秋天鸭子长大，到了春天，开始下蛋了。几只鸭子，一天下一个，一五一十收起来，很快积到一篮子，就可以腌咸鸭蛋了。我们地方山上的土是红土，这种土没有什么营养，容易水土流失，下雨天走在山上，一走一脚底板的泥。这土腌鸭蛋却很好，挖一筐回来，和水拌得细匀，和盐一起裹鸭蛋，裹好后一颗一颗码在大口的矮坛里，收到阴凉地方。吃的时候拿几颗到塘里洗净，砖红的土色洗去，露出下面玉白或淡青的鸭蛋壳，很温淡的意蕴。鸭蛋饭锅上蒸熟，对半而切，如是来客就要更讲究，再切成月牙形状，摆成一圈在碟子里，像一盘开着的花。端午的鸭蛋新腌不久，蛋黄刚刚开始转红，蛋白也不是很咸，可以空口吃。后来我在城市中吃咸鸭蛋，多以蛋黄流油为标榜，只是这样的咸鸭蛋，蛋白往往也咸得难以入口，只能把蛋黄挖出来吃掉，蛋白扔掉。这是很浪费的，后来我就几乎不在外面吃咸鸭蛋了。

黄鳝、红苋菜、黄瓜，也都是端午时应季的吃食，是"五红"之几种。黄鳝旧时农村多有，初夏清晨，放黄鳝笼子的人去田畈里收他前一晚放到田里去的竹笼，扁担两头挑了堆得极高的上细下粗的长笼子，从雪白雾气中走来。这样记忆的场景多少带有一些诗意的感觉，但实际上并非如此，因为农药的使用和过度的捕捉，如今黄鳝几乎是从水田里消失了，虽然放黄鳝笼子的人还是零星存在，这样"丰收"的场景却早已不复得见。就连街上卖的黄鳝笼子，也从竹制变成了塑料编的——篾匠也早已没有了。人们也不再要竹编的黄鳝笼子。只有苋菜和黄瓜还是那样应时易得，这时候苋菜和黄瓜都刚上市不久，口感锋嫩。小时候家里年年种苋菜，却是绿的品种，不会把饭泡红，我因此很羡慕那家里有红苋菜可吃的小孩，巴巴地望着他碗里被苋菜汁泡得鲜红的饭粒，盼望自己家也能有一碗。其实苋菜汁泡的红饭味道并不会更好，但那样好看的颜色，哪个小孩会不喜欢呢？那时候我想象不到，有一天我也会成为对红色的苋菜汁无动于衷的大人。

一九九九年，地方洪水过后，小龙虾开始出现在本地的河沟中、水塘里。后来我们端午就也吃小龙虾，大约因为小龙虾烧熟了是那样漂亮的红色，又有一个"龙"字，很适合拿来应"五红"的一景。不过我们只把它叫作"龙虾"，不知道多年以后世人称呼它还要多加一个"小"字，因为那已经是我们所见过的最大的虾了。我的爸爸承包着村子里几个鱼塘，家里有赶网，夏天时他常下水去赶鱼，有时得一大堆龙虾回来，在澡盆里窸窸窣窣，我们见之心喜，都晓得烧龙虾好吃。此外便是烧大蒜头吃。皖南冬日菜园中，必不可少的一样是青蒜，蒜苗切来炒腊肉、炒蕨菜，其味隽永。春末蒜苗抽薹开花，蒜薹切段炒肉或清炒，也极佳。到端午蒜薹已老，底下新蒜结成，正好可以烧蒜头吃。整颗蒜头用纸包好，饭烧好后，埋进锅洞的余烬里去煨。待估摸着熟透了，就用火钳掏出来。外面纸已烧得焦黑了，剥开来，一股热气冒出。烧熟的大蒜香喷喷、软糯糯，完全没有生大蒜的刺激性气味。我们相信端午吃了烧大蒜，夏天就不会"发痧子"（中暑）。农村盛暑中下田做生活，是很容易"发痧子"的。这习俗因此如同周作人《儿童杂事诗》里写的绍兴立夏"吃过一株健脚笋，更加蹦跳有精神"一样，很是寄托了一些现实的祈望在其中。

余下便没有什么了。喝雄黄酒、戴五彩绳、做香包，这些苏杭城中旧时风俗，我们皖地乡下一应皆无。就连划龙舟这样的事，也是只闻其声不见其事。我的丈夫是湖南益阳人，小时候年年端午，要走很长的路，去河边看赛龙舟。我听了不胜向往，湖南不愧是屈原所在的地方，古风不堕。如同沈从文小说中所写，直至如今，端午河边赛龙舟的鼓声人声依旧喧阗。而我从小到大没有看过一次划龙舟，附近没有大片的水域，甚至连船也没有怎么见过，只有长圆形的澡盆大小的手划船，秋天种菱角的人家用手划着坐在其中去塘里摘菱角，或是偶尔有渔夫坐在里面放丝网，看见了就很新奇。这不能说是不遗憾的。

端午的花是：栀子花、端午槿（蜀葵）。栀子花皓如积雪，开在肥叶丛中，乡人爱重其香。单栀子六瓣，展开如酒卮，乡下亦常见，则不得爱重。唯有秋天果子成熟，变作橙红，小孩子会摘下来玩，可以给书页涂上橙色。人家多种双栀子，即重瓣栀子，屋边一棵，年深日久，多有齐檐高的。双栀子就宝贵得多，花开时香气隔着老远的田块也能闻得见，要防止上下学的小孩子来偷。我们上小学时，未尝有过一个不偷栀子花的夏天。栀子花开时，每天心里盘算的，都是如何去有黄狗的那户人家大栀子树下偷一把花来，总是不能实现，只是徒增喟叹罢了。有时候也求父母去认识的人家讨，回来接了一捧，欢天喜地养在家里盛菜的大蓝边碗中，或是生病时才买的橘子罐头的空瓶中。插得挤挤挨挨的，放在房间小台子上，闻见它那样沁人心脾地香着，心里快乐极了。逢到雨天，栀子的香气就更淡远悠长一些。蜀葵家乡叫"端午槿"，因为它开花在端午前后，又和木槿花的形状很有些相像的缘故。端午槿旧时乡下不多有，偶有爱花的人家在门前种几棵，花开时细直的秆子抽拔上来，薄薄的绢纸也似的花碗，一朵朵缀在茎秆上，一节节往上开，清丽婉转。从前乡下蜀葵只有最常见的水红色，不比如今城市里栽培的，淡红、雪白、深紫诸色皆有，且有重瓣、单瓣之分。但正是这样世俗普通的颜色，一丛几株，衬着人家的房屋，或是后面的稻田，那样的场景可以说是别有一种鲜丽繁盛的朴质动人。十几年前，我曾在端午回家的公交车上，看见路旁一户瓦屋人家门前矮矮的园墙里，满满一排端午槿正在盛开，那时心中涌起的美好情感，至今仍不能忘记。六月人家门前的端午槿，可以说是地方物候的一种代表，一种风土的象征。

等到端午傍晚，挂在门头的艾叶菖蒲已经蔫掉，心急的人家开始把它们取下来，折成几折，绕成一个个的草把子，扔在门口地上晒。这晒干的艾草把子挂在灶屋锅灶顶上垂下来的铁钩子上，或是放在碗橱顶上，等到冬天，或是有产妇在小孩三朝过后，煮水来洗澡，云可以强身健体。我小的时候，不止一次在人家灶屋上方的钩子上看见晒干的艾把，有时候同挂的还有一大块沾了烟灰的厚锅巴，云肚子痛时磨成粉，和水来吃，可以治肚痛。如今这有些近于巫术的集经验与迷信于一体的习俗，自然也已经渐渐式微了，只有些保存古风的人家，还仍然会把艾把晒干收存。但只要端午挂艾叶菖蒲的风俗还在，只要人们仍旧对包粽子、吃粽子这样的事仍怀有热情，就足以使身在其中的人感到不那么寂寞，也还有生活可以追寻了。

附　记

如今物流与市场发达，轻易能吃到各种口味的粽子，有时公司过节发了品物，粽子简直多到使人发愁。但吃过之后，终究还是会想念家里那最简单的只加了一点点盐调味的白粽子（长大之后，终于也能欣赏白粽子之味）。煮熟的粽子染了粽叶颜色，剥开微微泛黄，通体莹如白玉。糯米细密紧实，咬一口，韧结结地好吃。因为太过朴素，市面上反而不见有卖，只有回家去吃。每年端午，没有吃到妈妈包的粽子，终会觉得这一个节日过得虚无、缥缈、不真实。有一年端午，在北京一个湖南餐馆意外吃到了这样的白粽子，非常感动，第二年再去，餐馆却已经不在了。在北地七年，从未见过端午卖艾叶菖蒲的菜市（如今连菜市也已经很少了），不能说是不寂寞的。

2019 年 6 月，北京

又记：今年端午，邻居送来在电商网站购买的一小束艾叶、菖蒲。舍不得任由它们枯萎，于是将它们插在花瓶里，摆在桌上。对望良久，想着如今北地竟然也可以买到菖蒲叶，却忽然意识到不对，仔细一看，果然那菖蒲叶是假的，是商家用细细的香蒲叶子冒充了如剑的菖蒲。一般的顾客可能不易作此区分，北地端午的寥落，于此也可见一斑了。

2021年6月，北京

栀子二章

月光明素碗

到北京工作以后，才晓得栀子难养。在花市绿意映人的大棚中，种在花盆里的小棵栀子枝繁叶密，结满由青至白的花苞。栀子的花苞很美，是像螺旋一样，青色时还小，到慢慢变白，就尤其美丽，鼓饱起来，一瓣一瓣纹路收束得非常清晰。连这样好看的栀子，搬回来开不了几天，叶子就开始发黄，脱落，接着小小的青色花蕾也落下来，搬动时"嗒"一声就轻轻滚下来，非常无辜的样子。因为这里的水碱性大，而栀子是喜酸的植物。后面再浇水的时候，就听朋友的话往水里滴几滴白醋，浇了几天，终于旧叶落得差不多，展着一层油绿的新叶长出来了。

即便这样，还是很感激它在黄叶之前用尽力气开了二十几朵花。夜里它在阳台上，初夏微热的风从花的方向吹过来，一个小风扇在屋子里喀哒喀哒转啊转，把面前空气搅出小小流动，栀子花香就沉重地飘进来。风扇的力量根本没有办法把这股香气化开，人的嗓子简直有一点痒。我走到阳台上去看，花异常洁白、分明，因为是夜里，有一点忧愁的静定。这是我小孩子时候最喜欢的花，到了现在，每年花开的时候，也不能忘情，总要找一点来养一养，才觉得没有亏负这一季的光阴。

看栀子花养在杯子里，是很动人的。小时候乡下栀子都种在人家门口，一年到头也不去管它，到了梅雨季雨水滚落的时候，就自然满树满头开起来。折几枝家来，乡下用一种蓝边大碗来养它，从塘里或井里舀了水，把栀子满满地插一碗，放在房间的长桌子或者木头窗沿上，夜里花香也是这样飘过来。因为家里没有栀子树，窗沿上有一碗栀子的日子便格外珍贵。栀子静静地香着，窗子外面田里青蛙和鸣虫的声音起来了，灯灭下去，月亮一点一点把光洒过窗子，又一点一点撤出去。栀子过了一夜，挺立的花瓣染上一层淡黄，再过一夜，就慢慢地软黄下去，变得蔫黄蔫黄的。

长成后在南京念书，初夏时街上多有卖栀子花的妇人。大多用圆箩筐，或是一只大脸盆，栀子连小枝掐下来，三五枝一束，齐齐整整地捆好，放在筐里挤挤挨挨的，等人来买，一面用瓶口扎了小洞的可乐瓶子洒一层很密的水，使之看上去更新鲜。我们每回经过，总要买一两把，因为有得买，也想不起来买花盆里的。回去用喝水的杯子养一养，只是城市里的自来水往往养不开，还保留着花苞的样子，慢慢就这样萎败了。到毕业的那一天，学校里已经很热，只有香樟树和二球悬铃木广阔的树荫下还是凉气流转。跟着一堆人去财务处办离校手续，排的队很长，财务的人脸色也不好看。轮到我时，却忽然看到眼前的柜台里面用罐头瓶子养着一瓶开得好好的栀子花。是那种蓝色的玻璃瓶，好像是我们小时候吃过的那种罐头。因为这罐栀子花，财务的不耐烦也可以无视，我只是感到一种隐约的伤心，那大概是一个离开学校的人最后的伤心。

2014年6月，北京

栀子的夏天

　　夏日里喜欢的花多有，而最喜欢的是栀子。牵牛在清晨和露开放，白玉花管上一圈玫红，明亮珍重，到半上午时就慢慢蔫谢下来。木槿有单瓣与重瓣，而以单瓣为清丽，在夏日清早开满繁华的一树，如绢纸、如小盏般花碗映着朝日，到黄昏时旋即收起，成为小小的一支花管，紫红花瓣染上暮蓝颜色，第二日第三日跌落一地。紫薇花细碎如泡发的木耳，然而簇拥在一起也显得丰茸，无论是淡紫、银红还是雪白颜色，都很好看，下过雨的日子，花枝沉沉沾上雨水，尤其鲜明。然而这些都不像栀子，有那样好闻香气和如明月般颜色，而与童年和少年生活的经验交织在一起，格外动人情意。

　　小时候有栀子花，都是去人家偷，讨的时候也有，只是怕不给，讨得也少。从家里到小学，我们上学路上有两棵栀子花树。张爹爹家门口有一棵，有好几年，他家和我们合养一头牛，每隔半个月，我们就要牵着绳子，把牛送到对方家去养。大概也算得上熟的，然而不知为何，我们从来没有跟他开口讨过一朵花，小孩子的心不知道为何那样容易害怕。大概感到对方并不是真正亲近的，就自动避开了。另外一棵栀子离大路隔一块田，种在三间瓦房门口，是完全不认识的人家，因此我们可以放心去偷，而不用担心他逮到我们要去跟我们家里人告状了。然而有黄狗，即便是他们人不在家、大门紧闭这样难得的日子，黄狗也总是趴在屋檐下睡觉，使我们不敢轻易靠近。乡下不养狗的人家很少，为的就是这样人不在家或夜里睡着的时刻。我们难免感到很遗憾了。这一棵栀子花树很大，花开的时候，隔着绿色的水田，一树白花也十分显目。风送来栀子花的香气，我们眼巴巴看着，一边走过去了。

再则是家里有栀子花的同学，于花盛开的梅雨时节，掐一把到班上了。这一把花带到班上，不出一两分钟，就被同学要的要，抢的抢，瓜分殆尽了。带栀子花的同学因此很紧张，他手里握一大把花，还没进教室之前，就停下来把书包往边上扯一扯，把手别到书包后面，轻手轻脚地走进去。没有走几步，坐在前排第一个鼻子尖的同学已经闻到了花香，在大激动中把手往桌子上直拍："黄大火！你带栀子花了吧！把一枝栀子花把我！"拿花的人赶紧把花拿到前面来，他把花举得很高，一边往自己座位上跑，一边喊道:"就几枝！我自己要闻的！"跑过喜欢的女生课桌边,从花枝里抽出两朵开得最好的,往她摊开的课本上一放:"这给你的！"然后一口气跑到自己座位上坐下来。

这时候全班同学发出一片眼明心亮的"欸——",课本上被放了花的女同学,也感到很不好意思起来。然而栀子花有谁不喜欢呢？她把花捡起来,好好地放进课桌肚里,怕老师来上课时看见。拿花的男生手里剩下的花,一下子也被前前后后的同学分得精光,他一边分一边喊:"别抢！别抢！"声音里忍不住得意的意思。上课时女孩子忍不住偷偷垂下眼看一眼桌肚里的栀子花,它还刚刚从枝上掐下来不久,洁白饱满,很好闻地香着。

等上了高中以后,这种男生给女生带栀子花的事情,就变得很少见了。大概家离得太远,学习实在太紧,而老师也实在盯得太严了。学校在县城正中,除去城关的学生,其他的学生都住宿舍,一两个星期才回去一次。六月的星期天,晚自习上偶尔有女生从家里带了栀子花来,养在喝水的杯子里,放在课桌上,整个晚上,出去上厕所的学生重新进教室时都闻得到栀子浓郁的香气。校园里却没有栀子花树,晚自习课间休息时我们散步,路边都是才种下没有几年的小雪松。

学校唯一独特的地方是上课不用电铃,而保留着八九十年代敲钟的旧习。每当上课下课时,就有一个专门负责敲钟的人走到铁钟下面,拉动钟下垂着的绳子,"当——当——当",把钟敲响。那时候我们都还没有手表,因此当上课时,尤其当觉得课特别漫长时——这种时候总是很多——迟迟等不到下课的钟声,总会担心是不是敲钟人忘记了他的职责。钟架旁有一棵很大的广玉兰,一年四季,广玉兰油亮的椭圆形革质长叶都不凋谢,夏天,翠叶间开出如白色荷花般的大花。开过的花瓣片片散落到草地上,开始变得锈黄,如一片片小船。我们把它们捡起来,用细细的笔在上面写字。花瓣富含水分的细胞受伤了,现出锈黄的字迹。广玉兰花也是有很芳烈的香气的,只是因为太高,要站在树下才闻得到。

在南京读研时,六七月间街上多有卖栀子的小摊,几乎随处可见。无论是小区外的街道,人流嘈杂的地铁口外,或是学校边巷子的路口,都曾见过卖栀子人的身影。像是为了满足小时候对栀子那样爱而不得的愿望,我因此买过许多次,回去养在喝水的玻璃杯里,宿舍里香三四天。毕业后离开南京到北京上班,临行前一天晚上,特意跟着妈妈去菜场买了三把栀子,五块钱。栀子们都扎得很好,六朵一束,花朵聚在中间,周围绿叶密密地裹一圈,再用细棉绳仔细捆好,捉在手上,绿白相间。这三把栀子陪我从南京来到北京,从那以后,我便没有再在栀子盛开时节回过南方,也就再没有在街头买一把栀子的机会,更不要说在雨天乡下人家屋前看一树大白栀子开放的景色了。自我不见，于今三年，虽然常常想念南方，虽然我们也曾经那样说过，"没有栀子的夏天不算夏天"。

2015 年 6 月，北京

素汤之味

水上勉的《今天吃什么呢？去地里看看》里有一段关于冬瓜的话：

> 三年前的六月，到中国访问的时候，在北京的一家饭店吃到冬瓜汤，味道非常鲜美。中国的什么汤都盛在大盆里，各自从中舀到自己的小碗里喝。我看着小姑娘端出来的汤，上面漂浮着一些浅绿色的条状东西，简直就是清汤寡水的感觉。可是吸一口，汤汁之妙实在难以言喻，冬瓜还保留着真正的味道，清纯无杂味，滑溜溜地在舌尖上融化。那样的冬瓜才有那样的味道，我赞叹不已。回国后也试着做，可就是做不出饭店那样的味道。心想最重要的应该还是浓汤的提味。日本一般的海带汤汁过于清淡，如何让冬瓜吃进味道去，掌握不到诀窍，所以一直没有成功。然而，北京那次冬瓜汤的味道难以忘记，所以现在还在努力摸索实践，争取今年夏天获得成功。

看到这样的记述，不可抑止地起了做冬瓜汤的心，好奇那是怎样的"中国冬瓜汤"的味道。我从没有做过冬瓜汤，小的时候在家里自然喝过，多年不在冬瓜成熟时节回去，早已忘了。只记得烧冬瓜，冬瓜切成大块，上再切"井"字形纹，用油盐和酱油焖烧出来，颜色浓重，乍看有红烧肉的模样。我小时候上过不止一次当，夏天的傍晚，看场基上当作饭桌的板凳上有这菜，以为是肉，窃而心喜，伸筷去夹，吃到嘴里才发现是冬瓜，顿时懊丧无比。那是少有肉吃的年月，我的这种失落也很可理解，甚至渐渐对冬瓜都起了怨恨的心，看见菜碗里有冬瓜，连一筷子都不肯伸。冬瓜种在菜园埂上，或是门口塘埂上，带着毛刺刺的阔大粗糙的叶子一爬一大片，底下藏着许多瓜，每一个又都那么大，真是吃也吃不尽，我之不珍惜它，也可原谅。

这些年冬瓜因此几乎被我摒弃在买菜的名单之外。这回起了好奇心，恰巧冰箱里有一圈家里人买回的冬瓜，晚上就试着做一次。网上查了做法，多没有什么特别，只是冬瓜切薄片，油锅里炒一炒，加盐与开水一起煮熟而已。翻翻橱柜里还有不知什么时候买回的虾米，也撒一点进去。煮至冬瓜透明，舀一勺起来试——还真是很好喝啊，出乎意料。是浓浓地煮过之后的素味的鲜美，零星的虾米引人回味。再吃煮熟的冬瓜，酥软清新，也很好吃。此后连着做了好几回，心里感觉快乐。又开始多吃一样小时候不吃的食物，而没有了那时的失落与怨愤，真是件很好的事情。

入夏以来，白日延长，家里的作息不觉间随之发生了变化。家人下班回来后，天色尚明，空气逐渐凉爽下去，想让小孩子多动一动，便总由他带下去玩。而独自带了一天小孩的我，渴望能有一点摆脱他的、可供自己一人独处的时间与空间，哪怕这个时候仍然是在做着家务，也不失其珍贵，因此总选择留在家里做晚饭。很久不大做饭之后，这样密集地做了些天，又渐渐恢复了从前做饭的感觉，一边打开冰箱充满忧虑地看看现有的食材，一边迅速决定晚饭做什么，可以凑成两三个荤素兼备也能带小孩吃一点的菜。做荤菜很需时间，常常来不及，需要应付时，只是从冰箱里拿两根香肠出来，切片装碗，放在饭锅上蒸熟。或是春天时家里人寄了几袋腊味过来，烟熏大肠、腊牛肉、熏猪耳朵之类，都一一切好做好了，平常收在冰箱冷冻，时不时拿一点出来，放在碗里蒸透，就是一碗味道很好的下饭菜。只要再炒一两个素菜、做一个简单的汤就可以。每天晚上做一个什么汤，是这些天我很在意的事。到了这样的夏天，除了清淡的素汤，人难吃得下什么东西，有时候我吃几片西瓜，再喝两碗汤，吃几口菜，这一餐饭就很满意地对付过去了。

说来我是一个爱喝素汤超过荤汤的人，对于这一点，妈妈也许是最了解的。在南京读书时，学校食堂伙食太差，我一个星期回一趟姐姐家，妈妈总要想法做两个我喜欢的菜给我吃。又常常炖了汤，鸡汤、鸭汤或是排骨汤，吃饭的时候总是劝："喝碗汤哎！喝汤又不长胖！"我说："不想喝。"一口都不碰。这并非我挑食，只是没有吃的欲望，因而懒得喝罢了。偶尔被押着喝一碗，也知道那滋味是鲜美的,很棒的,只是怎么也不想逼迫自己去主动接受。至于汤里的肉,更是绝不吃一口,有时是爸爸秋天在乡下每天赶到田里去放吃着田里遗落的稻谷和水塘里的螺蛳小鱼长大的鸭子,杀好了带过来放在冰箱里冷冻的,我也不知珍惜,勉强把汤喝完了,捡到碗里的鸭腿,还原封不动还回去。只有在冬天,在寒冷饥饿的冬天,从外面回到家里,看见这样一锅热气腾腾的汤正等着自己,才会趁着滚烫喝一两碗,感到整个人都舒展开来。

　　我之不爱荤汤,也许和小时候很少吃荤汤有关,在我的记忆中,乡下鸡鸭鱼和猪肉都是用来红烧的(那时候最盼望的,莫过于家里杀一只公鸡来红烧着吃),而完全没有炖汤喝的习惯。炖鸡汤、鸭汤,总归是很"城里人"的办法,因此总觉得隔膜了。素汤却是常有,除了冬瓜汤外,蚕豆鸡蛋汤(嫩蚕豆剥去两层壳,只留豆瓣,微微炒过之后加水煮开,将起锅时放盐,加蛋花)、丝瓜汤(丝瓜切片炒,加清水煮软,加盐)、瓠子汤(瓠子切细丝,稍炒,加水煮熟,加盐盛出)、青菜豆腐汤(水豆腐切小块水煮,下青菜煮至碧绿,加少许盐和一大勺猪油),菜园里什么上市就什么汤,如今回想起来,觉得都是些很美丽的绿色。切成细丝的瓠子,在油锅里稍稍炒过之后,加水煮作淡绿,白色幼滑的瓠子籽飘在汤中,汤面上点缀着细小繁密的油珠,是那时我最喜欢的汤之一。舀几勺瓠子汤浇在饭上,将瓠子丝与米饭稍加拌匀,吃起来香而滑，一筷一筷扒下去，很快吃得泼饱。

在南京，一到夏天，我最喜欢的也是妈妈最后菜上桌前做的那锅素汤。南京地方常见的菊花脑蛋汤（一种小野菊的叶子，其味清苦，带着菊科植物特有的气息，喝这个汤时，会觉得陶渊明爱菊差不多是这个意思），或是大众的紫菜蛋汤、西红柿鸡蛋汤，一大锅汤汤水水，味很清澈，她本意留在灶台上等大家吃完饭再喝的，我却总要跑过去先舀两碗来喝掉，才开始吃饭。我自己做紫菜蛋汤却总没有妈妈做的好吃，因此虽然喜欢，却很少做。这也许只是因为我贪心，总是忍不住在里面放太多紫菜，加的水却不够多，不像她勤俭持家，敷衍一大家人吃饱喝足，紫菜和水放得停当的缘故吧。

有时留意别人的饮食，以期有所借鉴，改善花样。有一天在微博上见枕书怀念在重庆时常吃的黄瓜皮蛋汤，说了做法，依样试了一次，后来就常常做来吃，是很适合夏天的菜。黄瓜去皮后整条用刨子刨成薄片，放入大碗，皮蛋切片，油锅里煎香，加水和盐煮开，稍微多煮一会，待色泽变浓一些，浇沃到黄瓜片上，就是很好的一碗汤了。黄瓜片因为很薄，已经烫熟了，但还保留着清脆的口感，非常好吃。我很喜欢中间部分刨出来的黄瓜片，一排排细细的黄瓜籽整齐排列着，落到碗里，如绶带般随意弯卷，很美丽的。汤水则因为随煎过的皮蛋煮过，有一股浓厚的油香，味道并不单调。

五月将尽时，月仔从淘宝上给我寄来十二斤云南小土豆，怕我吃惊，提前告诉我。收到是大大两袋，用无纺布袋装着，一袋小的，一袋稍大，都已拾掇得很好，土豆上的泥都洗干净了。这种小土豆是红皮的，小的只有鸟蛋大，大的也不过鸡蛋大小，是我小时候顶喜欢吃的那一种。几年前我曾写过，我们那里种的就是这种小土豆，有红黄两种，地方上喜欢把它们切片氽汤吃，用猪油炒一炒，然后加水煮熟，偶尔奢侈一些，或是家里来了客，在里面捏几个肉丸子一起烫熟，起锅时撒几粒小葱。月仔一定是记得我从前的热爱，所以寄了这样珍贵的礼物来。于是照小时候喜欢的吃法做汤吃，怕做得不好，先问三姐做法，而后挑小的削皮。说起削皮，又想起水上勉的书里一段关于削慈姑皮和芋头皮的话，说看到电视烹饪节目里，做菜的人像剥小孩子穿的棉袄似的把慈姑的外皮削下来，只剩下很小很小的身体，感到吃惊。他说慈姑本身有苦味，但外皮有甜味，且皮极薄，将外皮及里层的果肉一起削掉，过于浪费。与之相似的是削芋头皮，从前他在寺庙做隐侍（长老的助手，为长老做饭）时，庙里有独特的刮皮方式：

把带泥土的芋头放在大约三斗大小的桶里，放满水，将顶端钉有横向木板的棍棒插进去，双脚踩在桶沿上，双手转动棍棒。在棍棒下端的横板搅动下,芋头互相碰撞摩擦,大约二十分钟,芋头皮浮在水面,开始露出里面美丽的芋头肉。就这样保存起来,用作食材。不要用刀把皮削掉。可是,在电视上表演的厨师麻利地把芋头削成郁李那么小,把那么厚的芋头肉毫不可惜地扔掉。这样的做法让芋头难过。它刚刚还在雪下的土地里。

水上勉九岁开始在禅宗寺院的厨房生活,十几岁时在等持院担任长老的隐侍,为长老做饭、洗衣服、打扫卫生。受僧侣生活的影响,他很珍惜地里来之不易的箪食瓢饮,认为淘米洗菜这样的事情,也要精勤诚心,浪费食物良好的皮肉,自然是不合格的。我初看到这话,感到很亲切,因为在过去乡下生活中,也少有浪费,大多都在一种自然的循环里。第一次在城里发现人们削土豆皮只是用刨子将外皮连同下面一层肉直接削掉时,我的心里也感到十分震惊而可惜。水上勉所写的去芋头皮的方法,从结果层面说,和过去我们乡下去洋芋(地方称土豆为洋芋)皮的方法类似,即只是刮去外面薄薄一层皮。大概这样小的洋芋,倘若再加厚削,剩下的就太小、太可惜了。在门口长年累月倒扫地的尘土、不要的破东烂西的空地上,找一块小孩子打碎碗之后扔在那里的碎瓷片,我们称之为"瓦杂子",水里洗洗干净,就用这碎碗片破口的锋刃把已洗净泥土的洋芋皮刮去。洋芋刚从土里挖出来，皮是鲜明的玫红或明黄，用瓦杂子轻轻一刮，比纸还薄的皮就一片片刮下来了，露出里面光溜溜的洋芋。遇到疙瘩眼里的皮，用碎瓷片的尖角轻轻一挖，也就刮得干干净净。皮刮好，把洋芋在清水里洗一遍，漂去碎皮，就洗好了。

这去土豆皮的方法，到了城市里就很难实行下去。毕竟城市里的土豆已经离开土地太久，不像乡下的土豆那样新鲜，皮就不容易刮除了。第一次看见菜场里卖的巨大的土豆时，心里也十分惊讶，世界上原来有这么大的土豆！这土豆使人感觉陌生，有很长一段时间，我都不喜欢吃饭馆里炒得脆生生的土豆丝，因为习惯了家里煮洋芋汤或是炒洋芋绵沙沙、粉坨坨的口感，觉得那是没有炒熟的东西。这回重睹小土豆的面，很想用小时候的办法来刮，只是没有碎瓷片，找了一会，勉强找到一把很钝的水果刀，刮了起来。不料长途跋涉了几天，土豆的水分失掉了一些，皮已经刮不动了。我把它们泡在水里，过一会再去刮，还是很难刮掉，只好还是用刨子将它们刨成小小的一个一个。

做土豆汤前，先发消息给三姐问洋芋肉丸汤的做法，然后开始做。土豆洗好后，切片在油锅里炒，遵从姐姐的嘱咐，炒到略微有一点焦的样子，再加水煮到熟透。而后将料酒、生抽、生粉、鸡蛋搅好的肉末轻轻捏成小丸子放进去，盖上锅盖煮两分钟，起锅。北方买不到像南方那样细的小葱，切一点青菜叶子撒进去代替，一碗可以当饭的洋芋肉丸汤就好了。洋芋肉丸汤也许是夏天里我唯一愿意吃的荤汤，小时候家里偶尔买了肉，爸爸有时会做肉丸汤给我们解馋。青菜肉丸汤或洋芋肉丸汤，肉丸子煮得很嫩，里面已经有菜籽油了，还要掭一勺猪油进去，以增其香。我对小时候喜欢的菜，记得清楚的多是妈妈做的，爸爸做的则大多模糊，这个肉丸汤，是我能记得的为数不多的"爸爸做了很好吃"的菜之一。想到有一天自己竟然也能做出不输于爸爸做的好吃的肉丸汤，心里很觉得高兴，吃饭的时候，难免多吃了几颗，连小孩的饭盘里，也摆了满满一盘。

2018 年 6 月，北京

萤火虫之光

三月底时，从北京回南京，在姐姐家暂住。夜里睡在小外甥女床上，蓦然发现床头墙上贴着几颗星星图案，正在暗夜里发出微弱的荧光。心里一下子惊奇，想起小时候所爱的"夜明珠"。说是"夜明珠"，其实只是一种绿色塑料珠子串成的手串，因为会在黑暗里发光，所以有了这样的美名。小孩子十分宝爱，偶尔得了一个，白天也常常躲到被窝里去看，且必要去同伴间炫耀，教他用两手紧紧握住，只大拇指间留一线缝隙，把一只眼睛贴上去看。一边得意地问："看，会发光吧？"看的人答："真的欸，会发光！"如此相互传看，心里充满由衷的喜悦与艳羡。

那时我们自然不知它们是塑料做成的，或者即使是塑料，也一样觉得宝贵，因为塑料玩具在那时我们中间也是一样难得。电视里放古装剧，皇帝的宝座前总有两颗硕大的"夜明珠"，暗夜中烁烁发亮，是这样珍贵的宝物，怎能不引起人的垂涎啊！我因此很想拥有一个这样夜明的珠串，然而从小学到初中，对夜明珠的期待于不知不觉间消退殆尽了，我还是没能拥有过一只完整的手串，只偶尔捡过人家遗落在土里的一两颗珠子，洗干净了，夜里躲在被子里，努力捕捉它发出的光。"夜明珠"的光很微弱，发光的时间也很短暂，经常只亮一小会儿，就没有亮了。第二天白天我们把它拿到太阳底下去晒一晒，这是卖"夜明珠"的小贩子传授给我们的方法，这样夜里它就会重新短暂地变得亮一点点。

与"夜明珠"的光色同调，而更近自然、更能引起小孩子的兴趣的，是萤火虫的光。多年以后，我才知道萤火虫对生存环境的要求很高，只有在植被繁茂、水质洁净的地方，才能生存下来，而那时家门口夏日夜晚的萤火虫，早已不复旧时繁多，只有零星的光影游移了。在我们童年时代的乡下，萤火虫还只是普通的可以引起儿童好奇的昆虫之一。夏天的傍晚，晚饭过后，天渐渐黑下去，乘凉的人拿着扇子出来，聚到门口场基上。长板凳和竹凉床都搬了出来，乘凉的人就在其上或坐或躺，说几句闲话。小孩子占据了凉床上最好的位置，头枕在大人的大腿上，听大人一边讲话，一边帮他扇蚊子。天上星星倒进眼里，把眼睛映得满满的。为了省电，也为了不招引蚊子，屋子里的灯也早已全都关掉了。

萤火虫就在这时候悄无声息地飞过来，屁股上米粒样一颗小小的青光，在漆黑的夜空绕出荧荧线条。小孩子看见立刻爬起来，跟在后面追过去，一直追到家门口塘埂上，萤火虫像是终于飞累了，停在塘埂边狭长的草叶上。小孩子伸手轻轻一拢，就把它拢进手心里。害怕一张手就飞掉，就像看"夜明珠"那样，把眼睛贴到两手之间的缝隙里看，它的腹部一鼓一鼓，微光随之一亮一歇。这样看了一会，不知道还能做什么，便不再多留，张开手把它放走了。

除开蝴蝶或蜻蜓这样美丽的昆虫之外，过去乡下小孩子对于捉到手的昆虫大多随意生杀，对于相貌普通的萤火虫却有可以说得上温柔的情感，大概就因为它会发光的样子实在是太神奇了吧，漆黑的暗夜里那样青荧荧的一点，实在是太好看了吧。一个虫，竟然会发光！萤火虫的光是"冷光"，这一点我们直到日光灯取代暖光的白炽灯成为乡下主要的照明工具时才知道。家里第一次装日光灯时，装好后小孩子往往要站到板凳上，把手举到发着惨白光的灯管下一试，说："是冷的！是冷的！"对萤火虫的光也一下更感到兴趣，特意捉了到手上去感受：确实是没有温度的。只偶尔有淘气的男孩子，蹲在草丛里一口气捉上十几二十只，塞进大人喝酒剩下的空酒瓶里，带在身边看。然而光很快便弱下去，弱到几乎不见，萤火虫也渐渐积到瓶底，不再四处爬动。小孩子没有办法，只好在场基前把瓶子磕一磕，把这群已半死不活的萤火虫磕出来，放它们慢慢恢复精力，缓缓在无人的夜里四散飞去。从那时候我已经知道，萤火虫的生命力是很弱的。

离开家乡去城市读书以后，多年不复见萤火虫的身影。在南京念书时，曾有一个夏天的晚上，和陌生的朋友约了同往明孝陵紫霞湖畔看萤火虫去。夜幕初降的孝陵外树影憧憧，我独自站在门口，给另外两个女孩子打电话，确认她们到底在哪里，心里充满了害怕。找了好久,终于找到,一起往黑魆魆的孝陵里走去,情况也并没有好转:三个人仍是害怕,尤其是走到深处的树林里,我几乎是一刻不敢松懈,暗自紧绷着神经,朝周围四处张望,生怕什么地方有坏人跳将出来。走了一会,还是没有看到萤火虫,我说:"要不我们还是回去吧!"同行的女生却说:"还是再往前走走看吧!都走到这了!"

只好继续往前去。屏息凝神走了许久,忽然听得前面热闹起来,原来是终于到了湖边。许多人在湖中夜泳,水花与笑语扑溅不断。这是之前我从不知道的事,紧绷的神经终于松弛下来,我们不会游泳,只靠湖边坐下,看人在水中嬉戏。有夜游人靠到岸边,一边扑水,一边与女伴中较美的那一个搭话。不敢再单独走来时的路,我们一直等到夜泳人散去,才和他们一起走出林子。那一晚自然是一只萤火虫也没有看见,事后想来还感到害怕,同时想到,如今城市里其实早已不具备这样的生态条件了,萤火虫的愈来愈少大概是必然的事吧。

谷崎润一郎的《细雪》里,有一节写雪子姐妹应邀去大垣相亲,介绍人用的就是请姐妹们过去看萤火虫的借口。虽然那一次相亲最终显得潦草、阴郁而冷淡,但在相亲前一天晚上,姐妹们换上适合的细洋布单衣,跟随众人去小河边捉萤火虫的场景,以及回来后的深夜,二姐幸子躺在床上,回忆起捉萤时的景象,和一只遗落在房间里、爬到衣服袖筒中发出微弱的光的萤火虫，都写得十分动人，充满梦幻之美：

> 这时正好是四周仅存的一点落日余晖马上就要变成一片漆黑的奇妙时刻。萤火虫从两岸的草丛中嗖嗖地飞了出来，划着和狗尾巴草同样低的弧线飞向正中间那条小河……一望无际的河岸两边到处都有萤火虫在乱飞……先前没有发现是由于草长得太高，草丛中飞出来的萤火虫不向天空飞，而是紧贴着水面低低地摇曳。就在天色变得墨黑以前，浓重的夜色从低洼的河面一点点爬上岸来，人们的视觉还迷迷糊糊地分辨得出身旁的杂草在摆动的时候，小河遥远的彼方，缭绕在河岸两旁的几条乍明乍灭、像幽灵般的萤光带，到现在甚至还出现在梦境里，即使闭上眼睛都历历在目。……
>
> 当她们追逐萤火虫时，那条小河特别长，一直线地伸向远方，没有尽头。河上架有许多小桥，她们通过小桥不时在两岸间来回奔走……互相提醒着别掉进河里……生怕被眼睛像萤火那样闪烁的蛇咬了。跟随她们一起去的菅野家六岁的男孩惣助熟悉这一带的地形，在伸手不见五指的黑夜中飞快地到处奔跑。孩子的父亲、菅野家的户主耕助这天晚上充当向导，他怕孩子出乱子，不时"惣助、惣助"地高声叫唤。

那时，萤火虫多得不计其数，谁都随心所欲地说话，可是一行又都被萤火虫吸引得七零八落，要是相互间不时时呼唤，担心会在暗夜里失散。……

耕助拔起路边的杂草做成扫帚那样的一个草束拿在手里，最初不知道他用来做什么，后来才知道是用来罗致萤火虫的。……当夜萤火虫捉得最多的大概是耕助，其次是惣助。父子俩勇敢地走到水边去捕捉。耕助手里那个草束上萤光点点，犹如一把玉帚。因为耕助一直不说回去，不知要走到哪里才折回，所以她们就建议："风大起来了，我们该回去了吧。"话刚出口，就被告知他们正在往回走，不过走的不是来时那条路。尽管如此，走了很久还没有到，可见她们来时不知不觉走了很多的路。突然有人提醒她们说："喂！到家啦。"抬头一看，真的已经回到管野家的后门口了。各人手中都拿着瓶瓶罐罐，里面盛着几只萤火虫。幸子和雪子把萤火虫藏在袖筒头上攥着。

隔壁那个暗黑的套间里似乎有一个亮晶晶的东西打从斜刺里掠过，她抬头一看，不知从哪里飞进一只萤火虫，被蚊香熏得东逃西闪。先前在院子里放走大部分捉来的萤火虫时，其中有许多飞进了屋子，就寝前关闭木板套窗时，全都被赶到户外去了。那只萤火虫可能是遗留在什么地方的。它轻盈地飞到五六尺高，但已经软弱得没有气力再飞，打从斜刺里掠过那间屋子，落在屋里长衣架上幸子先前挂在那里的衣裳上了。它在友禅花纹上爬着，似乎躲进袖筒里去了。透过青灰色的绉绸，还隐隐约约可以看到它在闪闪发光。蚊香熏多了，幸子就喉痛，所以她起身灭去不放釉的狸形陶器香炉里的线香，顺便捉住那只萤火虫，把它包在手纸里——让它在手里爬有点可怕——从百叶窗缝里放了出去。再一看，先前在树丛里和水池边闪闪发光的许多萤火虫，几乎一只也不见了，大概都逃回那条小河边上去了。院子里又复变得漆黑一片。幸子再次钻进被窝，可是依然睡不好觉，翻来覆去地倾听着其余三个人那似乎睡得很香的恬静的鼻息。

因为写得这样美，令人沉醉，使人忍不住要将它们全部抄下来，甚至感觉谷崎润一郎写这段相亲，仿佛主要就是为了写这赏萤的夜景似的。这样繁密的场景，小的时候我在乡下也没有见过。谷崎润一郎说捉萤火虫不像赏樱花那样犹如一幅图画，却是思索性的，就像童话的世界，有点儿孩子气。在我们的古典传统里，夏夜的萤火虫也总是属于女人和儿童的，因此不妨说，在传统认知中，萤火虫是一种属于弱者的美，正如它脆弱的、难以做出抵抗的生命一样。虽然看法布尔写萤火虫麻醉蜗牛吸食，又使人感慨萤火虫完全不如它看上去的那样柔弱。

　　《细雪》中写到，当时捉萤火虫最有名的江州的守山和岐阜，把那里的名产捉了献给权贵们。小林一茶亦有俳句："女儿看呵，正在被卖身去的萤火！"周作人注云："日本夏天有卖萤者，富人得之放庭园中，或盛以纱囊悬室内，以为娱乐。"想来捉了萤火虫献或卖有悠久的历史，在我们去看萤火虫之后的几年中，将夏夜多萤火虫的野地开辟为景区，或是从生态相对较好的别地捉来萤火虫放飞到景区、人为营造"萤火虫胜地"的新闻也越来越多，用几张大片萤火虫飞舞出绿光丝带的延时照片吸引游客去看萤火虫，其结果总不外一两年后萤火虫数量锐减，或是几天后萤火虫大量死亡，使我对城市中人特意去某个"景点"看萤火虫的事，逐渐感到深恶痛绝。如今只有偶尔回乡，在旧家的夏夜，无意中又撞见一两只孤单的流萤倏地从门前飞过。生境的破坏使得如今它们在这里也很少见了。小时候追萤火虫，有时萤火虫飞得太远，已飞到了塘埂深处，小孩子跟在后面，犹豫着不敢再往前走，怕草缝里有蛇，只好在塘埂边站住，遥遥地看几眼，就走回去。如今回想起来，庆幸于那时的惆怅大约更接近于"美"。不被人占有的萤火虫，在暗夜中独自飞过、不为人见的萤火虫，就是最美的萤火虫了。

2018年5月，北京

一杯甜汤

八月的最后一周，莫名想吃火锅，最后决定在第三次想起的那天晚上就吃，让家人在网上下单了菜和底料，很快送到家来。下午给小孩念绘本，念到葡萄干是怎么做成的，想起家里还有两包放了很久未吃的，遂拆开来给他吃。一面吃着甜蜜的葡萄干，一面想起高中时县城街上麻辣烫店所卖的冰葡萄干汤，忽然十分怀念，起意做一份晚上吃火锅时吃。两把葡萄干，加多一点水，几颗冰糖，大火烧开后小火煮三十分钟。中间去查看两次，葡萄干渐渐被水炖开，变作鼓鼓的椭圆，心里觉得很可爱，以前在麻辣烫店吃的就是这样胖乎乎的吧？

高中时很多次，就是因为想在夏天喝一杯这样的冰镇葡萄干汤，才去五小那边的街上去吃麻辣烫。卖麻辣烫的人似乎也知道，冰柜里甜汤总是预备得很足，无论什么时候都不缺。已经是高三了，麻辣烫在县城里还出现不久，价格颇昂，素菜五毛钱一份，一碗最少要烫三样，正是那时县城一盘青菜香肠炒面的价格。我们常常在星期天的傍晚去吃，是一个星期里难得有余裕的时间，平常都在教室，星期六要回家，唯有星期天的傍晚，还没有开始新的一个星期的苦学发奋，在上晚自习前的黄昏，可以三两个同学约着一起去满足一下很馋的心。也因为刚从家里回来，口袋里有这一星期新的零用钱,是最富裕的时候,可以稍稍奢侈地花一两回。然而我们还是舍不得,只按最低标准吃,拿一把粉丝、一串海带或一串包菜,再加几片薄薄脆脆的泾县云岭锅巴,三样就已经满了。篮子里空荡荡的,递给老板时难免要感到些心虚,害怕受到低视。这么几样东西对于我们青春期旺盛的胃口来说,也不到能吃饱的程度,但还是舍不得再加,一块五毛钱对于平常只吃八毛到一块钱一份的食堂饭菜的我们来说,是很奢侈的。何况还要买葡萄干汤呢!葡萄干汤更贵,炖好了凉在冰柜里,早已冰得透了,有人要,就用一只带耳的大红或翠绿色鼓点玻璃杯端一杯过来,要价一块钱。我们咬咬牙,每个人点一杯,一边吃一边喝。舍不得喝太快,小口小口嚛着,冰汤很快在玻璃杯外结出一层细密的水珠,摸上去湿漉漉的。我们县城里的麻辣烫,我后来去外地上大学后,就觉察出其味道与外面城市的不一样,是结合了本地口味的麻辣烫,准确来说,就是只有辣而没有麻,因为本地人那时还很少吃麻的东西,不习惯那样奇怪的口味。辣却大都很能吃,麻辣烫的名字里既然有个"辣"字,自然更是辣得厉害。我们唏嘘着,吃几口麻辣烫,就嚛一口冰葡萄干汤,努力用舌头把冰汤微微推到唇外,淹到嘴唇而不至溢出的程度,这样浸几秒钟再喝下去,被辣得发痛的嘴才好受一点。我有时甚至疑心,那店家是不是为了多卖一点葡萄干汤出去,才把麻辣烫做得那么辣的。来吃麻辣烫的人,不管大人学生，基本上人手一杯葡萄干汤。那时候多数人家都没有冰箱，这样甜的、冰凉的夏日饮料，无异于琼浆玉露。

乡下也有葡萄干汤，却是热的，我记忆里总是冬天，在人家结婚的酒席上喝到——也许是冬天结婚的人多，又或是冬天里那样滚热的葡萄干汤才更让人记忆深刻。乡下婚宴，在凉菜、热菜过后，最后照例有甜汤，蜜枣汤、莲藕汤、银耳汤、葡萄干汤、煮汤果子（汤圆）种种，总归有三四样。煮汤果子最后上，一碗煮汤果子端上来，就说明这场酒席的菜已经上完,不会再上新菜了。酒席尚未开席时，炖甜汤的锅子已经在灶屋外面的墙边上炖着，红泥小火炉，里面木炭红红燃着,带两只小耳的深白铁锅煮得热气咕嘟。最后端上来，都煮得很烂了，蜜枣胖大，丝丝分开，莲藕炖得发酥，只轻轻一咬就掉下来，银耳雪白黏糊，葡萄干也圆滚滚，汤里加了些许山芋粉（红薯粉），带着半透明的黏稠。甜汤无一例外都加了许多糖，蜜枣汤和莲藕汤汤色深红，红、白糖皆可，银耳汤和葡萄干汤加白糖，无论哪一种，都甜得齁人。在物质匮乏的年代，这样死劲地甜的汤，才能烘托出办酒的人家的真心实意和喜庆。但汤的量都不多，每桌照例只有一碗——乡下比饭碗大一号的蓝边碗，或是汤碗，端到桌上，人们纷纷起身，用调匙舀给小孩吃。每个小孩分半小碗,大碗里就所剩无几了。女人们就势舀一勺自己喝一口，就空掉了（至于男人桌上的甜汤，他们都不吃，也未必是不喜欢吃，只是都要喝酒,别人不吃,自己也就不好意思舀,最后就放在那里冷掉了)。小孩子望望想要第二碗而不可得,甜汤因此显得格外珍贵——要说难做吗,自然也并不是,不过是拿水和糖来炖而已,但除了办酒,大人们绝不会想到单独为自己家的小孩做一份(假如做了,会被视为"惯宝宝"吗?),糖是要花钱去买的东西,何况是许多的糖呢?乡下的行事准则,第一就是勤俭,一切尽量从身边山川土地中来,凡是要花钱去买的东西,就自动摒出日常享用的范畴,要再三再四地踌躇了。因此在我记忆中,从未有过饱食甜汤而餍足的时候,总是几口就喝掉了自己碗里的,看着空空的碗,想着能不能去哪里再蹭一点汤来喝了。

自己做好的葡萄干汤,放凉以后,天已经暗了,来不及进冰箱,慌忙中冻了几个冰块,放到杯子里。把火锅底料放进锅里,加水烧开,菜一一洗净上桌。吃得热起来时,把葡萄干汤拿出来喝,果然是接近从前的味道,只不如人家放在冰柜里冻得久,凉意透彻。一边喝,一边却感慨起来,自己做的果然还是太舍得放葡萄干了,要像从前卖麻辣烫的人家做的那样,里面只有区区十几粒葡萄干,沉在杯底,要一边吃一边用勺子去搅,把它搅得浮起来,然后迅速拿起杯子去喝,于一口中捉到一两只,那时候的葡萄干,才格外珍贵啊!

2018 年 8 月,北京

世界上方便面这样好吃的东西

夜里把小孩哄睡着后，悄悄出来，在桌前剥一只石榴吃。石榴个头不大，籽是很美丽的粉红，想到李商隐写石榴的两句诗："榴枝婀娜榴实繁，榴膜轻明榴子鲜"，后面两句是："可羡瑶池碧桃树，碧桃红颊一千年"，其实并不是专写石榴的，但仍然喜欢他将石榴写得珍贵鲜明。后来大家都睡了，我惦记着已到了交稿期限的专栏，坐在电脑前想写一点，却怎么也写不出来。一边拖延着吃石榴，一边喝一点很热的茶。这两天北京一直下雨，天气骤冷，才十月初，竟就有了往年十一月初的寒气。人真是季节性的动物，天气稍冷一点，立刻开始哆嗦着想念滚烫的汤食了。

去年冬天，小孩还小，正是吃奶吃得凶的时节，我因此常常觉得饥饿，夜里尤甚，到了十一二点，倘若不吃一点东西，长夜漫漫，简直不知如何能挨得过。也不忌惮长胖，想着终归是到了小孩身上，于是往往去煮一包方便面来吃。守在一只小奶锅前，耐心等水烧开，将面饼和调料投进去，等面饼稍微煮散，打一只鸡蛋进去，再将一根火腿肠掰成几段，也丢进去煮，最后放几根青菜，烫熟盛出。这样一碗煮好的青菜鸡蛋火腿肠方便面，就是我最简便丰足的夜宵了。

有些人吃方便面只是为了应付不方便做饭的时候，我吃方便面是因为觉得它真的好吃。每隔一段时间不吃，便十分想念，一定要煮一包解馋才行。在被打上廉价垃圾食品的标签之前，方便面有很长一段时间曾是乡下小孩子梦寐以求的高级零食之一，那样的经历想必出生在八十年代的人大多不会陌生。方便面最早出现在我们那里，大概是一九九五年，我和妹妹读小学五年级前后。我们那里卖的是一种"幸运"牌方便面，中文字下印着大大的斜体"Lucky"字样，在上下学必经的小店木头架子上层，一包售价七毛，等同于一支那时夏天里最贵的紫雪糕的价格，都在我们轻易吃不起的范围之内。吃方便面的机会因此难得，要等不知什么时候大人有钱且高兴，给了五毛或一块的大钱，满心欢喜拿到小店去换。

驰名国内的小浣熊干脆面，不知道是出来时我已经在念高中，还是乡下少见这更贵的种类，总之小时候我们从没有吃过，更不要说收集卡片了。后来我看到城市里的人怀念小浣熊干脆面，就觉得于我何有哉，但我们最开始吃方便面，就都是干吃，从没有泡着或煮着吃的时候。大概小店里的人就是这样告诉我们的，"干吃就行"，因此在地方上风行起这样的吃法。一袋方便面里简单一只方形波浪面饼（不像现在的面饼多是圆形，改正了方形面饼不易放入碗中的缺点），一包掺杂着盐和味精的粉末调料（没有后来那么多包调料）。我们隔着袋子，把面饼捏成碎碎的小块，把调料撒进去,再揪起袋子口使劲晃一晃,使其附着均匀,而后一小块一小块很珍惜地拈吃。油炸过的面饼香而松脆,我们都觉得很好吃,吃到最后,总不忘把袋子抖抖,把里面剩下的最后一点"脚子"(碎渣)全部抖进一角,然后倒过来,倒进手心,再一口吃掉。方便面实在是太好吃了,要说有什么缺点的话,那就是一包的分量太少,太容易吃完了。那时候我和妹妹总是分吃一袋方便面,比起别人来,更常常觉得不够吃。

初三那年,我和妹妹在一所离家十几里路的中学复读。学校在一片田畈里,晚上要上自习,学生大多住校,逢到周末才回家。大概是因为长身体,那个时候不晓得为什么总是那样容易饿,冬天夜里,到了下自习的九点半十点钟,简直饿得魂不守舍,吃不到东西的话,要默默忍耐很久。有一个老师的家属,在学校分给自家的平房里卖夜宵,菜肉馄饨、青菜面,一块钱一碗,有学生要吃,就去下一碗。这价钱对那时大部分学生而言太高,馄饨又不能抵饿,我们不舍得去吃,只偶尔经过时从窗外张望一眼,昏黄的钨丝灯泡下水汽氤氲,有一种遥不可及的向往。我们同宿舍几个女生,常去的是历史老师的妻子开的杂货店,那里有一种"白象"牌方便面,八毛钱一包。不同的是,这种方便面一包里有两块面饼,可以吃两晚上,等同于四毛钱一块,可以说非常便宜了。我和妹妹尤其喜欢,因为终于可以每次各有一块面饼吃了。买了方便面回到寝室，各人坐在床上咯吱咯吱吃着，一面泡脚、翻书、说话，人渐渐感到饱足、暖和。那样的气氛，如今回想起来，仍然是很温柔的光景。离开初中以后，我就再也没有吃过这种方便面了。

到我们上大学时，方便面已经成为普通的快餐食品，是绿皮火车上最常见的平民食物了。那时候我在苏州，离学校不远有一个极大的欧尚超市，相较于学校的小教育超市，商品极齐备而价钱更为低廉，每到周末，同学都纷纷去那里采购生活用品和零食，每次去都人潮汹涌。还是大型超市刚刚兴起、活力和风光无限的时代，我刚离开家乡县城，来到城市，头一次遇见这样的巨型世界超市，简直算得上是一个不小的文化冲击，正如看着校外大马路上呼啸而过的大卡车而不敢过马路一样。和同学一起去逛欧尚，是类似于逛街一样的活动了，然而常常也买不起多余的什么，总是逛很久，最后拎一大袋卷纸、一袋五包装的方便面回来。有一阵子我突发奇想，要吃方便面减肥——对食物的卡路里还一无所知的年纪，如今想来，当然是很傻的。用一只小电饭锅，每天中午煮半包方便面来吃，只加几片青菜叶子，觉得既然已经对自己这样刻苦，想必能瘦下去。幸而煮了没两天，我就觉得太麻烦了，放弃了这个减肥之计。但方便面吃得还是多，大三大四时，宿舍楼下的麻辣烫摊子，差不多每天都要去一两次。这麻辣烫生意极好，吃的多是女生，每天放学后排队，点一些荤素菜类，最后加一块面饼，烫熟了拎回宿舍。煮在麻辣烫里的方便面是很美味的。

　　吃方便面的这些年，我所吃的，始终只是超市里最常见的品类，没有特意去找过网上流行的据说好吃的方便面来吃。各种加料的方便面做法，也只是看看，很少去做——因为觉得只是直接煮出来的方便面，就已经很好吃了（但是泡的方便面就极为鸡肋，唯一可取的只有香气。我讨厌把方便面称为"泡面"，就是因为觉得泡的方便面通常都太难吃了，和煮的方便面简直是两种不同的东西。只有那种一手可握的杯面，里面的面条很薄，即使只泡一会也很透，吃起来不错）。只是年龄渐长以后，青春时期那种对食物的好胃口逐渐薄弱，偶尔才会想起，很久没有煮一包方便面来吃了。去年冬天有一天夜里，我从厨房端出一碗煮得笃笃滚烫的方便面，一边吸着鼻子吃，一边看手机，吃了几口，忍不住感叹：一个家，还是要有几包方便面，才像是一个家啊！这样的话，倘若被别人听见，也会觉得很好笑吧，但却是那时我的肺腑之言。写到这里，天已经快要亮了，为了写完它，中间我已经又去煮了一包方便面来吃了。

2017 年 10 月 12 日，北京

柿子与山居

北京秋深时，给小孩买了几盒柿子。因有一天他在幼儿园放学后去同学家玩，见到人家桌上鲜红的小柿子，便嚷着要吃。那柿子小小的，朱颜映发，外覆一层薄霜，的确令人喜爱。大人们为他剥了一个，又剥一个，再剥一个，最后足足吃了四个才罢，临走时手上还拿两个人家赠予的。我不好意思，又觉得好笑，回来路上问他，这么爱吃柿子吗？要妈妈给你买一盒吗？答说："嗯，是的，要买。"遂吩咐家人下单，晚上外卖便送来两盒柿子，不料却不像在邻居家吃到的那样，一个个已熟成得很好，如鸡蛋般摆在特制的塑料盒子里，而是一盒中十来个柿子直接堆在一起，尚是橙红发硬，不到能吃的程度。盒子上写：

属软柿子品种，因果实色红如火，果实光泽似水晶而得名。但是由于熟后的软柿子皮极薄不易运输储存，所以提供的都是七成熟的柿子，可以放两个苹果或者香蕉进行催熟，三到五天时间，红通通软软的基本就熟了，可以尽情享受柿子的香甜软嫩了。

我告诉小孩说："柿子还是硬的，放一放就熟了。也许明天早上起来就会有一个最熟的柿子能吃了,等一等就好了。"把柿子放在桌上,就懒得再管。小孩却不能等待,第二天早上醒来,第一件事就是去捏柿子,哪里有能吃的?咧着嘴便要哭。没有办法,只好又在别处寻了与邻居家一样包装的来,这回送来的终于是一模一样、红通通的柿子了,外盒上写着"珠柿红"——不枉这样的形容,的确是红得如赤霞珠一般。这不是北方树上常见的磨盘柿,也不是江南村庄习见的那种圆柿子,而是圆肩慢慢收下去,收到底部成一个尖,如同一颗鸡心宝石般的柿子。因为小,而又格外可爱秀气。拿着柿子从肩上轻轻一撕,最外一层极薄的皮便撕下来了,露出里面一层磨砂般的肉质皮,再里面才是鲜红的果肉。我一边给小孩剥着,一边想起小时候在家里,只有熟得最好的柿子才能顺利剥下这样薄的皮,那时心里不知要多欣喜,如今这柿子却颗颗如此,真是了不起,不知是用什么方法催熟的。跟着吃了一颗,的确鲜甜柔软,里面没有硬核的种子,只有那种弹软的"小舌头"(想起邻居的小孩说,"我姥姥说里面有'小舌头',我最喜欢吃里面的'小舌头'了"),嚼起来很好玩。但吃完这一颗便还是不再吃了。

不知从什么时候开始,我对柿子的爱变成了一种叶公好龙的爱。爱秋来柿树上满树明红的柿子,爱枝上挂着的零星冻成紫红、带着破败痕迹的柿叶,爱人家屋檐下成串晾挂的柿干,只是不太吃柿子。偶尔下决心吃一颗，也觉得味道很好的，只终究难打起精神。到底是为什么呢？难道只是因为柿子剥起皮来麻烦，容易吃得一手黏糊糊吗？这真是"吃狂牙"了，小时候的我倘若知道今天的我竟然如此奢靡，一定要大摇其头。

　　小时候我们是多爱柿子呢？我们那里地方偏僻，物类贫乏，一年四季除了水稻与菜园中菜蔬以外，但凡像样些的果树，比如桃李，远近村子里一棵也没有。乡下没有卖水果的地方，一年四季，只有夏天收完稻子以后，县里有梨园的会开了拖拉机，拖着满车新摘的梨子、苹果，开到村子里来跟人换稻子。柿子树却算不上珍稀，一个村子里总有一两户人家门口种着么一两棵，又那么肯结果子，年年秋天结得满树满枝"桠桠林"的，格外显得体贴小孩子的心。每到秋深，柿子由绿转黄、由黄转红之际，总有亲戚或相熟的人家，摘一畚箕自家树上的柿子送来给我们吃，因此柿子之于我，是可以亲近的家常产物，不是遥不可及的单相思了。生柿子硬涩，吾乡给柿子去涩的方法是插芝麻秆，而后将之埋在深深的稻堆里。这方法如今听起来有些麻烦，但在其时，却是与乡下生活紧密相连，实行起来极为简便的。从前芝麻在我们乡下是极常见的东西，路边菜地里常见一小块人家种的，我从小理解"芝麻开花节节高"，便是在芝麻开花时节看它那细高秸秆上从下向上逐次开放、如小铃铛般朵朵垂缀的洁白花序中得来的。柿子变红之际，也正是芝麻成熟、从地里收回之时，又正是乡下晚稻收完晒干、运回屋中贮存的季节。三样东西，在乡民的生活里皆触手可及，取办毫不费力。我们得了柿子，去谁家正在晒的芝麻秆边捡几根空的来，把芝麻壳去掉，只剩秆子，用剪刀剪成斜斜的一截一截，再插到柿子头上。一颗柿子头上插四根，而后将它们埋在堂屋里一大堆新收回来还没有装袋的稻子里。剩下的事就只有等了！小孩子没有一个不心急的，第二天就要偷偷翻开稻子，看看昨天留心埋在外面比较红的那个有没有熟了——还没有——又将它埋回去。等了三五天，终于熟到可以吃了，喜滋滋将它们掏出来，跑到外面去吃。柿子埋的时候，这里埋一个，那里埋一个，等到掏的时候，也重有那种发现的快乐。捂好的柿子在初冬阳光下透红发亮，插在上面的芝麻秆和柿子接触的地方已经有一点发黑了，不过从前我们好像都不在乎这些，拍一拍表皮上的稻灰，就把秆子拔掉吃起来。吃到扁扁的种子，就很灵巧地用舌头把它剥出来。至于"小舌头"呢？吃到一个就很稀奇，且觉得很划得来，因为觉得是多吃了一点原本要变成种子的肉。

有时候也有担子挑着到乡下来卖的，柿子多盛在细密竹匾里，一颗颗整齐排列着，望去明红美丽，上面也端端正正插着芝麻秆，都是熟透了的。竹匾下一对稻箩，底下铺着稻草，里面放着更多柿子。等上面竹匾里的卖得有些空了，人就从稻箩里再拿些出来摆上。柿子价贱，乡下人见到了，也多舍得给小孩子买几个，俾其欢天喜地捧着，一齐站在场基上吃。初中学校门口，秋天在卖煮茅栗、卖泡泡子和卖发糕的人中间，也常有卖柿子的人来歇脚，趁课间卖几颗，再挑到别处去。软柿子如此平常，脆柿子却极少见，我从小在家乡所吃脆柿子的次数，总不超过两三次。大约都是很远地方的亲朋，偶尔来家里玩的时候捎带过来的。那样甘甜的、清脆的口感，极受其时小孩子的我的欢迎，第一次吃时，简直惊奇极了，像是世界观受到了洗礼：世界上竟有这么好吃、这么脆的柿子！但吃脆柿的机会实在太难得，长大后回想起来，不因柿子难得，而是本地人多不知道脆柿的制作方法。有一年我不记得从哪个姑奶奶或姨奶奶手里得来一只脆柿，且从她那里听说了制作脆柿的方法：把柿子放在冷水里泡着，上面盖上辣椒草（水蓼），放上几天就行。辣椒草在我乡下遍地都是，如同它的名字所揭示的，味道苦辣，连牛也不吃。偶尔我懒得放牛时，硬要把它牵到村口那一块布满辣椒草的空地上，这头脾气很好的牛才会走走停停，到处拣着吃上一些（如今想来真是对不起你啊牛）。我兴奋不已，回去立刻如法炮制，将泡着一颗硬柿的大碗藏在床肚底下，又从门口扯回一把辣椒草，郑重架在碗沿上面。等了大概两天——或是三天，拿出来一试，啊，呸呸呸，还是涩！我失望至极，当下就把那颗柿子扔了，此后再也没有尝试过。要到十几年后，我才从别处知道，原来是要将辣椒草枝叶和柿子一起泡在水里，这样才可以帮助柿子快速脱涩，不禁恍然大悟，原来当年从祖辈那里辗转听来的方法，在半路上就已经走了样了——但是，等等，难道不是我理解错了"上面盖上辣椒草"的意思吗？原来说的是要把辣椒草直接放在水里，盖在柿子上，而不是要把辣椒草架在盆沿上啊！不禁深恨起来，为什么当时要用一只碗？如果用的是盆，辣椒草的长度就不够架在上面，必然会泡进水里了！但也可能正是以为要将辣椒草架在沿上，觉得盆太宽了，才特意挑了大碗的吧……当一个错误要发生时，简直是挡不住的。

此外便是柿饼。我们乡下不是柿子的名产区，寻常见不到自己做柿饼的人，乡人要吃柿饼，都是过年时节，店铺里用透明的塑料密封袋装起来卖的。压得圆圆扁扁的柿饼，上面结着厚厚的白霜，这是去了皮的柿子分泌出的糖分，在低温条件下在表面凝结而成的。这柿饼只在过年前后出现，供人拜年时送给亲戚老人。正月里走在路上，手上拎着红袋子去远近亲戚家拜年的人们，少不得要买一袋柿饼在其中。那时我却不爱这老人家通常喜爱的东西，觉得太甜；等到我觉得柿饼的甜软也分明不错的时候，已经是在北京工作以后了。在北京的第一个秋天，头一次见到北方公园里柿树上硕大的磨盘柿，我心里吃了一惊：这么大！比南方的柿子可要壮硕得多了。也一下便明白"磨盘"的由来,那上下宽阔、中间勒进去一圈的宽扁的形状，的确像两片叠在一起的磨盘，又像是一只食盒，上面是盒盖，下面是盒身。北京的秋天比南方来得要早得多，柿子红得也早，待到十一月初，树头枝叶便所剩无多，常有花白衣裳的喜鹊在枝头跳跃，勾头啄食较软的柿子。被咬破的柿子半坠着，有时支撑不住，便"啪"的一声摔落在地，留下一摊污浊的痕迹。等天气再冷一点，木叶凋尽，只高高的树头还残留着一些红红的柿子，冬天的阳光照着，映着其上遥远的、为大风吹透而明亮近于耀眼的晴空，泛着近于白色的光。有时大风吹过，柿子在枝头缓缓摇晃，看起来像在蓝天上轻轻游动。有时候，在较老旧的小区，人家晾晒大白菜和大葱的地上、窗台上，旁边也会摆着几颗这样的大柿子，柿蒂朝下、柿身朝上，一副稳稳笃笃等待成熟的样子。但这柿子的味道如何，我到今天也竟一次都没有尝试过。有一年在街头遇到卖脆的磨盘柿的，想起小时候对脆柿子的热爱，忍不住买了一袋，回去却一直放在那里，直到柿子渐渐由青转黄，由黄转红，最后红到发黑，不得不扔掉，也没有拿起来吃过。

这时我唯一还肯吃的，似乎便只有柿饼了。不同于小时所见的那种圆圆扁扁的柿饼，如今市面上流行的，似乎恰是那种鸡心形的柿子所晾晒而成的，有名的如富平吊柿，甜软流心，比小时候印象里的要好吃得多。有一年我买了一箱，放在冰箱里冷冻，冬夜里偶尔拿出一只，泡一点茶配着吃。怎奈买得太多，而一颗日渐龋坏的臼齿在碰到这样甜的食物时便隐隐作痛，最后柿饼几乎大半未动，在冰箱冷冻了一年之后，终于被我清除出去了。在那之后，我似乎便明白了自己对于柿子虚空的爱，不再想着买它来吃，而只在秋冬遇见明红的柿子树时，在树下举目流连了。但也还是不能完全忘情——有时是在电影里，有时是在视频里，见到住在山边的女孩子，在深秋摘来通红的柿子，一只只削去外皮，用绳子将柿子系住，一串一串挂在屋檐下晾晒。等过些时日，柿子晾得干枯发黑，就取下来，一层干柿皮一层柿饼再一层干柿皮地收在大木桶里，等到冬雪飘零的时候，柿饼的"霜"就出好了，可以拿出来，在冬日的炉火边一边就着茶一边吃。每当看到这样的情景，或其他类似的时候，就不免羡慕起来，想起自己另一叶公好龙的愿望，便是在山边有一个适合居住的房子，一年中不同时节，可以时时去住，随时观察自然，体会不同晨昏。

　　这愿望不用说是缥缈，房子自是买不起，就连租房也不大可能，何况找一个合适的房子又是那么难呢？与此同时，我又深知如果没有设备良好的房子，乡居生活是如何不便——毕竟是从小在乡下长大的。视频里看着生机盈盈的菜园、花园，以及一日三餐的饮食，无一不需要背后的人花费巨大的心力，时时打理，才能维持表面生活的秩序。如果房子不具备现代化设施，要面对的困难就更增多好几倍，简直接近于自讨苦吃，是拍视频或有追求的人才会特意去做的事情了。这些事都要求人本身拥有强旺的生命力，而实际上，我是个连每隔几天给阳台上的几盆花浇一浇水都觉麻烦、白天一人在家永远只愿煮面条或方便速食以度日的人。甚至直到今天，因为害怕黑暗，回乡下自己家的时候，在那样一个平地中央的村子里，晚上独自还是连门都不大敢出。但是，但是，假如有那么一个风景优美清寂的地方，有一座适宜的房子，像电影里那样现代设施齐全的，可供我时时去住呢？还是忍不住心窃喜之。就像现在乡下也没有什么人住，但从前的屋子和树大多还好好地在那里，即便住了人的人家，吃的东西多了之后，对每年这样勤勤恳恳结出一大树柿子的树也感到头疼，就任由它在树上挂着去；但倘若有人从远处经过，到了这样一条无名的小路上，看到路旁人家门口这样一树满满的柿子，红得那样美丽，在清晨或黄昏雾霭似的水汽中笼罩着，明明黯黯，如同红色的小灯，树尖上还零星点缀几片霜冻得通红的叶子，难免要发些思古之幽情，慨叹它几句的。那么就还是怀着这缥缈的愿望，时时作一虚无之向往吧。

2020 年 11 月 11 日，北京

打粉丝

北方的寒冷来得迅速，进入十月中旬，就使人忍不住要吃烤红薯了。

烤红薯的味道之好，我是到上大学后才知道的。冬天城市大街上，常常可见烤红薯的摊子，一只改造后的汽油桶，摆在简易三轮车车斗里，卖红薯的人就骑着这个三轮车走街串巷，遇到人多的路口，就把车子停下来卖一会。在冬日寒冷的街头，烤红薯散发着近于永恒的香气，油桶里烤好的红薯拿出来，桶面上摆成一圈，借着下面桶的温度，不至于很快冷掉。这些油桶里烤的红薯个头通常都很大，为着人买的时候能多称点重，而又都烤得很好，从里到外烤透了，有时外面破了口，流出里面甜蜜的黏汁来，看着非常诱人。那时我看见那样胖大的红薯，烤得那么软、那么透，而外皮竟不焦黑，心里总觉得非常厉害，不知他们是怎么烤出来的。不像我小的时候，冬天地方收了红薯（我们叫作山芋，因为多种在山上，据说那里的土才长得好），小孩子想趁家里煮饭时在锅洞里烧一个，总是被大人们嫌碍事，就算勉强答应了，不用火钳把它从锅洞里夹出去，也总是烤不好。稻草火旋烧旋灭，要烧一把添一把，火力不够，常常是饭烧好了，红薯还只有外面滚了一层碎灭的白灰，根本不顶事；硬柴的火又太猛，没烧一会就把外壳烧焦了，里面却还是生的，剥开来勉强啃一口，温温地、半生不熟地硬，到底还是扔了。那时候我们不懂其道理，不明白烤红薯乃是要埋在灰里，外面用高温慢慢焐熟的，而非直接在烈火中烤，因此虽然怀着很多向往，过去我却几乎从没有吃过一个好的烤红薯。

我们那里的人吃山芋，因此多不用烤，而是煮的方法。大的切半，小的整个，加少许水烀熟，这样的山芋直接吃；或是切成小块，冬天的早晨煮山芋粥；或是切厚片，煮饭时等米开锅后，靠在饭锅边蒸熟。都是普通的吃法，平常家庭种一点，多是这样吃掉了，而在那时，地方山芋最大的去处，却是用来打粉丝。

我在高中时，结识了一位外校的同学，她的家在山上，平常村子里除了种点田之外，一个重要的副业就是冬天打粉丝、卖粉丝。那里基本家家户户都种山芋，四五月份山芋秧子插下去，很快铺出密密长长的藤，到十月十一月，天有点凉了，就要准备收山芋了。地里山芋藤子一掀，底下一嘟噜一嘟噜的山芋就跟着带出来，余下的再用锄头去挖。山芋收回来，就要准备洗山芋粉，做山芋粉丝了。

先洗山芋粉。我们地方的山芋，和现在城市里卖的红薯品种不太一样，这种山芋的个头圆胖，外表淡水红，切开来里面淡黄而近于白。若论甜度，不及如今流行的烟薯、蜜薯，淀粉含量却很高，适合打粉丝。山芋一担担收回来，屋子里堆得像小山一样。

先洗个两百斤左右，一筐筐倒到山芋机里粉碎。然后就是筛山芋粉。大水缸预备几个，有的人家还会在缸边挖一个地槽，四四方方的，五六十厘米深，里面垫上塑料布，上面再铺一层塑料薄膜，以备洗粉时用。打碎成渣的山芋先放进大缸里，缸上立一架，用大毛竹或两根稍细一点的树干做成立柱，上面再绑一根横的毛竹或木棍。横木中间垂一绳，绳底缚一个十字形的木架。这木架四头都挖着圆洞，这时底下绑上一块很大的纱布，将纱布四角从架子四头的洞里穿过去，系得紧紧的。然后把粉碎的山芋渣倒进纱布里，一面加水，一面用手不停揉搓，摇动架子，将山芋渣中的淀粉洗出来，漏进下面的大缸里（地方做豆腐，把磨好的大豆洗出水时也是这样）。等到洗出的水变清，山芋粉就差不多洗好了。剩下的山芋渣子弃之不要——不是真的不要，这山芋渣子回头晒干，拿到外面去卖，有的人家会买了喂猪，回去加水一煮，就是一份喂猪的好饲料。

一缸接满，就把架子移动，换到另一缸上去。等两三缸都接满，就用一根管子通到旁边挖好的地槽里，等待沉淀。等过了一夜，到第二天早上，山芋粉就沉淀好了，上面一层白雾雾的清水，下面是全白。把上面的水放掉，底下就是已经凝固的山芋粉块。

晒山芋粉。家里住楼房的，这时把淀粉块拿到楼房平顶上去晒。大清早一起来，用大扫把把水泥平顶扫一遍，扫得干干净净的，把山芋粉块放上去，一面用手捏得碎碎的，放那里晒。山芋粉晒一个白天，到了晚上，一般就干了。没有楼房的人家，就还是用过去的老法，将竹编的大簟子铺到门口场基上，把山芋粉块捏碎，铺到簟子上去晒。这是一种专门用来晒东西的竹簟，过去南方很是常见，和夏天睡觉用的竹簟差不多厚，但是要大得多，也能卷起来，用来晒东西是很好的，又干净，又方便。山芋粉要铺在簟子上晒，当然是因为粉丝这个东西要做得很干净，不能直接在地上晒，沾灰。

山芋粉晒干了，就收起来，等到天上冻的时候再做粉丝。先洗山芋粉，等到小山似的山芋堆全部洗完，天差不多也就冷下来了。打粉丝一定要等到上冻时候，这是因为还要经过必不可少的"冻"这一步。什么是"上冻"呢？就是一夜醒来，外面田里、山上下满了霜，塘里背阴处也结了层薄薄的冰块，这个时候，就是"上冻"了，可以打粉丝了。

打粉丝一般一个村子里三四户人家一起打。因为步骤多，还有点复杂，差不多要十来个人一起做，因此互相帮忙，今天这家打，明天那家打，一起把事情做了，于各家都方便。做的时候，两人揉粉，先往山芋粉里加少许和了水的明矾，有时还要加一点小苏打，这样一起放在大钵子里，揉成一团一团，再搬到漏粉丝的锅灶旁。一个专门负责漏粉的人，此刻坐在锅灶前一只高凳上，凳子把他垫得高高的，他就把脚垫在灶台上，手伸到锅上面，一手执一只大漏勺，一手执一只锤子，旁边另一个人往漏勺里塞上一小团山芋粉团，他就用锤子把粉团锤下去，让粉丝从漏勺的孔里漏出来，落到底下烧得滚开的水里面，迅速烫熟定型。塞粉团的人不停地一小团一小团地塞，他就一锤一锤地打，好让粉丝源源不断地漏到锅里去。

粉丝在锅水里烫一下，旁边又一个人就把粉丝捞出来，捞到手边一只很大的水缸里，好让它冷却。过去没有自来水，这缸里的水过一会就要舀出来几盆，再兑点凉水进去，好让缸水一直保持在不太热的温度。捞粉丝的人右手捞，手上转一圈，左一下，右一下，就让两边的粉丝变得一样长，差不多一把捞好了。这个缸旁边，还有一个缸，里面也灌满冷水，缸上横一根细竿。粉丝在前一个缸里过一遍，接着在第二个缸里又过一遍，这样在凉水里过了两遍，淀粉就洗得很干净，凉透了，不怕再粘在一起。然后旁边又一个人，这时就把粉丝扯断，架到缸上横着的细竹竿上，再端到场基上事先搭好的架子上去晾。

打粉丝的这个锅很深，很大，直径差不多就有一米。要是锅太小，粉丝漏进去垂不直，就会缠到一起。所以打粉丝的时候，要在外面场基上专门搭一个大灶。这个灶比较简易，但是上面也有烟囱，这样烧火的时候就不会呛人。灶下一个人专门负责烧锅，这时候添火的材料就是山芋藤。早在收山芋时，就把山芋藤晒干了，缠成一把一把的山芋藤把子，堆在家门口。等到打粉丝的时候，就一把一把往锅洞里塞山芋藤。烧水的火要大，要保证水一直在沸腾，水一边烧，一边还会蒸发，还要一直往锅里加水。这真是一个非常热闹的过程！对于小孩子来说，很有一种不同于平常的节日气氛，因此都很开心，在四边围着跑来跑去。搭粉丝竿子的架子，也是粗毛竹绑成的立架，两根粗长的柱子，下面有立柱支撑，大概一米来高，挂着粉丝的细竹竿就这样一架一架架在上面晾着。为了防止风把粉丝吹干，晾着的粉丝上要盖一层塑料布，这样水分就会流失得少一点了。

因为人多，做事情快，一天下来，差不多八九百斤的粉就打完了。都晾在竿子上，等吃过晚饭，人就把一个大场基上铺满稻草，把粉丝一竿一竿地平铺在上面，然后等它们"上冻"。稻草是秋天田里才收的，晒得干干的，蓬蓬的，很松，铺起来沙沙地响动。粉丝半夜还要翻一遍，好让它两面都冻透，晚上这一家的男人就要睡在外头，拉一辆木头板车在旁边，里面铺一床垫被，一床盖被，半夜醒了，就起来把粉丝翻一遍。

粉丝冻好，变得硬邦邦的，一种黯黯的深青色。这时已到了年关边，就可以拿出去卖了！过去在我们那里，每到过年前后，村子里常有用稻箩挑着一捆一捆粉丝来卖的人。乡下人过年没有不买粉丝的。冬天吃饭，饭桌上一只炖炉子总少不了，腌菜炖豆腐，或是萝卜炖肉，红泥小火炉，里面燃着炭，小白铁锅放在上面慢慢炖。在吃饭前扯一把粉丝出来，放在脸盆里用开水泡软，等吃到一半时，把粉丝也捞出来放到炉子里去烫，滚热地搛起来吃。是小孩子最喜欢的冬天的晚饭，白铁锅上热气腾腾扑起——由烤红薯而想起打粉丝的故事——如今那个村子里的人，恐怕早就不再以打粉丝为业，本地的粉丝，大概也早就不是这样的手工生产了吧。

2021 年 11 月 10 日，北京

野果

一

一月，在朋友写野果的文章的指引下，去看了梭罗的《野果》。在引言中，梭罗赞颂出产于本土的野果的意义，对那些作为商品培育的水果不以为然。"对我们来说，本土所生所长的东西，不管是什么，都比别人那里生长的意义更重大……成为商品的水果不但不如野果那样能激活想象力，甚至能令想象力枯竭萎缩。硬要我做选择的话，十一月里冒着寒冷散步时，从褐色的泥土上拾到的一颗白橡树籽，放到嘴里嗑开后的滋味远胜于精心切成片的菠萝。"花了大把的银子远航出海，贩回本土没有的外国水果，即使赚得盆钵满满，也"远不如孩子第一次去野外采浆果有意思。虽然后者带回家的不过是勉强盖得住筐底的越橘，却因此走到从未涉足的地方，体验到成长"。本土所长的不起眼的野果，除颜色与滋味外，其动人处更在于人们看到它们时油然而生的亲切和愉悦之情。那正是孩子们从小一次次地去寻找、采摘和品尝野果过程中所培育出的感情，蕴含着对一方土地出产的了解与熟稔。

看梭罗长长地描绘五月向阳山坡上初熟的草莓和六月到八月间湿地上丛生的蓝莓，是很难不为他的描述所打动，而产生同样去采摘的愿望的。那些干燥山坡上丛丛簇簇的野草莓，自顾自地在初夏时钻出泥土生长，从未得到过人们的照料，结出的美丽果实却集甘甜和芳香于一身。梭罗引《北洋放舟》作者赫恩（Samuel Hearne）的说法，说印第安人称草莓为"心果"，因为草莓的形状像一颗心。第一次看到这样的话，心里觉得很是震动，因为我也曾对着一盘草莓想过，草莓看起来是多么像一颗颗心脏啊。虽然我所面对的，正是梭罗所低视的种在园子里、被精心包装过然后在市场出售的草莓，但也忍不住对它们有了更深一层的感情。世异时移，时至今日，商业水果早已成为世界的主流。

那些采摘本地浆果和水果的文字，也很难不让人回忆起小时候采摘野果的经历。举我记忆中儿童时代野果的代表，首先自然是"梦菇子"。要到许多年后，我才会知道它的中文正式名是山莓。在江南地区很多地方，它和它所在的悬钩子属许多甜美多汁的果子，又以各种各样"泡"（藨，pāo）之类的名称存在着。山莓在早春时节开花，春节过后，在丘陵地带低矮的山坡上，山莓五瓣的白花在带刺的灌枝丛中逐渐开放了。这个时候，除了使过路儿童熟记它的位置，它们那细小的白色花瓣不会引起任何多余的注意，但等到了五月，一切便大不相同了。先是硬硬的绿色果实逐渐结出、长大，而后慢慢转成淡黄、橙黄，最后成熟，变作明亮的鲜红，就是小孩子们争相采摘的时候了。从前村子里山莓有好几大丛，在那时小孩子的心里远不够多，但比如今要多上许多，都在小山坡的边缘，小孩子们上学的必经之处，相对于下面土路显得有些高，凌乱的枝条披覆远扬，红红黄黄的果子就这样一颗一颗，或左或右，垂缀其上。

要怎样形容一颗山莓果的形状呢？如今我会说它正仿佛一颗小小的心脏——一颗微型草莓的模样。不同的是，它由一颗颗很小的核果组成，而非像草莓食用的是它膨大的花托。或者也可借用鲁迅那著名的比喻，"象珊瑚珠攒成的小球"，有的山莓果形状也接近于球形，但鲁迅所用之形容的覆盆子，应该还是悬钩子属其他植物。这小小的成熟果实，宝灯般亮于枝上，惹得每一个经过它的小孩都禁不住去寻找，每一个在自己熟知的山莓丛边经过的小孩，无论是一天中的第几次，都会重新走到它的跟前，再一次搜寻探看。找找有没有遗漏或新熟的果子，可以在别的小孩发现之前吃掉，好像采完一圈花粉的蜜蜂，又重新返回来检查有无采漏的花朵一样。

每一种颜色的山莓果，我们都曾在喜出望外或百无聊赖的心情下摘过，很清楚它们的味道。绿色的离成熟还早，吃起来硬硬的，没有汁水，没有味道。当一颗山莓果刚刚染上黄色，就已经被小孩子纳入可摘的范围，尽管这时候它们吃起来还是很酸，也硬，汁水很少。有时候小孩子也会留着它们不摘，希望它们能够变得甜软一些，没有在变成橙色之前被别的小孩摘掉。等到果子变得橙黄，就已经很可口，酸甜多汁，不折不扣，应该迅速下手。而最成熟的红色果子，它们鲜甜，柔软，汁水丰富，没有一丝酸味，是最好吃的。这样的果子可遇不可求，往往只能靠运气撞到一丛，或是偶尔，在灌木丛深处，有几颗被乌绿的叶片遮住，因此被所有小孩锐利的眼神遗漏，幸运地长到了最大最红的时候，而于此时被一个幸运的小孩发现，没有熟透烂掉、变瘪，也没有被虫子啃过，还在枝上很好地结着，饱满通红。对于这个孩子来说，这真是这一天最幸运的一件事，不怕茎干上的钩刺，立刻将手向暗影深处伸去。

　　大部分时候，摘到的都只是橙黄或微黄的果子，橙黄的立刻吃掉，而微黄的，若是中午上学路上心有不甘地摘下来的，就往往会扔进那时怀抱着的玻璃酒瓶装的一瓶水里，泡着等下午上课的时候吃。酒瓶是大人喝酒剩下，大多在收破铜烂铁的来时一分钱一只卖掉了，只留下一个没有卖，把它在水塘里洗了许多遍，直到里面的酒气闻不出了，这时候小孩子用它来装水，在逐渐晒热的天气里，带到学校过半日。常常是临走时才从开水瓶里倒的水，或是急急忙忙在碗里凉了一会，吃完饭再灌到瓶子里的，这时候也还是温热。黄黄的山莓果在这样的热水里泡了一会，并没变得好吃起来，甚至可以说因此多了一点奇怪的味道，但上课时举起瓶子来喝一下，还是可以聊作变化的游戏。酒瓶一在嘴边举起来，水面漂浮的果子便随倾斜的水位向后退去，要将一颗果子咬进嘴里，有时要费好几口水的工夫。最后终于捉到一颗，咂摸着在嘴里咬开了，还是酸、硬，甚至更酸了，但可以光明正大地在老师面前做一点不一样的事，感觉还是好玩，因此令人不能忘记。

二

除山莓外，那时我们乡下另一种常见的悬钩子属植物是茅莓，地方称为"野（yǎ）梦菇子"。这名称只是用以示其类似而又别于梦菇子，并不是说山莓不是野生而茅莓是山莓的野生品种。茅莓花开得很晚，大概总已是初夏时候，果熟则在七八月份，天气已非常热了。不同于山莓花的白色，茅莓花是玫红，虽然也只是小小的一点，但因为这点在那时生活里不太常见的玫红，便显得很不同似的，容易被儿童的眼睛注意到，觉得那细小的花也很美丽。它的植株很矮，不同于山莓是有些高大的直立灌木，而常匍匐在大路旁的田埂上，或山坡下的荒地中。我们放学路上，或放牛至某个荒地的途中，偶尔碰见一蓬茅莓，爱那粉紫色的花，也爱那暑热中渐渐成熟的果子。茅莓果是非常漂亮的圆形，攒成整个果实的单颗籽粒比山莓的要大得多，成熟后一粒粒饱满、圆润，透出如红宝石般颜色，更当得起"小珊瑚珠"的比喻，看起来非常诱人。但实际上，茅莓的果子即便红透了也还是比较酸，远没有山莓熟透了的味道好吃，因此小孩子们虽然也爱茅莓的果子，却绝不至于像对山莓果子那样魂牵梦萦，初夏时节每天上学放学的路上都要去寻找。"野梦菇子"不到红艳艳晶晶发亮，就不会有小孩去摘来吃。如果把它摘下来，会发现它的聚合果底部是有点空心的，不像山莓是完整的实心。

曾在我们的生活里忽然出现，一度变得相当日常和熟悉，而后却匆匆消逝的野果，那时候有桑葚。有几年时间——大约在我们念小学三四年级到初一——一九九三年到一九九六年之间，地方上忽然流行起养蚕这件事情。如今回想起来，这正是那时风靡全国的蚕桑热在乡村的波流，其流行与破灭时间稍稍滞后于城市，而命运则与之休戚相关。蚕茧能够卖大价钱的传言流播到乡下以后，人们把大路两边原本种植水稻的田全都改种了桑树，各家各户纷纷养起蚕来。那几年春天，天气还有一点冷时，大人们就拿出从街上买回来的蚕籽（从前在大人口中听到，我总以为那是"蚕纸"，本地方言中没有翘舌音）准备孵化，黑黑蚕卵细如夏日傍晚飞着笼罩整个田野的蠓蠓子，盛在一只两面蒙着薄薄白纸的小木框子里，晃一晃，有沙沙的声音。春日清早，小孩子们挎着篮子去田里摘桑叶，回来用干净抹布把叶子上的露水擦掉，撒到大小竹匾里已经变成一条条小肉虫的蚕身上，给它们吃。房间里一股森森的青气，蚕们都吃得非常迅猛。我们有时喜欢站在那里看着，看它们用硕大的头部下的颚齿沿着桑叶边缘飞快地从上到下啃食，灵活得像一台小型切割机，很快把一片桑叶啃出一大块空缺。有时竹匾未及清理，底下洒满黑黑一层大人称作"蚕沙"的东西，是它们的排泄物。等到蚕要蜕皮或要"上山"做茧，它们就停止吃东西，趴在桑叶上，把头高高地昂起来，像瞭望着什么似的，一动也不动，我们说，蚕睡着了。

桑葚是在什么时候成熟的呢，如今我已记不确切，只记得大约是春末，桑树田里一行一行，绿枝丰茂，我们散到里面，去找红熟的桑果子，影影绰绰看到远一点其他地方人的身影，听到一点的声音。摘人家桑田里的桑果子不会被骂——的确没有一个大人曾为此呵斥过我们，但我们曾受过太多大人其他的斥骂，因此还是有一点紧张、害怕、警觉，觉得不被看见是更好的事情。桑果子条虫也似结在树上，我们挑紫红的来吃，没有紫红，水红的也可以，但不会有如今我们在城市里看到的放在塑料小筐里卖的那样乌黑的样子，也没有那么大，那么肥，吃起来容易使人联想到毛虫。这些种作商品卖的桑葚品种不同，我们那时又从没有等待桑果熟成紫黑的耐心和余裕。一块桑田里成熟的桑果不多，但对于其时几乎没有零食的我们来说，已经很是奢侈，乐意花费半天的时间去其中寻找游嬉。但也不敢过于开心,即便是在那时,我们也已经隐约知道,这并不是什么能赚到钱的事情。大人们在养蚕和卖茧时节相互间的言语,透露出希望的渺茫,最终蚕茧卖不到钱的现实——不只是蚕茧价格的下跌,还包括在这本不是蚕桑之地的乡下,乍始养蚕的农民,养出来的蚕茧去卖时总是会被挑剔不够白不够好,又或是蚕还没"上山"前,出了什么问题,死掉了很多,诸如此类的挫折与损失——又使得他们进一步变得失落和暴躁,一个没事显得太开心的小孩,总有可能会被训斥。

　　两三年后,当人们终于在反复的犹疑和观望中确信,养蚕不但不能使他们发财,甚至还必须得接受这几年养蚕所带来的额外损失时,那股子种桑养蚕的风气,才又如同它席卷而来时那样,彻底猛烈地刮走了。人们砍掉桑树,挖出桑蔸,重新将桑田恢复为水田,挖出的桑树根堆在各家门前,成为其后那个冬天本地烧饭的柴火的主力。而我爸爸,一个有着五个女儿的农民,因为一种被笼罩住的整个环境的根深蒂固的贫穷和一种仿佛天性的盲目,以及抚养过多的小孩而产生的生活压力和随之而来的挣钱渴望,对于这股风气中的不祥意味似乎比别人又更视而不见一些。就在村人即将纷纷砍桑的那一年,他还承包下离家几里路远的一块山坡,雄心勃勃要在这块坡上种满桑树。记不清是什么时节,我们姐妹连同妈妈在山坡上忧心忡忡地种着桑树,即便是我们,那时候也已经清楚地知道蚕茧卖不出价钱了，担心着这附近没有水塘，山上太干，回头要到哪里挑水来给桑树浇水，诸如此类的事情。这块山坡上的桑树并没有等到来年春天出产桑叶，大概就在那个冬天，就被父母全部挖掉了，桑树根堆在门前，做了很久的柴火。而我们在这次无助乃至于加剧家庭贫穷的忧患得以结束之后，除了微微的如释重负之外，又曾隐隐感到的寂寞是什么呢？那便是在那之后，我们就再也没有过在桑田里寻找桑果的春日了。

三

虎杖在山边抽出一节一节高高的肉质管状主茎，茎上生发出细枝和卵圆叶子，我们称之为"酸管子"。因为这管子一样的主茎嫩时可以吃，富含汁液，吃起来味道酸酸的。酸管子那时颇得我们喜欢。有一年春天，我和妹妹去三姑姑家玩，在她家旁边裸露着红土的坡崖上发现了一大丛高高的酸管子，同行的男孩子是住这个村的同班同学，看到便迫不及待冲过去，把茎秆掰下来，后面的人也纷纷跟着去掰，到后来每个人手上都有了一根，把茎上的叶子和皮撕掉，然后一起大嚼起来。这是我记忆中最后一次吃酸管子的情形，那时我们大概已经读初中，在其后的许多年，我不曾再见到过酸管子，找不到它共通的名字可以和人讲述，也没有照片，无从向人请教，只得在心里默默记着。直到有一天，我在网上看见虎杖的照片，才一霎时又惊又喜。"原来是你啊，酸管子！"那拔地而出的管子样的主茎，绿色外皮上布满红色的斑斑点点，不正是它吗？是因为那红色斑点看起来有点像老虎身上的花纹，所以又被命名为"虎杖"吗？那时我无论如何想象不到它是蓼科的植物，大概过去只关注到它能吃的部分，在它们长大不再脆嫩之后就不太注意了吧。

同样可以吃到一些酸味的东西是"酸叶子"，植物志里称之为杠板归，也是蓼科的植物。和"酸管子"一样，"酸叶子"的名字揭示了它能吃的部分和味道。正是它犁铧般的三角形叶子，吃起来酸咪咪的，让人把鼻子皱起来。酸叶子寻常随处可见，攀援在路边草丛中、树枝上，细藤上布满微刺，但只是微微刺手，不到让人十分顾忌的程度。它的叶子主脉背部也有小刺，那刺也很细小、软弱，吃的时候只要稍微把叶子折过来遮一下，或是将叶片背面朝上放入口中，又或是将两片叶子背面贴在一起，就不会感觉到。酸叶子在夏季结果，底下一小片圆荷样叶子承着，那是它的托叶鞘，仿佛托盘般擎出几颗到一二十颗攒聚成穗的果子。果子圆圆绿绿的，渐渐转红，转为明亮的深蓝、蓝紫，一串上各色皆有，望去十分美丽。这蓝紫色果子的外皮吃起来也是酸酸的，但薄薄的没有汁水，中心只一颗硬硬的黑色球形种子，我们平常不吃。没有东西可吃而又感觉很寂寞的时候,我们就去找酸叶子的叶子,摘几片完好的来吃。它的叶子薄薄的,老了也不怎么硬,即使是秋天也可以吃下去,但也说不上为什么,到了秋天,即便是我们,也就不大去吃酸叶子的叶子了。

一些野果只在山间存在,对于离山还有一段距离的我们来说,需要在特殊的时日才能碰到。毛栗子是不用说了,年年秋天要上山打一回,此外是"咚咚果子"和饭米果子,滋味甚美而所食甚少,因此记忆深刻。"咚咚果子"是一个浑然的椭圆,大小约等于一粒枸杞而稍短稍胖,是一个小胖子的模样,未成熟时颜色青绿,待成熟后,变作橙红,表面布满细小灰黄斑点,色泽美丽,味道酸甜。"咚咚果子"的名字旧时未解其意,在儿童的心里只是觉得好玩,好像想象里敲一个小鼓,充满音节的轻快之感。也是很多年后,我才知道它的中文正式名是胡颓子,或是胡颓子属中的某一种。寻常这种果子我们不得一见,只有时春末夏初,去泾县的山里摘茶叶,或是去什么亲戚家,行走在山路上时,偶尔撞见那么一棵咚咚果子树,也是灌木,但更直立一些,由主干上分岔出来的一大蓬,枝上正好挂了成熟的果子,仿佛红色的小长灯笼一般,底下还缀着一线灰黄的小穗子,那是它宿存的花萼——如此我醒悟过来,"咚咚果子"岂不就是"灯笼果子"或"灯灯果子"吗?毕竟在我们方言中,"咚"和"灯"的发音完全相同(都读作dēn，没有后鼻音)，与"笼"也只是声母微异（我们把"笼"读作"lén"），而在本地方言的语流中，把两个韵母相同的词语的声母发成一个音也很平常，譬如"金银花"又叫"金金花"。咚咚果子这样可爱、少见，味道又很好，总是使人难忘。

饭米果子则只有过去秋天，父母上山砍柴时会为我们留意。即乌饭树（南烛）的果子，其嫩叶在立夏时可以摘来，揉碎泡水，呈乌蓝色，然后浸泡糯米，煮乌米饭吃。后来据妈妈说，本地立夏也有吃乌米饭的习俗，但我没有小时候吃过乌米饭的记忆，也不记得是否曾见到别的人家做过，大约即使有，也已经很是衰退，在我们小的时候，就已经不怎么受重视了。因此对乌饭树，过去我唯一的期盼就是秋天父母去远山中砍家里这一冬的柴火时，能够为我们带回一把饭米果子。他们在这方面通常都很不吝，砍柴时若看见，一定会用芒镰刀为我们把带着熟果的枝子割下来，绑在柴捆最外头，傍晚时挑着两大担柴，咬紧牙关满头大汗回到门前，把担子往场基上一放，绳子一扯，扁担拿走，一脚把一边各三大捆架在一起的柴火蹬倒，就对我们说："喏，那捆柴火外面有饭米果子。"我们就闻声扑到柴捆上去，把最外面绑的几枝饭米果子枝子抽出来，摘那上面已熟作黑紫的果子来吃。饭米果子一颗颗小而扁圆，吃起来甜甜的，舌头有一点粉沙沙的感觉。不曾再吃到过饭米果子如今也已超过二十年，但因为童年和少年时代这样的记忆，它仿佛仍是我永远的朋友，哪怕是偶尔吃着少时几乎从未吃过的乌米饭，也觉得是又回到了旧友身边，格外觉着一种情感。

四

有一年春天，我在南京时，经过一个开满刻叶紫堇的小坡，看到坡丛中一棵一棵美丽的蓝紫色花，于是走过去，伸手把花拨出来。不意碰到什么，草丛中一阵迅疾的震颤，我以为是虫子或其他什么可怕的东西，忍不住吓得惊叫起来，几秒钟后低下身寻找，才发现正是眼前一棵底下已结出果实的刻叶紫堇。刚刚还密密麻麻缀满的一串小蚂蟥也似的扁长蒴果，此时大部分已经裂开，完全向后翻卷起来，翻成两瓣并在一起的如意云头，里面的种子不知所踪。一时间一种意想不到的快乐迸发出来，"原来刻叶紫堇的种子也像指甲花的种子一样，成熟了一碰就会炸裂开来啊！"

有些果实是儿童的玩具，指甲花（凤仙花）是其中最常见的之一。它的栽培如此广泛，生长于二十世纪八九十年代的中国的小孩子，小时候没有玩过它的花和果实的，恐怕不多见。如此可以说是一种集体的记忆，小小的胖纺锤形蒴果成熟后，用手轻轻一碰，果皮就炸裂开来，将里面成熟的黑色种子弹射出去。这是它传播种子的策略，那时我们不知道，只觉得好玩，一个个缀在肉质茎上从下往上逐渐成熟的果实繁多，也尽够我们去玩，因此常常结伴蹲在菜园或门口自己种的一小片指甲花丛边，拿一张纸托着去收集种子，或只是戳着去玩。发现刻叶紫堇的种子和指甲花有着相同的传播策略，那一霎时我心里的快乐，大约不亚于幼时第一次被姐姐教导着去触碰指甲花果实的心情。甚至因为是自己纯粹无意中的发现，且于一瞬间联想起儿时的经验，而感到一种双重的连接与满足。

另一种玩具是苍耳的果实，于夏秋间成熟，在那时村子里的荒地上长有许多。苍耳的植株不高，但就连牛也不吃它的叶子，不知是有毒、味道不好，还是很快结出的带刺的果实阻碍了牛将嘴和舌头伸向它的上面呢？但不管为什么，这使得它们的数量总是很多，还是夏天的时候，当它橄榄形的果实（具瘦果的总苞）还是绿色，上面布满的末端带一点弯钩的刺已经变硬，就已经是小孩子们摘来相互投掷和趁对方不注意揉搓到其头发中的武器。冬天，当苍耳植株完全枯萎，结缀其上剩余的苍耳子也已经干枯变褐，但变得更为坚硬，我不省这也是植物传播种子的策略之一，当动物近距离擦过它的身边，那刺上的弯钩可以适时抓住合适的皮毛或衣物，从而附着其上，被带到更远的地方生根发芽。我们把它们摘来玩，揉到同伴的头发里，或是挂到自己的衣服上，又摘下来扔掉，也是无意中做了它们的传播者。

垂序商陆（美洲商陆）长在山坡边缘，或宽阔的塘埂边头，我们叫它"假桑果子"，大概其一串串向下垂落的果序，以及成熟后扁圆的浆果所呈现出的黑紫，看起来与桑葚的颜色和形状有一点相像——但垂序商陆的果序要大得多，长得多，和桑葚的聚花果模式也完全不同，因此只是一种模糊的比拟，一种地方随意的命名。我们不知它们是近代从遥远的北美引进，因其强大的生存与繁殖能力，逸生入侵至此的，只以为是和田畈山坡其他从小习见的植物一样，理所当然是从我们出生之前的久远时代就一直存于此的。《野果》里这样描写那些生长在它们老家的美洲商陆：

> 我发现，在地势较高的多岩地带，如山坡新芽地两侧，商陆果最常见也最茂盛，总是成群而生。高大弯曲、形状如树的植株密集簇生，总状花序垂下来，几乎压碎了彼此，悬在九月底几乎光秃秃的亮紫色花梗周围。总状花序为圆柱形，长至少六英寸，末端渐细，底部的紫色浆果大而油黑，且熟得更透，紧挨着的是略小些的淡红浆果，顶端则为青绿浆果和花朵，都长在亮紫或深红的花梗上。有时能采到好多。

乡下的美洲商陆也常常长得十分高大，尤其是红土山坡上无人管问的，能长到一人多高，高大的紫红茎秆矗立在路边，十分醒目。日式插花的书里，有时将秋天垂序商陆的枝叶和悬垂的果序用来插花，和山间其他枝叶或种子搭配一起，充满了秋天的色彩和意趣。小时候我不能欣赏垂序商陆的美，觉得那大堆的叶子乌暗沉闷，仿佛隐隐透露出一丝危险的难闻气息，却爱它成熟的浆果，用手轻轻一捏便破开来，流出里面极为艳丽的玫红——如前所说，那时候我们因为颜料难得，心里很有一种对于颜色的向往，譬如彩色粉笔或蜡笔，都是寻常极难见到的东西；水彩笔更不可能，连老师批改作业时，在本子上留下的长长的红钩，都令我们爱慕。想要一瓶红墨水，却又明白家里绝不可能有此种奢侈，因此千方百计，想要给自己弄一点红色。趁雨天把过年时大门上贴的门对子撕下来，浸在雨水里，灌到墨水笔里去，颜色却太淡了，写也写不出。垂序商陆果实的玫红，因此在那时我们的眼里极为难得，实在使我爱慕不已。但大人却说它的果子有毒，不能去碰，这使得我们再去看那果子里流出的红色汁液和那同样亮紫红色的茎秆时，愈发觉得它艳丽得近乎诡异，只敢随便摘一两颗在手上捏碎，鉴赏一下那美丽的颜色，然后赶紧把手在草上擦干净，不敢再越雷池一步了。那时我也曾对着它们成熟的果子想，这么多果子，里面这么好看的颜色，要是能多摘一些，挤出来灌到水笔里面，拿来做红墨水怎么样呢？害怕那汁水有毒，把钢笔的塑料胶墨胆侵蚀坏，终究一次也没有试过。成熟的商陆果子到底能不能做墨水呢？看到梭罗写："商陆果的汁有红、紫二色，用作墨水，比买的要好。"不禁深深为过去的自己感到可惜。倘若那时胆子大一些，或探险的精神稍稍丰富一些，就也会拥有自己独一无二的、不花一分钱就可以得到的紫红墨水了吧。

此外常玩的果实，是从前写过的栎树果实，地方称为柴栎，如今看来，大约是白栎、夏栎或其他壳斗科相近的树木，叶子边缘有波状的锯齿。地方上将这种栎树子捡起来做栎子豆腐吃（皮日休写《橡媪叹》，老媪践霜所拾用以充粮的，就是与之相类的壳斗科树子），把壳褪下，里面的果仁打碎，然后磨成粉，用清水搅拌后，沉淀下来，滗去上层清水，再水搅一道，再淀好，再滗去水，如此至少两遍，洗去涩味；而后搲到锅里，加些许水烧成糊状，打到脸盆里，待冷却后，就凝固成形，可以切成一块一块豆腐的样子，用干净的冷水漂着；吃的时候切成小块，加多多的油和辣椒炒来吃。栎子豆腐是一种暗沉的酱褐色，我小时候很讨厌这种豆腐，觉得有股涩涩的味道，大概就是栎子中无法漂尽的鞣质吧。如今却觉得这涩味很好，配着辣椒的味道，尤其好吃，大概年纪渐长，已经可以欣赏苦涩之味，又很少能够吃到，在一种怀乡心理下，便也别有一种风味了吧。过去小孩子则只顾摘来玩，将栎壳顶上的帽子揭去，掐一截最细的竹丝从中心插进去，在桌子或平地上捏着竹丝轻轻一旋，栎子就像陀螺一样转起来，很是好玩。那时小学旁边的山坡上就有两棵栎树，我们常在上学和放学路上把它的果子摘下来玩，随便哪一处的山上，也常可以碰到，因此从未珍惜过。离开家以后，一二十年时间中，栎树们不知何时在附近山林中消退殆尽，使我无从再在回乡时觅得一棵。

五

变化一直在发生着，过去缓慢，而今迅速，贯穿始终的是从未停止过。房屋，道路，人家的人，门前的花树，山上的草木，新的变化与旧的痕迹同时存在于此，等时间再过去一些，过去的新的变化也成为旧的痕迹的一部分，凝结于村子与附近的田畈、水塘、山林之上，成为它们这一时期模样的斑驳之一。从镇上回家的路上，偶尔可以看到一块种满广玉兰或银杏的田地，或是路旁一片纷繁的香樟，人家门口三三两两从前没有的红、白玉兰，以及从前就有，但某一时种了更多的桂花树。那是在蚕桑热过后的某些年中，一轮新的树苗热袭来时所遗留下的产物，因其需要等待的时间更长，当人们终于回过神来时，一些树苗已经长得颇大，不方便拔去，砍了也无济于事，又终究怀着一丝希望，就这样最终遗留了一些下来。也是在那些年里，有的人家将一些花树种在了自己家门口，十几年后，花树们纷纷都长得很高、很大，在一定程度上改变了这片从前没有什么花树（尤其是观赏型花树）的村子的面貌。随着我们这一代的长大和离开，过去几乎每个孩子都钟爱的指甲花和洗澡花（紫茉莉）差不多从人家门前完全消失了，乡下不再有那么多孩子。少数被父母放在家里的小孩，有着他们新的寂寞，不像我们小时候那样缺少衣食和玩具，却没有合适的大人或同龄的伙伴，可以一同去天地间结伴玩耍。过去的月月红人们不再觉得好看，但七姐妹蔷薇偶尔还是攀爬在路边人家水泥砖搭成的园墙上，等待在四五月份将一墙粉花倾泻而出。旧日桂树下，有人种上从前没有过的白玉簪。住在山里的阿姨，有一天来玩时，从口袋里掏出我小时候从未见过的南酸枣的种子，问我这是什么东西，说屋后的山上落了一大堆。

此外还有什么呢？小学校早已在多年前荒废，山莓也从过去孩子们上学放学的路上消失，所有过去曾有的五丛，如今一处也不复存在。出人意料的是春天的荒地上和深秋的灌木丛中，忽然出现了蓬蘽和高粱泡的身影。四年前我第一次在村子里发现这些蓬蘽，正是在小学校从前一二年级教室后的空地上。这是头一样我在城市中认识，而后才在家乡遇到的植物——或者实际上并不是头一样，只是头一样使我真正注意到的——想到它们和山莓是一样的悬钩子属，硕大的白花和聚合的红果那样美丽，心中就不禁涌起一种激动的情感。后来的这几年，它们在这块乡下出现得越来越多，越来越常见，竹林边缘，田塍沟上，甚至连我家门前池塘边一小块桂花树荫蔽的空地上，也都长满了蓬勃的一片（那旁边爸爸前两年种的一棵小桃树上，还爬了一丛酸叶子），因为不再有什么小孩子来摘，在四月末布满红色的星星点点。高粱泡似乎也是一夜之间忽然在路边出现的，我不记得自己小时候曾在深秋见过和野梦菇子如此相像而又繁多如星的果实，但爸爸说从前就有。三年前的十一月，我在小学校下的山坡旁第一次看见它，一大片橙红果实，累累披挂在山坡下杂生的苦竹、已变黄的构树和野蔷薇构成的灌木丛中，在渐渐枯败生寒的空气里，显得十分醒目。高粱泡单个的果实看起来和茅莓的很像，都是由一颗颗饱满如滴的籽粒攒成的大半圆球，但高粱泡是藤状灌木，硕大的圆锥花序所结出的果子也比茅莓的伞房或总状花序要多得多，看起来更令人欣喜。我试着摘了几颗来吃，它的味道很酸，这一点也和茅莓一样，或许比茅莓还要更酸一些，但我已经太多年没有吃过茅莓，因此不能确定。我摘下头上爸爸的草帽，掐了几穗完整的果实放在帽子里，想兜回去给我的小孩吃。等我捧着帽子回到家，里面很多果实已经散碎开来，用水轻轻冲了一下之后，再轻轻一摘，它们就全都碎成一颗一颗小小的籽粒了。塞了几粒到小孩嘴里，以为他一定会嫌弃，谁料他却很喜欢，自己站在小桌前，小小的手指捏着，把一碗高粱泡枝上的果子全都捏下来吃了。

就这样，在人们未曾注意的时间和空间的缝隙里，野果们以某种神秘的力量变迁着。山莓和茅莓在路边消失了，取而代之的，是春天荒芜的田埂边和空地上忽然闪现的蓬虆无数的红果，和深秋寒意中路边灌木上攀援的高粱泡。但在我不再跟随伙伴前去探索的山间，仍然应该有新的山莓生长出来。新的入侵植物加拿大一枝黄花出现在塘埂上、大路边，夏日里明黄如穗的菊科细花盛开着，繁密高大的植株将从旁经过的人几乎都要遮住。仍旧生活在村子里的人并不在意，漫不经心地将之归入"蒿子"里去，这是我们对菊科蒿属植物的通称，那植株乍看上去也确实是有点像。是失去还是获得呢，或是兼而有之，如同我们正从中经过的生活？但植物所惠予我的，委实良多，好比儿童时代门口水塘里所生长的萍蓬，到如今仍年年在同一位置开出油亮的黄花。在过去经验之根系与今日经验之花叶之间，有细细茎秆埋藏于水下，默默将其连接。

又或是另外一种情形。几年前春天，因为工作，我曾到桐庐的山中去过一趟，在那里第一次看见同是悬钩子属的掌叶覆盆子美丽的花。硕大的尖尖五瓣白花，从高处灌木枝条上纤垂而下，在山中飘飘有如仙子的衣袂。那时我想，啊，山莓的亲戚呀。其时路边桃花与菜花皆开，远处重重山坡上全是毛竹，在掌叶覆盆子旁边，映山红与满山红红的粉的花开着。那一天晚上吃到了山里的竹笋，似乎只是切块用水煮了大盆端上来，却无比鲜美，是我记忆中无数次吃笋顶好吃的一次。正在吃饭间，不远处一家酒店不知为何放起烟花来，所有人都跑出去看，我也跟着跑出去，只见直矗黝黑的山前，一缕红亮烟火笔直升上去，升至最高处，却仍旧没有超出那山的范围，于是巨大浑圆的烟花就那样映着漆黑的山的轮廓，倏地爆炸开来。烟花一朵接一朵地爆炸，人们随着空中铺散的花朵发出欢呼，我端着碗，一面看，一面怀着那时仿佛无时不萦绕在心中的寂寞，想着，真美啊，要记住它。就这样，童年时的山莓和成年后的掌叶覆盆子，以及映山红和桃花、毛竹、竹笋、烟花，诸如此类的东西，联结在一起，像是叶脉伸出更细的叶脉，血管分出更小的血管，星座图中一个又一个的星点随意交织勾连，形成我生活中快乐或忧愁的无数切片。这切片便是我存在之本身一部分，虽然现在的我也并不像从前那样，在一片有限的土地上，还有那样的兴趣日日去寻找、发现。

小孩稍稍长大以后，对于"果实"这一事物，也有了远超于如今的我的兴趣。春天蒲公英的种球，夏日草地上如同三只头并头的小船、"船舱"里挤满密密麻麻珠圆的小种子的早开堇菜的蒴果，秋天牵牛花的"圆球"和鹅绒藤尖尖的蓇葖果，冬天栾树被风吹到地上灯笼般的蒴果和里面缀着的圆圆的种子，毛曼陀罗在荒地上留下的干枯多刺的球形蒴果，都可在玩耍时充实半天的光阴。还有那些他从未在真实的山野见过，只在想象里充满向往的热情的果子，比如八月炸（三叶木通、木通）。起初他是在绘本上看到，知道它能吃之后，便对它产生了浓烈的兴趣，喜欢和八月炸有关的图片、视频，涂抹有关八月炸的图画，让我教他写"八月炸"三个字，在而后一段时间里，歪歪扭扭地在我的本子上、地板上、床单上和一切他喜欢的地方写上"八月炸"三个字，在和外公视频时，说着等到秋天时要回去，让公公带他去山里找八月炸。那不倦的热情常使我感慨，那里面似乎含有一些我如今苍白的生活中逐渐消失的，诸如活力、好奇、勇气之类的东西。梭罗在《草莓》篇的最后写："还是印第安人起的名儿好——心果。仿佛天意，初夏里咬开一个草莓，就真的像吃下一颗红彤彤的心，勇气豪情顿时油然而生，一年余下漫长的日子就能面对一切，担当一切。"是这样的吗，真的可以吗？在等待春日迟迟不来的灰茫漫长的日子里，我买了一盒又一盒的草莓。吃下这枚心的果子，我们会变得能够更加忍耐、同时也更具勇气吗？也许，等下次合适的时候回家，我要带小孩去山上寻找山莓的果子，一起吃一小捧那小小的、生长在山野间的红彤彤的心的果子，然后再来看一看，我们是否又增添了一丝的勇气。

2021年2月14日—3月12日，北京，雨中山桃花开

山丘之上

下篇

过年

很多年没有这样过过年了。

过年的气氛从腊月里一点一点地生发出来,到腊月下旬,一般的人家都忙起来。有很多的事要做。打年糕,年糕打得很早,有时候腊月中旬,男人们就用稻箩挑着泡好的糯米去打年糕的厂子了。清早出门,到半下午挑着一担年糕回来,打好的年糕在大簸子里晾硬了,收进干净的腌菜坛子,淹满冷水存着。坛沿上也要灌满冷水,以保证空气隔绝。煮早饭的时候,就从坛子里捞两条年糕出来,洗净贴在锅沿上蒸熟,给小孩子搭嘴。逢到下雪的日子,用大白菜煮年糕,滚烫的一碗,临出锅前用筷子往里面夹一大筷月亮形的猪油,看它在白菜年糕汤里迅速融化了,变作诱人的斑斑点点。杀猪,从年头养起的小猪,这时候已经大了,可以杀了。杀猪的日子,我总要早早跑掉,等到差不多时才回来。杀好的猪一半肉卖掉,一半肉自己家留着腌。杀猪的晚上,要烧一桌跟猪肉有关的菜,请亲戚和关系好的邻居来吃,杀猪的也来。腌腊鱼腊肉,偶尔有腌鸭子。早上田里满是霜,把腌好的腊鱼腊肉一条一条挂到门口竹篙上。到傍晚暮色里的空气变得潮寒,又一条一条收到堂屋里去。

上街买年货。买对联。买火炮和花炮。给小孩子买新衣裳。买瓜子,新鲜的葵花子装在麻袋里,有人要买,就称几斤。瓜子称回去，晚上在铁锅里炒。一个人在下面塞稻草，一个人在上面炒。瓜子炒熟了，摊在竹筛子上冷却。刚炒好的瓜子微软，带一点未烤尽的水分，要等到冷了以后，才会变得脆起来。冷却的瓜子收在白铁罐子里，放在房间里橱柜上面。整个正月，家里来了人，至少要泡一杯茶，抓两把瓜子给人家吃。那时候塑料袋在乡下还是很少有的东西，空气潮湿，这装在白铁罐子里的瓜子很容易绵掉。绵掉的瓜子就不好吃了，但大家还是就那样吃着。买金枣、明心糖、云片糕、蜜枣、酒，准备正月里送人用。自己家不做糖的人家，要买一点片糖回去。做糖的人家，要买一点麦芽回去熬糖稀，做花生糖，炒米糖，灌心糖。偶尔有人做芝麻糖。

腊月二十七八，打豆腐。买豆腐干。炸豆腐果子。安徽人没有年豆腐不可谓之过年。豆腐都是找远近村里卖豆腐的熟人做，自己家种的黄豆，秋天晒干了收起来，这时候用清水泡发，拎过去做。打好的豆腐泡在装了干净井水的小红桶里，每隔两天换一遍水，要吃半个月。直到正月十五前后，天气暖起来，豆腐要坏掉了，才差不多吃完了。

炸圆子。炸糯米圆子、藕圆子。糯米饭煮熟，晾凉，搓成乒乓球大的圆子，入油锅炸透。街上买来的节藕，泛着轻轻的紫色，洗净，用筷子打去表皮，刨子上一点一点擦成藕泥，再调好搓成圆。藕圆子炸熟呈金黄，掰开里头是淡淡的紫色，很香，个头一般都做得比糯米圆子秀气些。炸"鹅颈子"。晒干的油豆皮在水里蘸一下拿出来,一张摊开,将调好的肉糜铺上去,卷成长条,水淀粉糊好,用刀剁成段,推下油锅炸。炸至金黄捞出。吃的时候略微加一点盐和水煮透即可。这是很得小孩子欢心的东西,炸过的肉馅重新烧过,滋味极香,豆皮绵软,其他的东西轻易难以比拟。

换床下垫的稻草。睡了一段时间、已经变塌的旧稻草,抱到锅洞下烧掉,铺上今年秋天新晒的稻草。稻草才铺上的头几晚,睡起来很松软,有太阳晒过的植物香气。拆被褥,晒棉絮,洗床单,洗被单,在太阳要落时用长针长线把拆开的被单和被子重新订起来。到三十那天上午,妈妈很早就要起来,穿行在灶屋和水塘之间。这一天她有很多的事情要做,要到水塘边去好多趟。爸爸给她打下手。杀鸡,杀鸭,杀鱼,一样一样收拾得干干净净的,放在竹篮子里沥干水。包蛋饺,肉馅剁好后,从锅洞里夹一小炉烧过的炭枝,支一口小锅在上面,切一块肥肉,每煎一个饺子前,把肥肉在锅里光一下,让它有一点油。舀一勺蛋液进去,炭火上滋滋作响,夹一筷调好的肉馅到蛋皮中间,把一半蛋皮用筷子夹上来,盖住肉馅,再翻个身,略煎一煎,一个蛋饺就好了。煎好的蛋饺要煎一大碗,回头重新烩着吃,或是正月里烫炉子吃。

锅灶下的火一直烧着,铜炉里的水很快响起来了,接了一瓶开水,上一瓢水,过不了几分钟又响起来。铜炉的响声使人急躁。

开水瓶早装满了，妈妈赶我们去洗澡。我们再不能延挨了，跑到楼上，把冬天洗澡用的红色的澡帐拿出来，挂在房间中间一个钩子上洗澡。乡下冬天洗澡实在太难过了，尤其在澡帐还没有鼓起来的时候。这是一个很长的塑料澡帐，被水汽鼓开后就像一个高高的圆筒。我们把澡盆罩在澡帐底下，帐沿用盆底压住，只开一道小小的缝。先倒两瓶开水进去，再用水汽把小缝贴上。直到水蒸气把澡帐鼓得很胖很胖了，我们才脱了衣服，艰难地从澡帐缝里钻进去。澡帐上凝的水珠滴在光着的背上，凉得人一惊。进去在澡盆沿上坐好了，把澡帐缝重新贴上，水还很烫，我们慢慢坐着，等水温一点。这时候我们不觉得冷了。澡帐里面还放一两开水瓶热水，我们一边洗一边加热水，可以洗很久。澡帐内壁挂满密密麻麻的小水珠，我们便用手指在澡帐里面写字。写自己的名字，写一个"石"字。再长大一点，写自己偷偷喜欢的人的名字。字才写的时候很清楚，过一会便挂不住了，水珠流下来，像人的眼泪。

洗过澡，换干净衣服。妈妈在烧晚饭之前要把我们的脏衣服全都洗掉。她很讲究这些。要忙的事太多，每年我们几乎都是村子里最后一家吃年饭的。外面火炮渐渐响起来，有性急的人家，中午就开始吃年夜饭。我们认为这不像话。天还没有擦黑就吃年夜饭，吃完饭跑出来外面天还是亮的，那叫什么年夜饭呢？中午就吃年饭，晚饭不是很尴尬吗？我们的年夜饭是一定要到天将黑时才吃的。

去小店买酒。爸爸的白酒，我们的葡萄酒。为什么一定要等到三十这一天才去买这瓶葡萄酒呢，我们也不知道——大概还是没钱。要把那仅有的一点钱攥在手里，到得最后的时候，才放心递给小孩，去换取她们这一日最大的期待。又或是这前一天家里鱼塘里起了鱼，有人来买年饭桌上要用的鱼，手上才有了一点钱。小店的人还在，这一天她要卖好多东西，断续地有人来买火炮，买缺的一点菜和肉，买零碎的其他东西，要到下午才关门。葡萄酒装在玻璃瓶里，比寻常的白酒瓶要大，暗紫沉沉。捧在怀里，快乐也沉沉地跑回去。一年中唯有这一次喝葡萄酒的机会，我们因此都很珍惜。等到大姐开始工作，过年我们就改喝她买回来的可乐和雪碧，没有再喝过葡萄酒了。世界从这时似乎也开始发生变化，小店里渐渐也没有了那瓶身落满灰尘的葡萄酒的踪迹，但我总还是怀念那味道，有一两年想起来，真想跟大家说，还是想喝葡萄酒啊，不想喝雪碧和可乐。然而从来也没有说出口过。

贴对联。一个站在大板凳上贴，一个在旁边站着，看看两边是不是贴得一样高。讲究的人家，除了对外的门以外，每个房间门上也都要贴。猪笼屋的门也要贴上小联子。猪笼上贴"六畜兴旺"，稻囤上贴"五谷丰登"。我们在这方面来得敷衍，只贴一贴大门、后门和灶屋门,就觉得很够了。每年的糨糊也都是胡乱应付,把前一天的剩饭在台子上褙半天,慢慢褙出一点黏性了,再拓到对联背面。不像有的人家,家里有耐心的老人,会专门煮出一碗白白的糨糊,用刷子来仔细刷到对联背面。这样就是饭粒贴的对联,风吹日晒,也能保持一段时间。

吃年饭前必要做的一件事是烧纸。也不去坟上,就在门口田埂上找一个地方,街上买来的几刀黄六裱纸,打成薄薄的扇形,轻轻的火一燎便燃起来。一挂小火炮点燃,扔在已渐渐发蓝的空气里,短暂的一串响声之后,人在火光里磕一两个头,便回去了。

要吃年饭了,菜都已端上桌,人也都在桌边坐定了,这时候才出去点年夜饭的爆竹。一个十六响或三十六响的火炮,一挂长火炮。点爆竹的都是男人,点一支烟,小心地用烟头引燃灰色的信子。小孩子坐在板凳上扭头往外看,看到火炮安然响了,才松一口气。鞭炮还在砰砰啪啪,点火炮的人从外面跑进来,把门关上。这时候天已完全黑了,爆竹声水波一样从远近的地方涌来。桌上是烧鸡、烧鸭、红烧肉、很多的小炒、烧糯米圆子。正中间一只炉子,白萝卜炖肉,或猪肉腌菜炖豆腐,等炉子里的菜吃掉一些,便把蛋饺、豆腐果子、洗净了的大白菜、香菜、茼蒿、泡软的粉丝一一加进去烫。一条用来看的辣椒烧鱼,因为不下筷子,慢慢冻成一碗鱼冻子。要到第二或第三天,这条看的鱼才会吃。喝酒,大人喝白酒，小孩子喝葡萄酒。深紫的葡萄酒倾在白瓷碗里，舍不得喝，很小口地喝。葡萄酒的味道很甜。小孩子要敬酒，说好听的话。因为不会说，我们总是有点扭捏的样子。年夜饭吃到差不多时候，就要发红包了！姐妹五人，一人一个红包。红包里只有几块钱，但这是大人努力攒了很久才攒出来的红包，也是我们唯一能收到的红包，因此都很珍惜。拿到红包以后，我们都要马上打开来，看看今年的钱是多少。有时候，爸妈会特意藏一点笔挺的新钱给我们放在红包里，那惊喜就要更大一些，晚上睡觉前，要把钱拿出来仔细看好一会。

夜里很多的星。天很清冷。人们拢在一起看电视，打扑克。江南冬天的夜是很冷的，都拥在床上，挤进被子里，把糖和瓜子抓出来吃。有火桶的人家，就把烧饭残留的炭枝盛进盆里，上面盖薄薄一层灰，放到火桶底下，坐在火桶里看电视或说话。或是有一个火盆，那就也已经足够好，火盆多是用废的铁锅做成的，架在一个四方的木架子上，里面埋着红炭，上面再盛满火灰。人就拢在火盆四周坐着，吃着瓜子，说着话，不时用火钳把火整理一下，既不让灰下的炭露出来，烧得太快，也不让火过于微弱，以至感觉不到热气。瓜子壳常常不小心掉到火灰上，燃起一阵烟，熏得人的眼睛流泪。人赶紧把瓜子壳捡起来，扔到地上去。我们家里没有电视，有时候我们跑去别人家去看。这一晚大人是允许我们看电视的，但却不好看得太久，显得像是在别人家过年，看到电视里唱"难忘今宵"了，就赶紧跑回来。这一晚所有的灯都要彻夜亮着。灶屋、堂屋、房间，有的人家猪笼屋有灯，就连猪笼屋的灯也亮着。黯黄的灯光照在猪笼屋上面，显得"六畜兴旺"几个字很黑。这一晚猪笼屋也是热闹的。

2014 年 1 月 26 日，北京

正月

是从前乡里的正月。

正月从大年初一的清早开始。这一天人起得很早,开门放火炮。我们称鞭炮为"火炮",一挂长火炮,一个"十六响",摊在门口场基上,用烟头点着了,噼里啪啦嘣嘣叭叭地响。有的人家嫌"十六响"的时间太短了,要买大一些的,"五十响"。响得久一点,其实还是很快就放完了,但旁边的人家听起来,就知道这户人家是有钱,日子过得好一点。放过的空火炮也不收,就放在场基边上,正月里来玩的人家都能看得见这家放的是大火炮还是小火炮。直到淘气的小孩闲不住脚,把一个一个的炮筒踩烂了,那黄褐的纸壳才和其他垃圾一起扫走了。

此刻远近的火炮声此起彼伏,还在被窝里的人也躺不住了,起来穿衣裳,打开自己家大门——呀!田畈里一片白,稻茬子上落了薄雪一样一层霜。

这一天小孩子也不赖床。小孩子醒过来,第一件事伸手去摸枕头下压的昨晚收的压岁钱,数一数,五毛、一块、两块,没有少,心里感到很满足。用不到妈妈在灶屋催,自己就起来了。初一要穿新衣裳,大年三十下午洗过澡后,就穿上了。吃过年夜饭以后,小孩子就穿着新衣裳在村子里跑,给别的小孩子看自己的新衣裳。没有新衣裳的小孩就只好穿着旧年的棉袄,很羡慕地拿眼看那穿了新衣裳的。有的小孩子爸爸给她买了新的灯笼,她不知道从哪里找来一小截白蜡烛,插在灯笼里点着。如果是红蜡烛,就更难得。她点着这枝小红灯笼,不敢跑得很快,她的妹妹在一边伴着她。没有灯笼的小孩子看到了,都很羡慕,把头并到灯笼上,看里面那支微弱地跳着光的蜡烛。蜡烛很容易就熄灭了,要重新拿火柴点。

穿完衣裳,把压岁钱放荷包里。这以后好多天,在这笔压岁钱花完之前,他都舍不得把钱离身。他跳到灶屋里,从吊罐里舀热水洗脸。水有一点点油,有稻草烧过的淡淡的烟气。妈妈和姐姐在小台子上搓汤圆。初一的早上一定是吃汤圆。地方叫"汤果子",没有馅,纯是籼米粉与糯米粉搓成的丸子,比小孩子玩的弹珠子略大一点。汤果粉早就磨好了,三十晚上,临睡前用水和好,揉成粉团,放在竹匾里,看看水有点多了,盖一块干净白布,从锅洞里铲一点草木灰盖着。早晨起来小心把吸了水的灰布揭开,下面是粉白一块面团。一颗一颗揉成团,整齐列在锅盖背上。烧水,等开了,把汤果子下进去。煮到一锅汤果子一个一个浮上来,就熟了。每人盛一碗,碗里汤果子必是双数。站到门外找一块太阳晒着吃。吃汤果子的碗里要放糖,有的人家没有钱买糖,就放糖精进去。糖精是像味精一样的颗粒,夏天煮甜酒(酒酿)的时候常常放。从小店买一包回来,一张白纸包的一小包,两毛钱。煮一锅甜酒，拈几粒糖精进去就行。糖精很容易放多了，甜酒吃起来就有些甜得发苦。放糖精容易把汤圆放坏，一般人家舍不得浪费，所以多还是放糖，没有白糖，放一勺红糖也行。

吃汤圆的时候，不时有村子里的人经过。看见了就笑嘻嘻互相恭喜："新年好欸！恭喜发财！""新年好，进来吃杯茶欸！""不吃了！"正月初一的早上，空气里有种薄薄的全新的精神，仿佛被光洗过一样。每个人都对刚到的一年许下了不切实际的愿望，此刻只等新日子延展下去，慢慢又变成一样的旧日子。家家堂屋大台子上都放一只圆的或者六角形的塑料茶盘。里面是葵花籽、街上买的云片糕、金枣、明心糖。有的人家自己做了糖，里面就放一格花生糖，一格炒米糖。葵花籽都是腊月里上街称了新鲜的回来自己炒的，因此都是淡淡的原味。云片糕是本地的名产，用红纸包着，扁长的一条，摆盘时掰下来几小段放在里面，吃时一片一片地掀来吃，很粉很甜。明心糖状如粉笔，极甜，质地也很粉，外面裹一层芝麻。这样甜得发齁的糖连小孩子都不爱吃，不过便宜，摆出来也是一样东西。金枣用米粉炸成，状如红枣，色泽金黄，外面沾一层白糖，吃起来有些咬劲。村里的人走路，有时候抄近路，从人家堂屋里走过，就顺手抓一把瓜子来吃，糕点不做客是不会碰的。

头三天，过三天年。这三天不扫地，不洗衣，不拿针剪。再怎么爱干净的人，这三天也只好趁人不注意，把家里地上的骨头扫扫，归置到门背后去。小孩子皮闹，大人也不能打。去亲戚家拜年，送东西，吃饭。路上有时有去年还未化净的积雪，白的小块，卧在已渐渐发青的田间。太阳晒到屋顶上，屋檐下的冰溜逐滴融化，一滴一滴像下雨，把地面上一小块土砸出微小的坑。远处竹林在阳光下静静发着光。大人小孩手上拎的东西都差不多，两瓶酒，一包蜜枣，一包白糖，有钱的还有一袋麦片，一条烟。吃饭，过年剩下的烧鸡烧肉，烧糯米圆子。家家都炖炉子，白萝卜洗净切圆片，锅里和油渣炒一炒，放到白铁锅里，架在炭炉子上慢慢炖。过年打的年豆腐泡在水桶里，切成块，加肉和腌菜同炖，炖得豆腐上全是孔，肉的油味都吸进去。菜园里秋天点的大蒜，这时候已经长得很高了，拔一点大蒜叶子炒腊肉。烫糯米圆子，炸过的糯米圆子冻得铁硬，埋在炖炉子的菜里烫一会，会重新变得软糯起来，很多的油。过年晚上留下的看鱼，这时候可以拿来吃了，鱼冻子用筷子挑起来空口吃，里面夹几丝鱼肉，冷冷的很好吃。

晴朗的好天的下午，有钱没钱的男女在屋里屋外打麻将，推牌九。这都是性格闲的人，自视严肃的不会去打。春天的气息已经很浓了，即便是夜里，田畈里风吹过来，也不那么冻人手脸了。田里的草一丝一丝地长。黄花菜（稻槎菜）在稻茬间长出来，再过一阵子，就开出微渺的黄花，可以挑回去喂猪。婆婆纳零星地开出四瓣的蓝色小花。鼠麹草的叶子刚刚长出来，贴在田埂上，像小老鼠的耳朵，泛着银白茸光。远处时有鞭炮的声响，不知谁家来了稀客。人一直坐在太阳下，渐渐会觉得有一点晒。下午卖甘蔗的挑着担子来了，本地青皮的甘蔗，买一根，卖甘蔗的就用芒镰刀把青皮刮得干干净净，断成几截递到人手上。这种甘蔗很细长，梢子不怎么甜，有股淡淡的酸味，中间就甜得多。靠近甘蔗根的地方最甜，只是太硬，小孩子吃不动。所以小孩子最爱吃中间的，又甜，又疏松。小孩子每吃到一节甘蔗节，就把甘蔗递给他的老子娘，让他们帮他把甘蔗节咬掉了，再继续吃。有时候贴门神的也来了。贴门神的带一沓门神，一把刷子，一碗浆糊。每到一家门口，他就闷不作声用刷子往人家门框上一刷，"啪！"一张红纸印的黑门神贴上去，然后跟人讨钱。贴一张门神要给两毛钱。一个正月，门框上总要被人贴上两三张门神。贴门神的也晓得他不受欢迎，所以总是先眼捷手快地贴上去再讲。门神贴上去，人就不好意思讲自家门框上已经有门神了，因此大人看见贴门神的，总没有什么好脸色。大正月里的，你总不能讲自己家不要菩萨保佑！只好乖乖把一张两毛的绿色毛票子拿出来，打发那人去了。

正月里很少见到讨饭的。讨饭的也要过年，在自己的家乡，也许不知道什么地方，跟人喝一点酒，吃一点菜。大概只要不是走到完全的绝路，讨饭的也会觉得过年讨饭太可怜了吧？平常不是农忙时节，讨饭的就多起来。都是从别的县走过来的，五六十岁，或六七十岁，隐姓埋名，背一只蛇皮袋，袋里落一只破口大碗。手上拄一根木棍，作走路的拐棍，清早夜里行路也能打狗防身。蛇皮袋的口子因为总是攥在手里，搭在背上，已经变形了，捏得很细。讨饭的在乡下的田埂上远远走过来，田里的稻棵把他的腿遮住了，走到人家大门口，他把背上的袋子放下来，喊："把一些米欸！"这一家的主人就跟小孩子讲："到房间里抓把米给他。"小孩子的手能抓多少米？就是抓两把，也没有多少。小孩子从米坛子里抓了两手米出来了，讨饭的就把他的蛇皮袋口子张开，看小孩子把米丢进去，道一声"多谢"，背起袋子到隔壁家去了。如果讨饭的到门口的时候是中午，碰到人家正好在吃饭，他也会讲："把一碗饭给我吃吃欸！"把他那个大蓝边碗递上来，让人给他盛一碗饭，搭几筷子青菜在上面，给他端到某户人家的墙根边慢慢坐靠着吃掉。

正月里小孩子一个两个地在场基上玩。小男孩喜欢玩"擦炮"，从小店里买来，五毛钱一盒，单单听那一声炮响，也能"擦"半天。想方设法把炮包上泥巴，插在已经炸过的"十六响"的空壳子玩。夜里偶尔有人放烟花，天地间很黑，天上是正月里繁碎的星星，月亮是很细的一条钩。遥遥几点黄黄欲落的灯火，看着灯光的方向，知道那是牌楼村，那是山咀村。有人放大年夜还未放完的烟花，一种长棍子的连珠炮，黑暗里忽然平地一朵花，绿的，红的，再绿的，轻轻升起来，变作蓬松的一小团，随即澌灭在广大的黑暗里。没有声音，有如默片。

到了正月十五晚上，田畈里再一次热闹起来。乡下没有灯会，小孩子要去烧田埂。荷包里装着火柴，从人家田里堆的稻草堆上拽一把草把子（这个时候不会被认为是淘气），引了火，到塘埂和草深的田埂上烧火。有时候前两天下过雨，塘埂不容易点着，要失去很多的乐趣。看着田埂终于毕毕剥剥烧起来了，心里非常快乐。有茅草的地方最好，火可以烧到老高，火光荡漾，一些黑灰吹到人的脸上头上。夜里睡觉，要亮一夜灯。这是除了过年那天晚上，一年里仅有的可以亮着灯睡的另一个晚上。堂屋、灶屋、房间灯都亮着，猪笼屋的灯也重新亮起来。乡下平常不到天黑透了不会点灯，吃过饭没有事，就要熄灯睡觉，小孩子很兴奋，他盯着房间里那个今夜到这时仍发出昏暗灯光的十五瓦灯泡舍不得睡。他有一点轻微的怅惘。明天就要正月十六了。大人讲："正月十五过完年，你总不得皮紧了！"学校就要开学了，第二天他就要趴在大台子上慌里慌张赶他的寒假作业。他有好多篇的作文没有写，每一篇作文题下都空着长长的横线。他写《记难忘的一件事》:"正月十五晚上,我们出去烧田埂。我们把田里的田埂都烧光了,真是难忘的一夜啊!"

2013年12月20日,北京

初夏

蛙鸣是在春天的时候就开始的。

清明前后的夜里,躺在床上,就能听见不远处水塘里、田畈里绵绵不绝的蛙声。起伏的波浪的鼓噪,在寂静的空气里听来格外繁盛,向人揭示着一年的新的生命力。这时候田都已经做好了,灌满白水,等待秧苗一棵棵种下去,变成绿色的天地。

等到暮春时候,水田里青蛙的卵都已经生下来,漂浮在淡青水里。像一小团一小团连缀的透明的云(或者更接近于水母,只是那时候我们都还不知道世界上有水母这种动物的存在),又或是果冻的质地,中间点缀细小的黑籽。这时候水还是冷冷的。但是清澈。我们上学放学的路上,总要在田边、水塘边、浅浅的水沟边,把书包别到身后,蹲下来看小蝌蚪有没有化出来。我们那里的人把"青蛙"叫作"kán bā",青蛙卵就是"kán bā 卵",或者"kán bā 籽"。小孩平常得了大人的告诫,"kán bā 籽"是不能伸手去摸的,否则就要得"kán bā 气"(多年以后我将知道那是腮腺炎),脸肿得老高,要到村子里专门能治"kán bā 气"的人家,躲在黑黑的门背后,让人拿一支干枯的旧毛笔,濡湿了墨水,一笔一笔在肿起的地方画符,一边轻声默念些听不清的咒语,直到它变成一个浓黑的大圆粑粑。但我们都不听话,因为在脸上画黑粑粑这件事看起来还很有趣，我们又通过实践知道：并不是把"kán bā 籽"捞起来就一定会得"kán bā 气"的。因此总要蹲到田边，伸手把它捞上来看一看，青蛙籽滑滑的，很快又把它丢回去。有时候也害怕，或是青蛙籽离得太远，就捡一根小树棍戳一戳。有时候在田边大路上，也可以看到被小孩捞上来就扔在路边的青蛙籽，这样的小孩是要被人在心里骂的。我们都知道（在学校被教育）青蛙是"益虫"，于是就把这可怜的混杂了土泥的青蛙卵捧起来，扔回田里去。

很快小蝌蚪化出来了，柔软的，乌黑的，还是一团一团的，在田里聚集成群游泳。滚圆的脑袋，细细的尾巴（然而又是金鱼尾巴般的柔软），使人感觉稀奇。这小东西似乎有一点笨，很容易被捉上来，我们只要随便把手伸过去，就能掬几颗上来。它们失了水，软绵绵在手上蠕几下，就不动了。很可怜的样子。小蝌蚪在手上没有在水里看起来好玩，我们感到无聊，手往田里一拂，就又把它扔回水里去了。偶尔也有小孩子捉了几颗，回去放在饭碗里用水养着，最后总免不了在吃饭前被大人连水泼在门口场基上，黑黑的身子滚了泥水，很快不动了。又很快被家里春天捉回的小鸭子，"嘎嘎嘎"挤上来啄掉了。

初生的蝌蚪可爱，最奇特的却是蝌蚪长出小手小脚，尾巴却还没有褪去的时候。先长出两只后脚，再长前脚。这时候蝌蚪还是黑色，因为同时有脚和尾巴，而显得很奇异，像是四脚蛇（我们叫蜥蜴"四脚蛇"）或壁虎那样不常见的存在。但这时它们却已变得很灵活，轻轻一碰，就弹出好远，我记忆中从未有能用手捞上来长出腿脚的蝌蚪的时候。这样的时候也倏忽即逝，等到蝌蚪的尾巴消失，皮肤变色，圆滚滚的头变尖，变成一只完完全全的绿褐花纹的小青蛙，我们对它所有的兴趣就都消失了。青蛙有什么好玩呢！水塘里，田畈里，青蛙可是太多了。

　　这时候有的田水已经变得浑浊。因为时常下雨，除了春天栽秧的时候打的一次水，倒不怎么要往田里补水。草绿的、一丝一丝包裹成团的藻类在田水里迅速繁殖起来，把田水都变成了一种略微肮脏的绿色。我们每看见这样的田水，心里都很嫌弃。有的田水澄澈依旧。新秧移栽到田里，已经定了根，站得很直了，在初夏的风露里开始发棵。由刚栽下去时的几根，慢慢长多、长壮，变成十几、二十几根的一棵一棵。这时候从水田边走过，总会闻到一股香气——是什么气味呢？我只能告诉你，那是新秧的气味。浓郁的、柔和的清香，只要在初夏的水田边走过，就会为这熟悉的气味唤醒：没错，就是它！不同的季节，稻禾发出的气味是不同的。比如在秋天，稻子成熟以后，稻田逐渐干燥，空气变得冷清，那时候是一种微微栗缩的、刺人鼻腔的青气。而在尚未彻底炎热的首夏，稻秧还散发着青春的清新。

新秧发棵，但还长得不高，不过一拃多长，不密，遮不住田里的空隙，露出下面灰黄的田泥来。阳光照射下，湿沃的土泥上，杂草迅速长起来了。逢到周末的早上，我们得了大人的命令，扛着刮耙，拎着水壶，去水田里薅草。草是田字草、鸭舌草、眼子菜，诸如此类，都是喜湿的水草。田字草形如其名，叶片心形，四片拼在一起，如一个"田"字。根茎纤长，如风筝一般，将它明明的绿叶浮放在薄薄水面上。那时候我还不知道它就是古诗里的"蘋"。我长大后到城市里，才知道人们喜欢寻找四叶的车轴草叶子，将之视为幸运的象征，立刻便想到家乡水塘和水田里的田字草，其叶比四片的车轴草叶要更为合适、好看，且个个都是四片了。其实在我小时候，我委实是很喜欢田字草的，爱其四叶的均匀与完整，又那样纤薄，浮在水面，堪称优美。但大人命令要将它们去除，于是也只有下田去拔。刮耙并不好用，由一根竹竿前装着M头的方形铁片组成，虽然竹竿可使人免去弯腰之苦，实际只是在秧棵间来回推动，用铁片将草茎刮断，泥里的断根却还在，过不多时，又长出来一大片。爸妈又嫌我们鲁莽，生怕我们用力过度，刮耙伤到秧根，再三叮嘱我们要小心。实际上我们就是小心翼翼在田里走，他们也还要怕我们不注意没走稳，"别把秧棵踩坏了！"多数时候我们就还是用手拔，在渐渐热起来的明亮光线里，弓着身子，用手指去耙草。田字草实在太纤细了，它的根只浅浅埋在泥里，只要轻轻搂一搂，就能把它搂出来。我们把根上的泥巴轻轻在水里摆掉，把它团成一团，"嗖——"地扔到田埂上去。弓着的身子终于能在这时直起来，缓舒一下腰痛之感，又可以练投掷之功，我们都很喜欢。有时候扔得不准，落到邻接的田里，要最后再过去捡上来。如果是在田中间，离田埂太远，就把拔出来的草全堆在一处，等积了一堆，再一次送到田埂上去。

鸭舌草茎叶肥壮，里面充满海绵般的细胞壁，虽是小小一棵，却比田字草强壮得多。叫这个名字，自然是因为它的叶子像细细的鸭舌，然而就那时我们所见，鸭舌草的叶子却多是狭长的心形，叶面油亮，很有精神。我爱鸭舌草软叶的这一个心形，但最喜欢鸭舌草的，是它初夏时节蓝紫色的花。每一棵并不多，两三朵三四朵挤在一起，隐蔽在油绿叶片下，在田畈里、水沟边之阴暗低隰处，就这样几棵几棵一丛一丛开着，看起来有幽凉的意味。这里的鸭舌草没有人去拔它，就是偶尔牵了牛来吃草，或是到水沟里来放小鸭，牛和鸭也不吃。但田里的鸭舌草便须毫不留情地除去，因为根系强壮，要用手指从底下将它的根须一并抠出来。有时候遇到一丛发得大的，根泥交错，要将双手插入根的底部，将它抠上来。一大坨田泥，要洗好一会才能清理干净。鸭舌草的生命力顽强，有时候隔了好些天从田埂上走过，还能看到拔草时扔上来的一棵鸭舌草，就着底部拔上来时未去除的那一点泥，仍然活着，开着幽蓝的小花。泥早已晒干了。

鸭舌草是雨久花科雨久花属的植物。后来有些年，爸爸去外面买鱼苗，曾经买过一些水葫芦（水浮莲）回来，放在塘里。也许是为了给鱼当草料，免去夏日时常砍草的辛劳，如今我早已记不清了。总归一定是卖的人向他极力吹嘘了什么，才使得他把这种我们一无所知的水生植物带了回来。那时候我们不知道这东西的生命力强旺到足以成为入侵物种，却也很快发现它的无用。水葫芦漂在水上，它的茎叶都比鸭舌草要肥大强壮得多，紧凑得像一朵朵绿色的莲花，很快就在塘里长满一大堆。鱼不吃它们，就连家里的猪也不肯吃。水葫芦因其无用而更得繁殖，我们上初中那些年，附近的水塘上常常密密铺了一层。它们在夏天开出蓝紫色的花，乍看和鸭舌草的花有一点像，只是更大、更多，虬结在花梃上，成丰茸的一穗。最上面一片花瓣上且有一个明亮的黄色水滴形斑纹，在蓝底映衬下，宛如孔雀尾羽上的花纹，是很华丽的。这些水葫芦，跟随着那些年村人关于致富的探索的失败，又渐渐被人捞尽，从地方的水塘里消失了。如今只偶尔养龙虾的地方有人在搭高挖深的农田里养一些，给龙虾遮阴。城市里围作水景的地方，有时在香蒲、再力花、睡莲的掩映下，也会点缀几颗水葫芦——这时候我已经知道它的中文正式名叫"凤眼蓝"，是雨久花科凤眼蓝属的植物，"凤眼蓝"所形容的，正是它那蓝紫间镶着明黄斑块的花瓣,望起来有如凤眼。在光线幽暗的角落,凤眼蓝的颜色打破水面一点岑寂,是很美丽的。然而想起水沟里的鸭舌草,就还是想念它们蓝紫色的小花,几乎是普通的美丽。

眼子菜叶形狭长,如竹叶,如眼睛,漂浮在田水上,一枚又一枚。它的叶子也很薄软,茎也如田字草一般细长,根也很浅,只是颜色黄褐,不如田字草那样翠绿而有趣,因此毫不怜惜地被我们搂掉了。在水田里搂草是辛苦的工作,要在烂泥里踩(时常走不稳),要一直弯着腰,但这种辛苦比之割稻、插秧又要好得多,因为天气还没有那么热,拔草又不像割稻、插秧那么急迫,可以有稍稍多作休息的从容。日影《小森林》里,从东京回到家乡小森的山中独居的女主人公,夏天的开始就是在水田里拔草。女主人公装备丰富,长靴、工装、帽子一应俱全,拔着拔着,站起来深叹一口气,伸出手来看,幻想中杂草已从手上长出,迅速攀爬了一身。这个镜头在电影里很美,不过,作为同样领略过拔草之累的人,我能理解那其实是对杂草拔之不尽、稍过几日就夏风吹又生的辛苦的慨叹。我很喜欢这个拍乡下生活和饮食的电影,就因为里面有不少真正的劳作的场面,虽然免不了变美了很多,但完全真实的呈现,那是很难做到的——看人劳动和自己真正也去劳动,也始终是完全不一样的。

这时节布谷鸟在田畈飞过,人不注意它的身影,只听到它的声音，四声四声的，一遍又一遍，从田畈这头渐渐远到田畈那头。妈妈说它叫的是："家公家婆，割麦插禾！"我们这里却不种麦，此时田里除了刚发棵的早稻秧，快成熟的只有冬天种下的油菜。油菜果子密密麻麻挤着，在阳光下发出银青色的光。等再过些天，油菜籽成熟，就可以收割了。收油菜籽是很愉快的事，用事先磨快的大芒镰刀，大把大把将油菜割倒，阳光下晒到干枯发白，有一天早上，就把打稻机的稻桶拖到田里去。打油菜籽的手法相当原始，就是把晒干的油菜株一怀一怀抱过来，靠在稻桶壁上，用洗衣服的忙槌一下一下打。油菜果已经晒得很干了，仿佛随时要裂开来，甚至在我们去把它们抱来的路上，也已经发出摇摇欲坠的声响。我们要很轻，不在抱的时候让可能的长角果裂开，使宝贵的油菜籽落到地上。油菜秆在稻桶里轻轻一敲，细小的、溜圆的深褐色油菜籽就滴溜溜滚到稻桶里，在底下积上细密的一层。忙槌打一阵，油菜秆敲干净，扔在地上，再晒几天，晚些时候挑回家里，是接下来一段日子里很好的烧火的材料。它们变得很轻，只消一点火柴火在端头轻轻一碰，就"轰"地燃烧起来，烈烈一片，发出噼里啪啦的声响，又很快燃尽，要往锅洞里添新的。烧油菜秆的日子里，连我也愿给家里烧火，而不用担心把锅烧灭。

　　打下的油菜籽，挑回来用细筛筛净以后，卖给乡里的粮站，换回一张写着可以兑换的菜籽油斤两的牛皮纸，纸下画着方格。

村中心的小店里，有一个装着密封的菜籽油的大桶——也许是粮站寄存在那里的——这一小张牛皮纸就是我们接下来一年里去小店打菜籽油（我们称为"香油"）的凭据。除了冬天过年杀猪时熬下的一大罐猪油外，平常我们做菜，多是用菜籽油。褐黄的、略带浑浊的油烧热，菜"哧啦"一声下锅，激起厚厚的香气。我们用一种白色的扁长塑料桶去打菜籽油，有时也用爸爸喝酒剩下的空酒瓶。打油自然是小孩子的事，每打一次油，小店里的人就用笔在格子里划下这一次打的油量，打的次数多了，油皮纸被捏得很软，浸满了油渍，脏乎乎的。用尽便作废了。家家都要吃油，因此家家都种油菜，也种得不多，只一块田。油菜收过以后，那块田就用来栽一季的单晚稻秧。

这时节油菜籽尚未成熟，在油菜田银青色与水田碧绿的波光里，每隔不太远的地方，总围绕着一两块水塘。水塘这时候很满，几平塘埂，不像盛夏时候，晚稻秧要水，天又常不下雨，几乎每一块水塘的水都被抽得精光，看上去很可怜。此时澹青水波上，细细的野菱铺上水面，年年油黄的萍蓬花开放的塘拐，也长出了油绿的带一块扇形缺口的圆叶。偶尔有荇菜与鸡头米，荇菜开小小的、黄雾雾的花，鸡头米我们不知其珍贵，偶尔拔了它紫红的秆子回来做菜吃，都是很少的，后来便渐渐不见踪影。在塘水的角落，偶尔有野慈姑，我总爱其叶子，那样尖尖的、如同犁铧般的三角形叶子,在小孩的眼里甚是惊奇。慈姑的小花也很美丽,三瓣圆圆的白花,一朵朵向上缀在翠绿茎秆上,幽暗黑水上沉静的珍珠。塘埂上,野蔷薇的花落了,粉白的、粉红的花漂在水面上,静静的一层。野蔷薇的花瓣也是心形的。苦竹发出手指粗细的笋子,很快长高,开枝散叶。蜻蜓在水面飞过,更多的是豆娘,薄薄的身体闪烁钢蓝色的光,在塘埂上碧绿的芳草叶上,东飞一下,西停一下,轻轻伸手一捉就捉到了。它们可比蜻蜓容易捉太多了!但总是捉着一只豆娘也并没有意思,我们很快把它放掉,又放回草叶尖上。有时候有一种黑色的蟌,我们不知其名,只道是蜻蜓的一种,它的翅膀却不像蜻蜓那样透明,而是如蝴蝶翅膀般的质地,那样异常的好看了。黑蟌在水塘上飐飐飞过,我们的目光紧随着追逐,它在塘埂上一根弯弯的草茎上停留片刻,不等我们走近,又飞去塘里插着的一根竹竿上停留。我们的目光终止于爱恋,而不能妄想捉得一只了。到处的声音吹过:风拍打水波的声音;不尽起伏的各色鸟啼;村子里公鸡喔喔叫着;人家灶台上锅铲炒菜时的撞击声……

田埂上有时种着菜,常点的是蚕豆、豌豆。在五月的风里,正是吃的时候,大人们时常摘一篮子回去,让小孩子来剥。蚕豆壳硕大,内里绵软,很轻易剥开,露出里面光溜溜的大蚕豆,是那时我们很乐意做的事情。蚕豆如果嫩,就把里面的内皮也剥去，打蚕豆鸡蛋汤，或是蚕豆米炒鸡蛋。剥蚕豆内皮就要费一些事，但蚕豆鸡蛋汤是我们喜欢的菜，绿色的蚕豆沉在汤底，金黄的蛋花漂在汤面，是很漂亮的。蚕豆鸡蛋汤我们舀来泡饭，一餐可以吃三碗饭（那时我们寻常一餐都吃两碗饭）。若是蚕豆老了，蚕豆眉由绿变黑，就连内皮一起炒了，加水焖熟，做油焖蚕豆吃。豌豆花如白蝴蝶，等结出豌豆，还很嫩小的时候，我们经过旁边，常常偷偷摘几个豆荚，剥出里面的豌豆米生吃。生豌豆米吃起来甜津津的。等到豌豆米成熟，就摘回来做菜。豌豆比蚕豆更好剥，是小孩子眼里又一快事（剥毛豆则是苦差），剥出来滴沥沥丢在篮子里，那样绿得好看。我们吃豌豆都是拿油炒炒，加水焖熟，盛出来不复明绿，变成黯淡的灰绿，油焖豌豆却是老少都爱吃的东西，如同油焖蚕豆，都是又香又粉。

只要一下起雨，天就又冷起来。要在外面添一件薄衣裳，才不被寒气浸得透。初夏下雨的时候，只要是不上课，我们也是要去田畈放牛的。撑一把伞，穿着胶鞋，在雨雾的田埂上慢慢看走，等牛把一条条田埂啃过去。寒气恻恻，加的衣裳有些薄了。田畈里一片泛白的绿，每一片稻叶上都积着雨。田埂沿前不久用洋锹铲过，把杂草铲去，糊去新的湿泥。泥巴上很快又长出一层新的翠翠的须须草，牛一点一点啃过，草发出明晰的断裂的声音。要到六月，盛夏渐渐来临，天气才无论如何都炎热起来。青蛙在夜里持续鼓噪，我们早已习惯了这声音，有时察觉不到它的存在。只有时午后拎着竹篮去塘边洗碗，在已经密密实实布满大半水塘的肥厚乌绿的菱角叶下，忽然一只大青蛙露出头来，"咕呱——"沉闷的一声，吓了人一跳，想起落水鬼来找人代的传说，赶紧一碗水泼过去，把它赶跑了。这是十几二十几年前的初夏，及至今日的田畈，则早已不再人工一棵一棵栽秧，而改为直播稻种，或是抛秧了。也早已没有人下田拔草，一切俱用农药解决，因此在初夏的田里，也难再见到从前的田字草与鸭舌草，水田里的青蛙卵，我也已有许多年不曾见到过了。

2020 年 4 月 8 日—4 月 11 日，北京

一、四时的安慰

仿《枕草子》

春天是万物已发绿，在触目所及的春山上，旧年的沉绿间杂着新年的鲜绿，参差地膨胀起来了。公园里柳色鲜浓，接连不断的花开，使人觉得很有盼头。遇到自己很喜欢的花的花期，就更是如此，筹划着到外面去看，生命也因此有了短暂的欢悦。

夏天是很短的夜里，天很快亮起来，由深蓝而渐白，鸟儿应和光线，很早开始啁啾。白天无论什么时候，成群的大云横亘在天上，背景的天被风吹得很蓝，那样随意飘浮着，只随便瞥一眼，便仿佛有生命深处可依托的东西涌现。有时是巨大的积雨云，如雪的山峰，在田野尽头用力高耸，阳光照在它身上，勾勒出清晰的雪白或微黄的线条。等到线条模糊，山峰坍塌，便失去了那美感，但有时变作一场大雨，痛快落下，在屋子里听着密密的雨声，偶尔远远的雷声，把窗户仍然开着，感到空气中潮涌的雨的湿气，也是很好的。

秋天是树叶得了充分的光照，变得很黄或很红的时候，天气仍然很好，没有下雨，一下把树叶全部打落。空气很好的时候，天空一蓝如洗，清振高远，每一棵被阳光浸透的大树都美得具备某种神性，无数斑驳的黄、绿、红、褐在冠头交错。天冷起来后，有时清早出门，无意中抬头，在楼群的夹缝中，或渐渐凋落树叶的杨树上，或随便一片云的旁边，还有一轮粉白的月亮。又有时黄昏月亮在天边，天色变得黯蓝，金星有时也在旁边，那样明亮地闪烁着。山中栗子成熟，街边有了卖煮栗子的人。

冬天是上午和中午，太阳的光没有变得很弱的时候。到下午两三点，天色就变得昏暗朦胧，那是很令人灰心的。或是万物没有十分凋零，在枯草的田畦间，还有清水活活地流着，水流边有细小的绿草。下大雪的黄昏或夜里，或是下了严霜的清早，也是很好的。雪覆在地上，世界都为之黯淡，饱和度下降了好几度，变成一种青蓝的雾白。但雪融化以后，雪下的黄土或水泥地露出来，光秃秃的一片一片，那心情也是很难将息的。严霜如同魔法，趁夜结覆在田野、竹叶、枯草与一切夜间表露于大地的事物之上，在太阳刚刚升起之时，明耀得整个天地为之陌生。但不待太阳升到两丈高，便湿淋淋地全都融化了，一切恢复它平常的外表，之前的不过是昙花一现。

二、芍药

芍药花开着的时候，望去那样美盛，有时忽然花瓣就垂落下来。如若是放在那里，好好地落了，心里也觉得还好，只感到静和不舍而已。但有时第三天了，看着依然开得很好的花，心里唯恐它凋落了，却又必须换水，想要多开一天，把花从花瓶里一把轻轻拿出来，却还是果然有花落下来了，在水池上簌簌堆积，看着是有些惊心的。那剩下的几乎只剩最外面几片花瓣的花枝，也舍不得扔掉，洗净花梗的底部，将叶子仍旧与其他花插起来，也是很好的。

三、厨房里麻烦的事

厨房里麻烦的事是，给豆芽去根，去核桃仁的皮，择鸡毛菜，拔鸭子毛，掐小鱼。豆芽买回来，无论黄豆芽或绿豆芽，根已经长得很长了，颜色发黄，总得掐掉才比较清爽，没有吃草的感觉。绿豆芽尤其细而多，一块钱便一大堆，要掐很久才能掐完。在厨房里站着一根一根掐着，掐到背痛，长吁短叹之际，终于想起来为什么很喜欢吃豆芽平常却很少买了。很大一堆豆芽，掐完炒出只得很小一盘，几口吃完了，但还记得掐豆芽时的麻烦，要到很久以后，忘记了这件事，才又起了买豆芽的心，又买了一袋豆芽回来了。

核桃仁的皮难去，网上流传的方法，如把核桃仁放到热水里去泡，或是烤箱里烤一会，趁热搓去外皮，我没有一次成功过。总是核桃仁飞快地冷却了，皮却搓不下来，最后还是用指甲一点一点地抠，半小时可得三四十克。做要用到去皮核桃仁的蛋糕的时候，想着这真是太麻烦了，以后绝不再做，然而过不了多久，也忘记了当初究竟有多么麻烦，想着不必要多出去皮核桃仁的价钱，仍旧买了带皮的核桃仁回来，于是又一次领教了。

择鸡毛菜要一根一根，颇为费时，但择好后很整齐地码在篮子里，碧绿的颜色，望去是很悦目的。钳鸭毛则从头至尾麻烦。鸭子杀了，热水烫过，放在盆里拔去大毛，而后一根一根拔去鸭肉中未长出的细羽的根，费时费心。从前夏天，姐妹们坐在门前板凳上共拔鸭毛，我和妹妹偷懒耍滑，不多时便溜走，只剩下三姐一个人拔。有时妈妈有空，便让我们去玩，自己一个人默默在门口用钳鸭毛的铁皮钳子埋头细钳。等到鸭毛终于去除干净，把鸭子翻个身，四面拍打，把粘在上面最后一点绒毛拍去，鸭身上的水渍早已被风吹干了。

小鱼很容易死去，到从塘埂上打鱼回来，开始掐小鱼时，差不多都已经停止呼吸了。然而掐小鱼仍是血腥，小鱼又总是很多，挤满一盆，要掐很久。掐完之后，仍要清理门口的血污，不然就有苍蝇来嗡。不同于剖大鱼，掐小鱼是理所当然地属于小孩子的事情，无可推托，因之掐小鱼是从前我最讨厌做的事情之一。现代人买冰鲜，免去过去亲自拔毛剖洗的辛苦，但几乎处理一切生的肉类，也都是麻烦的。

四、使人留恋的东西

使人留恋的东西是，初夏独自一人的黄昏，不需出门时下在外面的雨，已经成熟变得柔软的柁果的香气，恋人身上衬衫的气息。合着季节开到最好的花，衬着阴阴的绿的背景。小孩未断奶时身上的乳香，等到断奶以后，那样的气味也很快消失了。睡着的小孩的脸，最使人感觉留恋，一面不舍地看会那安宁如玉的脸庞，一面祈祷着他不要醒来，要多睡一会，倘若此际醒来，那可爱就大打折扣，在人疲惫时尤甚。很寂静的时候，楼下传来人们玩耍的声音，小孩子尖细的呼唤，篮球一下一下扣在地上。五月的白天或夜里，杜鹃飞过窗外，发出四声四声短暂的呼鸣。鼓荡白纱帘的风。握着的恋人的手。秋天树叶全黄或全红，但还未曾落下，或是几乎落光了，却没有下雨，山坡上积了厚厚一层，小孩子对它很感着兴趣，在里面奔走，寻拾美丽的叶子。冬天无风的角落，很好的太阳晒着，有人在那里嬉戏。

五、可怕的东西

可怕的东西是，夏天的午后或夜里，忽然接连地响起炸雷，仿佛就在头顶。闪电从天空划过，在漆黑的天上裂出枝枝曲曲的光纹。田野上刮起的暴风，若是在夜里，门窗早已紧闭了，风仍不肯放弃，摇撼着每一处缝隙，在四围呼啸涌动，好像连房子也要刮倒似的，就更可怕。但若是普通的大风，在原野上刮过，则使人振奋。雨变成洪水，堤坝将决，还不住下着。百足虫也是可怕，雨后树林中成团出现，梅雨时节家里的床底下也都有了。蜘蛛个头稍大便可怕起来，带着艳丽的花纹，在晨间青草的网上伏着，尤其使经过的人感觉恐惧。但水蛇从水里游过，在水面留下蜿蜒的细纹，却觉得很可爱了。

六、使人感觉寂寞的东西

使人感觉寂寞的东西是，花瓶里插了几天，开始凋枯的花。养了一整个冬天，在春天逐渐耗尽养分，变得枯黄萎落的红薯藤。很远处绽放的烟花，黄昏时的月亮，无人回复的消息。谈了一阵后，慢慢走向终结的恋情。烈日下没有什么植物的街道，干涸了露出灰泥的水塘，空空地打了很久的雷之后，只落了很小几滴雨。寒冷的季节，很多事情都使人寂寞，公园里儿童玩耍的游乐设施都关闭了，就那样沉默地立着，等待来年转暖，才重新开放。天将要黑下去，因为很冷，长椅上一个坐的人也没有。很久没有人居住的房间，打开门时的气息也使人难堪，但倘若是很久以前乡下荒废的旧屋，庭院里百草丰茂，野花开在瓦缝里，又仿佛可宽慰似的。

七、玩耍的孩子

因为家里大人相熟，常常约在一起玩耍的孩子，每每出门不用担心寻找伴侣，如若合得来，是很好的。而多数孩子下楼去玩，仍要靠现时寻觅伴侣，或是三三两两挤在一起，却仍是各玩各的。他们有自己的熟悉方式，观察一个陌生孩子，仿佛只需一眼，便可清楚这是否是自己想与之玩的人，又往往只需几句话，便可决定能否打开这一场新的交际。看两个小孩开始最初的交流是很有趣的，"你是谁呀？""我是某某某，我今年六岁了。""那是我的妈妈，不是你的妈妈。"或是将自己手上的东西拿到另一个的面前，想这样吸引人的注意。

小一点的孩子，总是想找比自己大一点的孩子玩，而略大的那个，除开很有耐心的，多半则不愿搭理比自己小的。于是常常可见那样的失落场面，小一点的孩子锲而不舍跟在一个比自己大点的孩子后面，跑来跑去，想赢得其注意，最后多半是被甩掉了。也有年龄相似的小孩，本来已有了相熟的玩伴，这时候有新的想加入进来，有一个或全部表示排斥，把凑来的那个陌生小孩赶开："我们不想跟你玩！"这样落单的小孩子，看起来是很可怜的。往往试了一会，或勉强融入，或者也去重新找别的人玩去了。

有时好不容易遇到玩得来的伙伴，在一起很快乐玩了半天，终于恋恋不舍一起回去了，虽是住同一个小区，或是不远的地方，想要再碰到还是很难。有时小孩们约了下一次碰面的地方，多半是大一点的那个发出邀请，然而等到第二天，真的如约在相同的时间到达相同的地点时，那大一点的孩子果然没有来，不知是自己忘记了，还是家里大人觉得没有必要。这是很令人叹息的。或是玩得好了的陌生伴友，过了不久，遇见自己平常熟悉的朋友，就丢下正在玩的这一个，去跟平常的朋友玩了，甚至在新朋友跟来的时候把他赶走，这也是很令人感慨的。

大一点的男孩往往有玩具枪，大人们不去约束，有时对着人打出玩具子弹，打到人身上，很痛，然而打子弹的小孩已笑嘻嘻跑走了。女孩得到的约束则往往太多，有一次在楼下，一个五六岁的小女孩玩一只手动泡泡器，把机器浸在装有泡泡水的盒子里，然后拿出来按住按钮，便可以吹出很大的泡泡，里面还包裹着几个小泡泡来。这泡泡的奇特吸引了其他所有小孩前来追扑，只是吹出时间太短，需要不断地浸泡、拿起、按按钮，有时泡泡出不来，还要把上一次残留的泡泡水甩净。那个女孩耐心沉着地做着这一切,她妈妈在旁边,不断叮嘱:"甩低一点儿,别甩到别人身上。"大多数小孩都保持着距离，在泡泡飘出来之后才跑去追赶,只有一个七八岁的男孩,大声叫笑,总是把手伸得很近,甚至在泡泡刚刚从机器上冒出来的时候,就已经伸长手去把泡泡打灭了。那女孩每玩一次,都不停转动身子,想避开男孩的方向,他就不停地跑过去开始新的捣乱。但没有人告诉男孩不该这样侵犯他人的界限,那小女孩最后气得停下来,对着男孩大喊一声:"你这个大小孩！"但即便这样,她的妈妈也没有为女儿发出一声,而男孩的家人,则像隐形了一样自始至终没有出现。

性格安静的男孩子,因为胆怯、慢热和不爱说话,而被家人催着一遍一遍去和别的小孩子玩,也不管他的情绪,也是很可怜的。人们对男孩的期望是活泼、开朗、好动,偶尔搞破坏也没有关系,"男孩嘛！"对不符合此标准的男孩则感到焦虑,看见别人家同龄的小男孩可以自己去找陌生的伙伴玩,而自己家的怎么推也不肯去,忍不住在一边发出羡慕的赞叹："你看默默就不怕,胆子就很大,能自己找人玩,和别人说话,我们家冬冬不行,冬冬胆子太小了。"不管小孩就站在一边听着。看见小孩们都在用树枝扫地,一定要自己家的小孩也去扫,不管他是刚刚摔了跤,不高兴还在想哭。偶尔得了别人赠送的一个小东西，一枝小花，或是一个松果，一定再三让小孩清楚大声地说出"谢谢"，觉得这才是大方的表现。甚至因为小孩不管自己的种种"安慰"，仍然不高兴，不肯和别人玩，而大为光火，骂起小孩，甚至打起屁股来。直到过了很久，小孩自己的情绪平复，慢慢愿意和喜欢的伙伴玩，才终于松了一口气，又开始鼓励起来："加油！真棒！"种种实在是很清晰的，但大人却很少会意识到那问题真正的所在。

八、女孩

女孩们从小经受许多束缚与否定，大多来自身边的人，再大一点到学校、社会，来自老师、上司、家属。从幼儿园时起，小女孩子们口齿清晰，头脑灵活，却听见她们的长辈说："女孩长大就不行了。""女孩子跑到那草地上去干什么！不要跑来跑去！"小区外一个爷爷带着孙女，见到陌生的妈妈带着男孩在玩，抑止不住羡慕，看着自家孩子说："要是个男孩就好了。"

孩子们在一起玩着，把漂亮的木质小火车拿出来给没有玩具的小女孩玩，却听见她说"我不玩车，因为我是女孩"，把火车扔在地上，也是很令人诧异的。类似的话还有很多，"我喜欢粉色的花，因为我是女孩子""我大部分时候穿裙子，因为我是女孩子"，惊诧于这样刻板的性别观念和那背后如影随形的限制，又一次从小被植于新一代的心中，感到十分难过。

2020年5月—2021年3月，北京

夏日之夜

真正使我承认北京的夏天无可置疑地到了的,是五月中旬将结束时给小孩换上夏天的衣服。黎戈随同她的新书一起寄来的明黄色短袖T恤,胸口绘三条小鱼,配另一位朋友小克送他的湖绿色短夏裤。那之前他一直穿着自去年秋天就穿起的连体衣,整个冬天在温暖的室内也是如此,不过上身再加一件薄外套。五月以后,白昼很长,整个小区的小孩都大大延长了户外活动时间,黄昏时我从地铁站骑车回来,穿过小区唯一一块可供儿童玩耍的空地,那里有一个滑梯,里面挤满了整个小区的小孩和陪着的大人。绝大多数都是几个月到一两岁的小孩,有的已经穿着夏天的短褂短裤,而他身上的连体衣渐渐洗不出颜色,一抱起来,裤腿就缩上去半截,露出两截肥藕一般的小腿来。我穿着短袖上班已一两周,终于有一天也替他觉得热,回来将小衣服洗净,晒干给他穿了。

回到那天清早,窗外的光早早变得过分明亮起来,我看着醒来了在凌乱的床上打滚的小孩,觉得实在十分可爱,想起很久没有给他拍照,拿出相机拍了几张。去公司的路上实际也已经很热了,太阳晒得人睁不开眼,地铁站外的马路中间,绿化带上粉色的月季映着稠密的花光,不过几天时间,又渐渐熄灭下去。每天,从家里骑车到地铁站,挤地铁,从地铁站走到公司,爬到二楼,把背奶包里的冰袋拿出来，放进楼下图书馆的冰箱里，再爬上来，去水池边把水杯洗干净，就已经差不多很疲惫了。然而常常还是在对冰饮的渴望下，再次下楼，过马路去斜对面的7-11买一瓶冰柠檬水、一瓶冰乌龙茶或冰牛奶。一个上午的精神得以支撑，最严重的时候，连中饭也不想吃，常常出去勉强吃几口就回来了，躲到会议室最里面一个没有人用的办公室里，将门反锁，挤半小时奶。到下午三四点，却又饿得要命，担心这样下去小孩子将没有奶吃，于是又匆忙跑出去，买一点东西囫囵来吃。

那几天公司的冷气出了问题，加上准备搬家装修，总之迟迟不来。其实我并不怎么要吹空调，只是现在一般的公司也绝无电扇，因此只能这样热着。撑腰的棉靠垫却太厚了，人坐一会，就要起身站一会儿，把被捂得有点汗湿了的衣服晾干。有一天下午，年轻的同事不知怎么想起请大家吃冷饮，买了冰棒、雪糕，一人发一根。刚吃完，忽然又有总部的人拎着一大筐雪糕来，也是一人发一根，说是工会的福利。是一种红豆糯米的"方糕"，觉得很好吃，赞美了两遍，被一个不吃雪糕的同事听到，把她的那一根也给了我。之后开会，总编又让同事买了一篮子可口可乐来。开会时有人将泛着细密水珠的冰凉的易拉罐贴到脸上，夏天的纸扇也拿了出来，那样扑在怀里扇着，因为是平常很少有的事，觉得很有意思。

一到下班时间，我就回去，坐地铁，出地铁，买小孩子晚上和第二天要吃的菜，放在共享单车的车篮里，骑十多分钟到小区。拎着菜直接走到那块属于儿童的空地，在一群小孩子里寻找自己家的那一个。在众多的大人小孩里，想要一眼找到自己的小孩实在并不容易，虽然常常听到别人说，无论什么时候，都能一眼看到自己家的小孩，我却往往在这时候意识到，即使是带着"自己生的"的天然滤镜，这里可爱的小孩子也实在是太多了。多数时候，他被奶奶抱着，坐在空地旁供人歇息的亭子里，我走过去，远远看见他，就一边走一边笑着，看他几时能发现我。大多时候都是奶奶先看见我，对他说："看见嘞，是哪一个来了！"他不以为意，仍是呆呆的，等终于看到我，脸上慢慢涌现一个确定的笑，两手伸出来要我抱。

我抱过他，接着在小区里玩。日日都在这一小块地方，实在也没有什么好玩，只能再去滑一滑滑梯，抱着看看其他差不多大小的小朋友，和他们的父母或祖辈相互聊几句多大了、会不会爬、吃东西怎么样之类的话。春天里我还时常带他去附近的公园，天气渐热以后，怕走那十多分钟的路，就连公园也很久没有去过了。小区草坪上几棵小石榴树，在六月开出千重似束的花，有时实在无聊，便抱他去花前，让他摸一摸。石榴花颜色鲜艳，他还算喜欢，有时自己看到远处的花，也会"呜——呜——"地叫起来，告诉我走到那里去。等到了花前，自己伸出手去，摸一朵刚刚绽开的小小的石榴花——比起我让他摸的盛开的花，他更喜欢那小小朵的，大概和幼儿的手和心更相称一些。

等到丈夫回来，我把小孩给他带着继续在楼下玩，自己上去给小孩做辅食。而后是：把做好的辅食端到风扇前吹凉，喂辅食（有时丈夫喂），喂好后把他从餐椅上抱下来，交给丈夫，清理被他扔得满桌满地的食物残渣，自己吃饭。饭后丈夫给他洗澡，我便抓住这难得的时间，瘫在地板上玩一会手机，等他洗好，拿一条大浴巾，把他裹着抱出来。擦干，穿衣服，玩一会，哄睡——似乎睡了，很快又醒，终于睡稳一些的时候，总已经十点多了。

大多数时候，小孩睡着到我睡觉的这两三个小时空余的时间，都被我继续瘫在地板上刷手机刷完了（中间通常还要进房间再喂一次奶，安抚一会）。逢到想写一点东西的时候，也总要等到快十二点，眼看这一天快要过完了，才能在焦虑与愧疚的双重作用下开始。写得又慢，因此常常只有熬夜。到一两点钟，被小孩子又醒来的哭声叫进去，喂完奶，有时便跟着睡了，有时还要出来再挣扎一会。凌晨还要再哄一次，五六点钟，他已经又开始哼哼唧唧发出哭声，翻来踢去，寻求安慰，而我正是最困的时候，挣扎不起，只好把他搂过来糊里糊涂地一再喂奶，好让他能安静一会。有时候实在太困了，我也会要求丈夫："你先把他带出去一会！"他默不作声晕一会儿，慢吞吞爬起来，抱起这个哼哼唧唧哭着不愿离开我的小孩，把他带到楼下去玩。

六月的上半月，也许是吹空调没有盖好被子，被冻得感冒了，鼻子不通，无法像平常一样一边吃奶一边入睡，或是白天在家睡得不规律，睡得太晚太久，晚上小孩子总是很晚才睡，一夜大哭着醒来五六次，总要让人坐起来抱在怀里喂奶，才能慢慢接着睡下去。有时候他双目紧闭，哭得激烈而伤心，这时候要把大灯打开，想法把他弄醒，才能哄住哭泣。我被搅扰得近于崩溃，有时候发了气，也要打几下他的屁股，然而小孩子哪里懂得这些，打他几下，不过是让他哭得更厉害些罢了，过后还是自己抱着慢慢哄。等他终于能够平静下来吃奶，我靠在床头，一边等他吃，一边闭着眼睛打盹，候他睡着，再轻轻滑下来，把他从身上放下来。假如放得不好，他哼唧起来，就又要躺着再吃一会奶。有时我实在太困了，没等他到完全入睡，自己终于放弃警醒，不知不觉先睡着了。

就这样日复一日下去。人在日常的波流里漂逐，时间感变得迟钝模糊，偶尔去看日历，才发现所感受到的时间，总是比实际的要晚十几天。总要到哄睡时明亮的月光再一次洒满床铺，才意识到又一个月就这样过去了。有几天夜里，月亮实在太好了，我舍不得拉上窗帘，把大灯和夜灯都关掉，只拉上里层薄薄的白纱帘。月光照进来，纱帘浸得发亮，在天花板上投下明暗相间的影子。房间里带一点灰地明亮，小孩子似乎也不害怕，躺在怀里静静吃奶。有一天凌晨起来安抚，等他睡着后靠在床边往窗外看一眼，只见圆月当空，精光四溢，月亮四围布满细小的白色鳞云，再往外去，则是清阔无边的深蓝天空。这情景像极了从前看到的一幅日人所画的兔子拜月图，是兼具了奇异与浩渺的美，使人震撼。在那黯蓝与灰白交错的夜空下，人的寂寞被唤醒，仿佛生命中一种久远的孤独，找不到它可以的依着之处。

渐渐榴花谢去，虽是观赏的重瓣品种，偶尔也挂了小小的果，青皮上晒出一点点红。路边栾树开出明黄碎花，短暂的耀眼时日过后，纷纷落下，在路边积出薄薄一层。有轻轻的风吹过，把它们吹得沿着水泥路面四处滚动。蜀葵花开，萱草花开。很久没有下雨之后，空气变得十分燥热，有一天黄昏时刮起滚烫的大风，天气预报说要下雨，却终究是没有下。夜里我想起《聊斋志异》里白秋练的故事，翻出来重读。洞庭湖上的白鱀精白秋练，恋慕在洞庭泊船经商的直隶慕生，几经波折，终于与之结成连理。

将归，女求载湖水；既归，每食必加少许，如用醯酱焉。由是每南行，必为致数坛而归。

……

归后二三年，翁南游，数月不归，湖水俱罄，久待不至。女遂病，日夜喘急，嘱曰："如妾死，勿瘗，当于卯、午、酉三时，一吟杜甫《梦李白》诗，死当不朽。待水至，倾注盆内，闭门缓妾衣，抱入浸之，宜得活。"喘息数日，奄然遂毙。后半月，慕翁至，生急如其教，浸一时许，渐苏。自是每思南旋。后翁死，生从其意，迁于楚。

第一次读这个故事时，我已经在北京工作，常常想念南方的风物与雨水，心下未尝不感到震惊，乃至于微微的哀恸，我何尝不是那每思南旋的白秋练呢？蒲松龄能写出这样的故事，真是了不起。

在这样倦怠的空气中，有一天忘记是为了什么事而感到伤心，在网上买了些想买了很久的水彩用具回来。六月的一天晚上，把小孩子哄睡以后，看着堆满书和玩具以及其他杂物的桌子，想起自己很多年前就想学画画，这几年零零碎碎画过几张，都很快就放弃了，这回终于狠心买了水彩纸和笔，到今天却还都没有用过，于是忽然鼓了鼓勇气，从桌上挖出一块A4纸大小的空白地方，就坐下画起来。最初画的是一些儿童时喜欢的游戏之物，第一张画了弹珠，因其简单，不至于太过挫伤热情。后来几天夜里，又断断续续画了小刀、手帕、画片、栎树子诸物，每画完一张，就用手机拍一张给妹妹看，以期获得她的鼓励，再求她帮我把图的背景抠干净，好让它们看上去不至于那么差劲。

虽是那么幼稚的儿童画，却还是满怀热情地画着，画了五月末在网上买的枇杷，手中博物书里一些简单的植物照片。也曾试图描摹一下眼前的实物，却因为完全不知道该怎么把立体的东西转变成平面的，又胆怯退回了先画照片。因为毫无绘画技术，即使是很简单的一幅图，我也要画好几个小时，对于患有重度手机（网络）依赖症的我来说，这是难得可以摆脱手机控制、专心做一件事的时光，因此也感到十分愉悦。夏天的夜十分短暂，有时候画着画着，天就亮起来，凌晨四点，窗外天空已经发白，鸟雀喧呼，使人想起周作人翻译的句子："夏日之夜，有如苦竹，竹细节密，顷刻之间，随即天明。"

画枇杷的深夜，楼下远处空地上传来女人的尖叫声，同时还有那些时日常常在小区外出现的流浪狗激烈的吠声。那尖叫声极为凄厉，使我以为那女人是被狗咬了，忍耐地听着。然而尖叫持续不断，在凌晨寂静的空气里一声一声直刺心脏而来，使人觉得她下一秒可能就要死掉了。即便如此，周围的空气还是那样寂静，没有一个人在高楼上打开窗，高问一声"怎么了"。隐约间似乎又听见一个男人的声音，我一下子气血上涌，"不会是家暴吧！"

自己却没有勇气下楼,只能站在阳台上,使劲想透过纱窗往下看,能看到的却只有黑沉沉的空气。这声音使我太过痛苦,徘徊了一会,终于拿起手机开始打110,打了几遍,听到的却总是那两句:"现在是接警高峰时期,请您不要挂断电话,耐心等待。"我感到自己的手在颤抖,徒劳地在阳台和客厅之间转着圈,远处的声音却渐渐小了,女人的尖叫变成呜咽,最后听不见了。是吵架情绪激动所以一直尖叫吗?还是遇到了家暴?现在是安全了吗?还是怎样呢?我只能安慰自己,应该是没有事了吧,默默继续涂着颜色。那样凄厉的声音,后来的夜里也没有再出现过,但只要想起来,就足以使生活再蒙上一层阴影。

画完画,因为想给画拍照,便不得不振作精神收拾桌子,既收拾了桌子,自然要接着擦地板。我喜欢赤着脚在地板上走路,因此当地板上有一点点灰尘或颗粒之类时,便觉得不可忍。在南京时,大姐家的地板总是非常干净,我一回去,总是不穿拖鞋光脚走来走去,哪怕深冬也是如此。妈妈见了,跟在后面不知说过多少次,她不知道,其实只是她地板擦得干净,我喜欢赤脚在那样干净的地上走而已。擦得非常干净的地板,迎着光看去,会有一种温润含光的质地,有时看见朋友发的照片,看到这样的地板,便觉十分羡慕。可以说,绝大多数时候,我的心情总是和家里的干净程度成正比,而家庭想要保持这样的洁净,难免要在疲沓的生活里付出更多力气。实际上，在北京这样的城市，地板每天非擦一遍不可，否则走上去便有沙沙一层灰尘，令人心中不快。搬过来后，我们试过各种擦地板的方法，一开始是拖地机器人，随着家中物品增多，每次扫地光要把椅子全都搬上桌面，挡事的东西也尽量搬开，就已经是很烦恼的事，渐渐拖地机器人便放在阳台上，使人忽略了它的存在。而后是各种式样的拖把，试过几次，最后发现还是拿着湿抹布擦最有用。

很多时候是晚上丈夫在我哄睡时在外面擦地。有时夜里我出来擦，在暗黄的灯光下，一下一下擦地、洗抹布，类似于一种情绪的整理。除了灰尘之外，总是有很多的碎屑——干掉的饭粒、菜屑、仿佛无所不在的落发，然后是沙砾、辣椒籽、小小的月牙状指甲……生活的罅隙里无声落下的小东西，无一物无来历。将这些最终聚拢到一起的细小的颗粒小心用抹布圈起，最后一点圈不起来的，用指腹压上去，沾起来，一起擦到抹布上，再小心抖到厨房的垃圾桶里，把抹布清洗干净。跪着擦过三遍的地板，迎着阳台看过去，终于也能透出一点温润的光来，然而过不了多久，陪着小孩坐在地板上玩时，顺手一摸，就已经又感觉到卷土重来的细小的颗粒。用手擦一擦、拢一拢，很快又是细小的一撮，直如生活周而复始的隐喻。于是叹一口气，将这颗粒重新拈起来，送进垃圾桶里。

萱草快要开败的那个傍晚，天上涌起大片乌云，最后落了一点地面还没有打湿的雨便停。黄昏时我总算鼓起力气要赶在它的花期结束之前去拍它，拿着相机抱着小孩一起下去，意外地看见西天上起了长长的晚霞。在柳树黑色的狭长的树叶背后，一朵云远离宽阔的云带，独自红着，使人想起陶渊明的诗。指给小孩子看，他终究不能意识到。走到萱草那里，才发现晚上的萱草花已全谢了，在逐渐暗淡下去的天光中，一朵开放的花也没有。我原不知道这花竟然也只开一个白天的。在黔南支教的清彬在夜里发来一段山中的录音，那样激越繁烈的虫声，我也很久没有听到过了。

2017 年 8 月，北京

月亮

小孩小的时候，哄他睡觉，百般不成，常常技穷，有时为了能让他在黑暗里乖乖躺上一会，会唱歌给他听。我不会什么摇篮曲，小时候妈妈是否为我们唱过什么，如今当然是渺无踪迹，只前些年姐姐们家的孩子尚小，妈妈帮带，有时回去，听她抱着哄他们入睡，所哼无一例外是一段"哦呀哦哦哦哦——"的旋律。很短，只有四句变化，那调子称不上动听，只是周而复始，给小孩以单调重复的催眠。我在旁边听得烂熟，有了小孩之后，也曾对他哼过几次这个旋律，却终究不好意思，好像害怕被人听见，于无意中窥破那一点情感，而感到羞赧似的。终于便不再唱。

很多时候，我唱的是张若虚的《春江花月夜》，用宫崎骏《幽灵公主》动画片主题曲的调子，意外地很是搭配，只消稍加变化拆凑，就可将日文的歌调与中文诗句相将弥合。《春江花月夜》的好处是不待多言的，歌诗圆转如珠玉，又那样清冷澄澈，从月之初升到皎皎空中，再到月落西斜，动人情景与宛转情感相交融，共同构成一个极其晶莹凝练世界。它的词句那样美丽，篇幅又那样长，要将音乐咏唱再三，才能够从头唱到尾，作为抚慰婴儿的夜曲，重复性与长度也都很足够。而《幽灵公主》的主题曲，其歌调恰恰也是悠远空灵一类，米良美一的演唱尤其古典而具某种神性，因之二者结合，有相得益彰的感觉。这首歌在电影里，也是在月夜出现的。深夜中，受伤后的阿西达卡在幽灵公主的山洞中醒来，发现珊伏在他身边的树叶堆中睡着了，雪白狼衾下小小身体呼吸起伏，于是睁大眼睛，久久凝望她沉睡的脸。而此时山洞外，轮月高悬，受伤后时日无多的巨大母狼矗立在岩石高处，守望仿佛早已不堪其重的森林。它的歌词也很美："弓弦满张，蓄势待发／月下清晰可闻，你的心跳声／多美的冷锋利刃／就像你那冷峻的脸庞／隐藏着悲伤和愤怒／能知你心的只有森林中的山灵们／只有山灵们。"如满弓般一触即发的矛盾和海潮般满涨的情感，一同在歌中倾泻。

在乡下，月亮是不可忽视的。李白说"小时不识月，呼作白玉盘"，是从幼儿时期便有的熟视，如今的人若想拥有古人这份未曾隔绝的经验，恐怕只有在广僻之地才能实现。因为月亮固然大而常见，不像星星的光芒那样细弱，轻易被大气层中的灰尘和光污染所遮蔽，城市的夜晚却到底有太多光亮的东西了。中天一轮清冷的半月，带给一个小孩的感受，有时恐怕并不超过路边一只路灯，或是对面人家楼房里三三两两的灯火。而乡下则不同，在夜晚广袤无垠的黑暗中，在绵延起伏的田地、水塘与山坡上，月亮的存在直入人心。无遮无挡、出门即天地的环境，使得无论黄昏或暗夜，只要在外面，就很难不注意到那天空里唯一显著的光源。月亮是一个在乡下长大的小孩最初认识的事物之一，是如同爸爸妈妈、小猫小狗那样亲近常在的存在。家乡的人过去教小孩指认月亮，有专门的歌谣，开头第一句是"月亮月亮粑粑"。后面的如今我已经忘记，就连妈妈也记不清了，只有这第一句的节奏还留在脑海，那在夏夜里乘凉，对着月亮拍手，唱出歌谣的场景也仍清楚。当这样的记忆重现，内心的情感就再一次涌现出来。

我小的时候，很喜欢跟随大人去亲戚家吃饭，有逸于常规的快乐。倘若是吃晚饭，回来时天已黑透，便很高兴，心里充满不为人知的欢喜，因为喜欢许多人一起走夜路。大人们喝足了酒，此刻都有些醺醺的，鱼贯行进在乡下水塘边、田埂上。打手电筒的人走在最前面，小孩子们在中间，最后还押一个大人，以免落在最后的小孩子害怕，背后有大老虎、狼或是其他什么故事里摄人的鬼怪追来。乡下没有路灯，手电筒就是我们那时候生活里最有趣的人工光源了，我小时候常常怪父母不让我打手电筒，说打手电筒的人走路反而看不清，等嚷嚷着一定要把手电筒拿过来，自己走了几步，才发现他们说的是真的。打着手电筒，走在弥漫的茫茫白光后面，反而不及跟在打手电筒的人后面走看得清楚明白。但不能打手电筒玩毕竟是遗憾的了。有时候终于拿到一次，打了一会，却仿佛无味起来，没有想象中好玩。有时手电筒的电池也没电了（这是常常发生的，因为我们没有钱，买不起新电池），或是出门时没想到回来这么晚,没有带手电,如果是冬天,这个时候我们就会打火把。路边已收割的稻田里,一块接一块垛满了一堆一堆圆锥形的干稻草堆,去这样的稻草堆上抽两把稻草,夹在腋下,抽一束稻草出来,用抽烟的火柴点成火把,就这样擎在手上,一路燃着照着,火光灼灼,烘在人的脸上头上,烧尽的黑灰飞舞,是非常有意思的事。一束将尽,便抽出另一束来续上,之前抓在手上最后那一点稻草把子就扔在地上。冬天早上,我们去上学,常常可以看到大路上散落着这样的稻草把子,每隔一段就有一小把,稻草梗的端头烧得黑黑的,是夜里曾有人举着火把走过的明证。夜里很冷,地面上厚厚一层白霜,稻草上面也缀满了雪白的霜花,等到太阳一出来,就都晒化了。

这是没有月亮的晚上,等到月亮出来,甚或很大,这些照明的手段便全不需要了。这样说来,在乡下走夜路,月亮是太重要了,我们可以省去多少节电池的用度!有月亮,走夜路的感觉便大不相同。大家不用再低头凝神,一心一意注视着脚下可能的坑洼,追逐着前面的人手里的光源,尤其在大路上,可以松松散散地拉开,一面自顾自慢走,一面举目四望这月下的田野。月亮是太亮了,轻薄的光洒在举目的田畈上,稻禾绵延,一片又一片,又密又齐地挤站在一起,绿色几乎消隐,只不那么纯粹地黑。近处的花与叶还看得清,远处的山影则是深重的浓黑。总是有声音,春天的青蛙，夏秋的铃虫，冬夜里经过人家门口时伏睡看家的土狗格外动人心魄的吠声。大人们一面走一面说话，小孩子跟在后面，一不留神发现自己已落到最后一个，前面刚刚经过万家的坟，会有鬼追上来吗？吓得心里一抖，赶紧拔足紧奔几步，赶到人群中间，又像什么也没发生过似的，若无其事地走起来。

　　相较于升在半空、已变得晶光皎皎的明月，我更爱初升或将落时红红的月亮。老家的家门朝西，门口即是水田，那时连遥处318国道上遮挡视线的加杨也还未曾种植，因此小时候尽有许多看到落月的机会。初三初四夜细如铜钩的新月，红得如同咸鸭蛋黄颜色，黄昏时倏然在西边深蓝山影上点亮，要到这时候，才能注意到它的存在，还以为是才升上来的。晚霞粉红深紫，颜色逐渐消去，暮晚的深蓝遮盖一切，云变得黯淡，月亮愈发红起来，很快落进山下，沉沉不见。这纤细的红色落月的滋味，小时候我并不懂，"可怜九月初三夜，露似真珠月似弓"，课本上印着的诗，只是那样背过去罢了，不觉得有任何不同。直要到近三十岁，在久已不太常回的家乡，有一年过年回去，正月初三的夜里出门倒水，一眼望见天边一钩新月，将落未落，如同灯火透耀后的橘样红。漫天星子密布，过往儿童时期所见与成人后的情感体验同时涌上，在那一时给我以启予，使我明白自然之辽远与阔大，可以在人心上种下多么坚强的种子。这种子即或在很长一段时间里沉睡，到了将来，对于生命的领受积累到一定程度，在时间与地点合适的时机，还是会即刻醒转，传递给人那自古昔以来人们共通的忧郁和对美的领悟。

满月时，月亮初升，在差不多升到水杉树尖那么高之前，也是红色的。这红色不及新月落山的颜色醒目，只是带一点冰糖黄的微红，但因其硕大、圆满，映着月面隐隐的阴影，也十分动人。还相信和期待仙人存在的年纪，我们曾在地上努力遥望这阴影，想要辨认出嫦娥与桂树的身影。满月给人以不同于普通他日的期待，仿佛这一天理应不同，应该有更快乐或更幸福的存在，或者至少，它不该是一个普通的日子。昆剧《牡丹亭·离魂》一折里，相思成疾的杜丽娘逝去，就是在阴历八月十五的夜里。这一晚却是"蒙蒙月色，微微细雨"，丽娘在拜别椿萱之后，气绝之前，所唱最后一句，乃是"但愿那月落重生灯再红"，其后便化为鬼魂，身披大红披风，手举柳枝，向虚空中盈盈遁去，留下兀自背身哭泣的母亲与春香。这是这一出戏动人的顶点，在那之前，丽娘追问爱情的踪迹无寻和拜谢母亲的养育之恩，交代死后埋在花园大梅树下之事，已使人伤心至极。到这一句，乃在极度的伤心里埋入一点希翼，暗示出绝处逢生的可能，但又不能确定，因此使人既觉伤心，又感安慰。因为同时有月亮和"灯红"，这一句给我的想象，便总是一轮红月冉冉在天空升起。

此外是白天的月亮。半上午或半下午时印在天上一枚粉白的月亮，看不到一丝夜里那样耀眼的晶光了，只尽是温润、收敛，在淡蓝晴天上，犹如遗忘在黑板上的一幅粉笔画，被人不小心用手掌蹭去了一小部分。这样的月亮，也令人动容。在南京读书时，学校操场边的悬铃木上可以望见月亮初升，我和室友黄昏时去那里散步，总要看看月亮在不在天上。准备考博和写毕业论文的时间，去得尤其多，每天晚饭过后，为了消食和短暂休息，总要去绕几圈。月亮从银钩到镰刀，到梳背，到大半，终至圆满，又渐渐亏缺，迅疾地提醒着人时间的流逝，而人犹在梦中，动弹不得。到春天时，梅花开得将谢，博士考试笔试已经结束，面试近在咫尺，我们每天在文科楼的研究室里待着，也不知道到底要准备什么。有一天黄昏独自去外面吃饭，走过楼前一块芳草地，在一棵梅树的枝丫上，看到淡蓝天上粉白月亮已十分安静地贴在那里，和暖的风吹过，已经由粉红变成淡白的花瓣簌簌落下，飘扬成阵。那一霎想到，"原来《落梅风》是这样的啊……"第二天就是面试，我报考的那位老师很受欢迎，那一年也有很多人报，早上轮到我前，我拿一本书在楼下临时抱佛脚。远远看见一个外校来的中年男士，正站在那棵梅树下，看一本袁行霈编的《中国古代文学史》。这个时间会在这栋楼下出现的人，应该就是和我报考同一位导师的竞争对手了吧，想到这一点，心里就怕得厉害，最后只好提前跑到楼上去，以免再看到他，而感到更加害怕。后来我没有考上博士，也不知那个人考上没有，但却始终记得梅花飘落的傍晚，天上月亮粉白。

到北方生活这几年，难忘的是有一年秋天，和朋友们去远处游玩，回来经过沽源与独石口，路边多土豆与燕麦，那时尚未收割，在远远的山坡上如丝带般延展开来，呈现着黄绿交错的广大秋色。是中秋后第二天，在独石口一段倾圮的土城墙上，傍晚巨大的圆月，带着一点点盛极而后的虚缺，正在天边升起。朋友见状，立刻把车开到附近一座山的山顶，一行人下来，立在山崖边一起看月亮。远处北方丘壑分明的重重山脊上，月亮越升越高，终于在深蓝的天空中变得冰冷明亮。山风极冰，身边巨大的白色风车缓缓转动，发出轰隆隆的声响，听起来如同飞机在天上远远飞过。我并未感觉快乐，而是如那时常有的那样，包裹有一种仿佛如影随形的悲伤。似乎在心与美景或其他动人的事物之间，总隔有一层蓝色的滤镜，使我不能真正感受，或感受到的已是被沾染后的色彩。但即便如此，那时候自由的行走，秋天山林的红与金黄，黄昏时重山之上的月亮，在有了孩子以后囿于昼夜、厨房与爱的生活中，也剥落出它原有的珍贵。我常常想，什么时候能重去山中，再看真正的野花与风景，却只是想象。

尚未辞职前，下班回来的路上，还常常可见北方比南方远为深蓝纯粹的天空上月亮的踪影，有时骑在车上，道路尽头忽然一轮巨大圆月，近得使人一眼看到时意识到那不只是月亮，而更实实在在地感觉到它是一个天体。这种时候，总要停下来认真看一会。这么好的月亮，怎么能不看呢？人们常说一生看得几回花，实际人的一生中，又能看得几多满月呢？到后来辞去工作，所能看到的月亮，则大多是哄小孩睡觉前掀开窗帘的一瞥，或是在小孩终于睡熟之后的深夜，悄悄打开房门进入客厅，不提防自窗户洒到地板上的薄薄一层光。驻足静立几秒，也便开灯，月光随之消失，人珍惜这来之不易的深夜自由，无论做些什么，也舍不得去睡，直到困得不行了，才终于爬回床上。又悄悄掀开窗帘看一眼，哄睡时的月亮已不见，中天只是路灯的光渲染出的深蓝。有时月亮出得晚，到凌晨，皎皎一轮正在窗边，晶光四围是一片一片鳞片般云层铺叠，照得厚薄间银白黯蓝阴影起伏。一些散碎的句子布落在心里，"三五明月满，四五蟾兔缺"，"银汉无声转玉盘"，"桂华流瓦"，"愿为南流景，驰光见我君"，这普遍的无极的哀愁，的确是从古至今，随着月光温柔地照向每一个曾望向它的人身上了。

2019 年 10 月，北京

等一只鸟来吃金银木的果子

在北京这些年，我对金银木（金银忍冬）的感情一直算不上重。因为到处都有得种，开花时却不像从小喜欢的金银花（忍冬）或南方冬天开放的郁香忍冬那样，有着温柔或清洌的香气，很容易让人感觉那春天里满目的黄白二色花是浪费。花谢后，整个夏秋都乌乌暗暗的，两两相并的花结出两两相并的绿果，只到了秋冬，小小圆果渐渐变得流丽朱红，叶子落尽后，果子还完好留在枝头，在阳光下显得晶莹透亮，让人觉得还稍有可看之处。说是鸟儿会吃，但这些年我似乎也从未见过鸟儿在金银木的枝头吃果子，因此也很认为它名不符实，于是渐渐连这果子也不甚珍惜起来。偶然和爱好博物的朋友说起，抱怨城中冬日的枯乏，提到金银木的果子与不见鸟儿来吃，长于观鸟的朋友说，"那是因为你没有观察，没有等"。

那天晚些时候，我正好在一个公众号上看到一篇批评北方的公园入冬后就将金银木长满红果的枝子全部剪掉，以致迁徙越境或留地过冬的鸟儿失去了口粮的文章，里面收集了不少各色鸟儿在金银木的枝头吃红果的照片。我于赞叹的同时，不由自主升起了好奇与向往，什么时候到我附近的金银木树下等一等，看看有没有鸟儿来吃呢？

这样拖了两天。早晨我把小孩送进幼儿园，想顺路去公园，手脸却感觉冷，空气也霾，大风稍稍一吹，就把原本即不甚坚定的我吹了回来。直到两天后，大风已经止息，小孩因为咳嗽而被幼儿园嘱在家休息，白日阳光极明亮，就是在通常光线黯淡的屋子里，也能感觉到这时阳光的耀眼、饱足。外面天空极蓝，午饭后我想，不如趁着中午暖和一起去公园看看吧！

已是十一月下旬，周围几乎是万叶凋尽的状态了。元宝槭和洋白蜡叶早已落尽，毛白杨和新疆杨的叶子也差不多落光了，悬铃木凋速不一，有的还留着满满一树黄叶（雾霾而大风的那两天，风把楼下一排悬铃木的叶子吹彻天空，使得坐在窗边的人即使知道，也还是忍不住每每错眼，疑心是有鸟飞过），有的则落得一叶不剩。走进公园门口，只见旁边一片花坛里，立冬前尚存的月季全都修剪了，地上只留下一篼篼短枝，一个园林工人拿一把齿耙，将栏杆旁落叶与松毛都掏干净。往前不远处一片晚樱林，叶子也落得干干净净。我学着留心去看鸟，在满耳鸟鸣与不管走到哪里都萦绕不绝的公园提醒人防火防疫的播音中，能见到的还是只有喜鹊和灰喜鹊，在干净的晚樱林与坡上的元宝槭林间扑飞。望远镜里，一只大喜鹊在晚樱树叶中懒懒用喙翻找，左一下右一下，看起来不大有收获的样子。

绕过晚樱林，旁边的草地上散布着悬铃木、侧柏、玉兰、白皮松。悬铃木的头状果序圆球形，根据果球数量的多少，可分为一球悬铃木、二球悬铃木和三球悬铃木。北京的悬铃木多是一球，这和从前在南京时所见多是二球悬铃木不同——两地修剪悬铃木的方式也不同，在南京时，所见大悬铃木无一不是在主干一两米高处分成两大枝主干向上生长，主干修剪得十分干净，大约在很小的时候就截过顶，使之分岔；而北京的悬铃木却是在三四米高的地方，才由主干往上生出许多蓬勃的树枝，更接近原初的树形。眼前这几棵也都是一球，满树已变成黄色的果球挂在枝上，一个一个的很可爱，不过，在一球悬铃木的枝头，有时候也能看到两球的缀在一起，像是一种自然的变异，有时甚且为数不少。

玉兰叶凋尽，枝头顶端满树冬天的花芽水落石出。背对着午后的光线，如今还是很小的花芽如小号的毛笔，外面紧紧包裹着的芽鳞毛茸茸的。后来在公园最大的那片玉兰林下，我们看见一枝有人折断又扔掉的玉兰枝子，从那上面摘了一个冬芽来看。剥开外面两层芽鳞，里面是紧紧裹住的尖尖的绿色花瓣——虽然还是绿色，但已经能看得出是花瓣了。等到三月，这些玉兰的花苞就会迅速鼓胀起来，在华北的春天里打开，不过几天，又纷纷披软凋零。白皮松高大舒阔，在林下草地上，可以看见一片片剥落的树皮，质地很薄，表皮银白或暗红，背面粉白，带一点仿佛墙没有粉刷平整时会留下的那种颗粒。剩下的仍点缀在树上的树皮的深绿与剥落了树皮之后露出的新树皮的浅绿之间错综交织，望去如迷彩图案。是白皮松的树皮与平地而上、四散而开的枝干而非松针，使得这种通常在北京的公园里都很高大的树有了一种沉默如谜的气质。

在一片种着华山松的草坪里，我看见一棵树下躺着一颗被风吹落的松果，指给小孩看，让他去捡。捡得这一枚，他又去找新的。华山松的松针五针一束，看起来细细的，成熟的松果却很大，张开有手掌大小，比针叶两针一束的油松果大而好看，里面还常常藏着尚未掉落的松子，是小孩和我都很喜欢的东西。过去我们曾在公园捡过好几个回家，到今天还有一个最完整漂亮的不曾损坏，留在书架上。我在松林外等他，隔着远远的距离，看见对面毛白杨林里，三只灰椋鸟在落了薄薄一点杨树叶的地上寻找食物——杨树叶想必也被公园的人掏过，否则不会这么少。心里感到忧虑，不知道更冷的冬天来临之后，过冬的昆虫与其他小动物们要以何凭借。它们的身子看起来都很肥——回来问朋友小欧，说它们是在为过冬做准备，而且它们喜欢将羽毛蓬松起来，使之充满空气，从而更为保暖——望远镜把它们拉得比实际上看起来又更肥更大一些，看着像一个个竖着的胖圆红薯似的，嘴很尖，简直近于锥针的形状了，眼睛周围一片白，整个身体看起来灰灰的，快到尾巴的腰上有一点白。在这样寒冷的空气中，静静地看着灰椋鸟找食的样子，虽然只有这短暂的一会，却奇怪地使人感到安慰。仿佛是鸟儿在它的所在，而看着的人也在她的所在似的。

这美丽而安静的感觉和望远镜应该也有关系。这只便宜的入门级望远镜是秋天时我跟小欧、玮玮一起跟团去野鸭湖观鸟时买的。那是我第一次学着观鸟，也是第一次用望远镜，几乎是在眼睛适应了镜头、学会把焦距调清晰的一刹那，我就喜欢上了这个东西：我觉得用望远镜看东西有一种看3D电影的感觉！那一天我都很高兴拥有了这么一件工具，透过它所能看到的，比如湖面上飞翔着的红嘴鸥，当它在身下泛着蓝色光影的广阔湖面以及远处红褐的褶皱巉岩的衬托下，展现其娴熟至极的飞行技艺；或是草场上盘旋的燕隼，悬停时翅尖微微地颤动；甚至一只只是在树枝上停留不动的黑翅鸢，那绿色中包裹着的静静一点白——其动人处都只能令人久久去看。因为过于生疏而找不到别人能看到的鸟时，我就用这个东西随便东看西看，看远处的山和云尤其细腻美丽。山岩皴皱的线条变得巨大清晰，仿佛扑面而来，而那隐藏在最远处的阳光的云朵，也显现出它清晰层叠的弧形起伏。后来有一次跟邻居带孩子去山里，虽然自己找不到鸟，我却还是把它带上了，时不时拿起来看一看远处的树。那个时节在山里最显眼的树是臭椿，大串大串的翅果全都成熟了，在漫山尚未变红的苍绿中，显出一种如雨打风吹过的旧纸般的破败灰白。有一次在一条小溪上，我无意中瞄到一颗正在飘落的臭椿果，于是仿佛慢镜头般，清楚地看着这小小翅果因为自身重力与翅膀结构在空气中打着旋，一直飘进下面的溪流中不见。草丛间翩飞的一种白蝴蝶，用肉眼看很朴素，在望远镜里却得到了放大，其美丽也得到成倍的增长，当它那雪白的翅膀扇动时，因其宽大而带上了一种原本缺乏的（或说肉眼看不清的）轻柔的飑动，空气发出模糊的波颤。是镜头的清晰使人获得了原本肉眼不曾获得的体验。

往前走，到玉兰林外，在远远的树林底下，有一二十只那么多肥肥的灰椋鸟也在那里觅食。和它们在一起的是几只灰喜鹊。忽然，一只灰喜鹊跳起来，把它身边的一只灰椋鸟赶出它身在的一棵侧柏树下工人春天时为了方便浇水而围起的土圈。但矛盾并没有升级，过了一会，我再去寻找它们时，发现灰椋鸟已全部走到更远一点的几棵玉兰树下去了，在那里不停地翻找——是吃什么呢？玉兰树上的聚合蓇葖果已全部裂开，现在找不到一粒露出的外面包裹着红色种皮的种子了，是全都掉到树下去了吧——它们会吃玉兰的种子吗？还是后面那排紫荆的种子呢？但我没有接着观察，而是径直走到前面几棵金银木那里去了。

已是寒冷的季节，金银木的小果不复上旬的圆转朱红，有些已经开始变得蔫缩，但也还有很多饱满圆润的结在枝头。阳光渐渐变淡，此刻迎面的这几棵金银木，只有一棵尚且浸沐在阳光中，其余已都被几米外人工湖边高大的垂柳投过来的阴影笼罩住了。

像是故意为了反驳我从前的抱怨似的,就在我走过去时,那棵阳光中缀满了红果的金银木的细枝上,一只灰椋鸟落下来,抓住枝条啄下一颗果子,一眨眼又飞走了。我站着停下,稍稍等了一会,心想:"也许等一会会有别的鸟来。"这样不到五分钟,又一只小鸟飞来了。这是一只后脑勺有一块白色的鸟,背羽在阳光下闪耀着美丽的苔绿色,它站在树枝上啄了一两颗果子,又跳到另一根细枝上,低头又啄下一颗,然后仰头把它吞了下去。就在它吃果子时,第二只、第三只同样的小鸟飞过来,各自迅速衔了一颗红果,又迅速飞走了。

是三只白头鹎。我在那时感到由衷的快乐,这是属于我的、亲身观察到鸟儿吃金银木果子的时刻。虽然明白那是极其常见而普通的一幕,于我却是一个完满的奖赏。这个公园、这棵金银木,都是我日常所熟悉的,是可以划归为"我的生活"之一部分的地方与事物(前年冬天,比这更为寒冷的一个下午,我曾在这棵金银木下的椅子上读一本佩索阿的诗集),于今亲见灰椋鸟与白头鹎吃它的果子,得到它是鸟儿们冬天的口粮的验证,仿佛是生活的拼图里,拼上了属于它的重要的一块,是一小块的人生仿佛因此变得完美了的那种快意。

又等了一会,不见再有鸟来,浸沐在阴影中的那几棵金银木则始终不见鸟儿踪影。人工湖的一角结了薄薄一层冰,岸边的垂柳枝上，叶子几乎已落光了，却又还剩下一些，远远看着，映着夕阳的光，一阵虚雾雾的黄。工人们在一片毛白杨林下铺一层绿色的防护布，把这里常年种着的玉簪的根护住。同时我想起来，到了十二月中下旬，他们也会把金银木的枝子几乎全部刈除，那时鸟会不会也失去它们的口粮？空气变得生寒，我们开始往回走，又一次经过玉兰林边，那一丛灰椋鸟已经从地下飞上了旁边一棵高高的毛白杨上，站在光秃秃的树枝上，并不动，只是一个个肥啾啾地站着。树林的其他部分已涂上阴影，唯有这棵毛白杨上还残留着阳光，使人感觉它们只是为了在一天结束之前，在那里晒最后的太阳。一只白头鹎站在一根纤细的、最高的光秃秃的枝头，在黄昏的光里细细唱着它的歌。

一棵大银杏树下，一堆枯黄的落叶间落着的，还有一小堆一小堆雏巴巴的椭圆橙黄的种子。只几年前，到了深秋，小区里的老人们还要争先恐后竞相起早来公园里捡银杏的种子，有的甚至到了摇树的地步，使人看了摇头，到如今却是种子落满地也无人捡了。是风气的改变还是捡了几年回去发现家里也没有人吃，故而放弃再捡了呢？这原因不得而知。实则烤白果我是很爱吃的，因此也不嫌弃落在地上的银杏种子那腐烂的种皮的气味。过去在南京时，有一两年和妈妈、姐姐住在一起，冬天妈妈总要买一小袋洗净晒干的白果，就是那种透明的小小的白塑料袋装的，放在那时我们租房的客厅的窗台上。每天晚上吃过晚饭，到八九点钟，她总要用菜刀扑碎一二十颗白果，装在碗里，里面洒几滴水，上面再盖一个小碗，或者就用姐姐公司发的一种黄皮纸的信封装着，微微封好口，放微波炉里热十几秒钟。"波"好的白果滚烫，果仁边缘偶带一点受热过头的焦黄痕迹，剥开来大部分则是纯然的翠绿，吃起来微微有一点苦。因为说白果吃多了不好，妈妈每每只许我们一人一次吃六七颗，我爱吃，也不过比姐姐们多吃几颗。那些冬天便仿佛与烤白果微微的苦味相连，如同我们当时的生活。后来我到了北京，家里没有微波炉，为着这样小的原因，烤白果之味也就一直只在记忆里徘徊。再后来我在书里看到民国时候冬天街上有卖白果的小摊，乃是用炭火架铁丝网烘熟，白纸包作一包，或是在炭火烘着的小铁锅中，用一片蚌壳作铲和砂来炒，心里感到很是羡慕，想着要是如今街上仍然有着这样的烤白果的遗迹，那么我是很愿意买一小包回去，在冬天的夜里吃的啊。回至晚樱林边，几只麻雀站在一棵晚樱的枝头腾挪，如毛茸小球，身上也沾带着最后的夕光。麻雀也是很好的。

2021年11月23日—11月24日，北京

翅果

学校放学后，带小孩去家附近的公园看一看。去了过去常去的元宝槭小树林，太久没有出门，发现即使是记录一会元宝槭的果实也是好的。这是我第一次发现，元宝槭的果实原来是会由绿转黄的：这似乎是很幼稚的一句话，到了冬天，树叶全都落尽以后，我知道元宝槭的果实会变得枯黄，坠在枝头或落于地上，但是，因为没有亲身观察过，就不知道（或者说是一种想当然的忽视和遗忘）这枯黄也是会由夏日和初秋的油绿慢慢从黄转变而来的。如今还存留于树头的果实大多是发育饱满、两两并列张开的翅果，有的左右两颗都发育成熟了，有的只一颗发育好了。大约一个月前，去百望山时，我在树下看见落下的元宝槭翅果，大多是两颗都只发育了一点、没有饱满的果实，而树上挂着的全都是发育饱满的，仿佛是大自然提前将这些未真正发育的果实预先筛落了下来。这是树木节约能量的方式之一。发育成熟的地方鼓起，像一个小小的膝盖的鼓包。今年初春我曾在树下捡拾过干枯的元宝槭果实，把外壳剥开了来吃，里面的果仁颇有内容，有一颗西瓜子仁那么大，在那时使我感到意外，也很为整个冬天依赖着它们生存的燕雀而感到高兴——原来你们可以吃到油脂如此丰富的食物啊！从那以后，元宝槭在我的心里就变得更加可亲了起来，不仅仅是过去对于槭树的叶子在秋天会变色的一般的欢喜，而是想到它那繁多的果实里肥美的果仁，默默养育了许多冬天的鸟儿，就为它生出柔情。今天我也剥了一颗刚刚转黄的元宝槭翅果来吃，不同于冬末初春的干燥，现在剥开外壳，有一些很黏的液体粘到手上，我接着把它剥开，里面的种仁还是绿的，我吃了一口——有一点苦，一点涩，然后是一点生南瓜子仁的感觉。小孩也饶有兴趣地尝试了一颗，说："呃，有点苦，但还不错。"但他更感兴趣的，还是剥出来的种仁的模样，在地上捡了很多果实，把它们全部剥开，又按照大小一一排列在青苔尚未完全干枯的林间空地上。

几天后，我在植物园里迎头碰上了梣叶槭的果实。梣叶槭是原产于北美的树，近百年内才引进国内栽培。过去我没有见过，这两年才逐渐在北京的公园见得多了。它是雌雄异株，春天时引人注意的，是树上那一串串如步摇、如流苏的花序，那是它们长长的花丝拖下来，坠在一起形成的效果。这时候看见它翅果的果序，长长的一串一串缀在枝干上，更其美丽而出人意料。每串果序一二十厘米长，从上到下缀着十来对翅果，每一对翅果的果梗纤长。比起元宝槭来，梣叶槭的翅果更大、更瘦，更类于某种蛾类的翅膀，也更具装饰性。这时候翅果已全枯了，呈现淡淡的枯黄，轻轻一摇，薄薄的翅翼就相互碰撞出哗啦哗啦的轻响。拿回来在干燥的屋子里摆了两天后，这些成熟的成对翅果左右两边从中间分开了，在那裂开的地方，露出两根尤为纤细的小丝，牵扯着它们。仿佛已经完全准备好，只要随时一阵大风就可以将它们吹下，以其下面的翅膀，乘着这股气流，将包裹着的种子带到更远的地方。剥开梣叶槭的翅果，里面的种子更为扁长、纤薄，不像元宝槭的种子那样圆小而鼓饱。再继续剥去种壳和内膜，里面也是一小粒长长的、类似于瓜子仁的种仁。梣叶槭的种仁吃起来有些甜美，涩味不像元宝槭的那么重，只是没有元宝槭的那么大。不过，当我后来吃了一颗没有去掉内膜的梣叶槭种仁，也感觉到苦涩，所以涩味大多来源于那层内膜。上次我吃元宝槭种仁时，之所以感觉到涩，大概很大程度上还是因为我没有把内膜去除干净（那时候它很粘手）。不过，这一大串果序上的翅果，也有不少是秕的，也就是说，看上去是完好的翅果，要剥到最里面，才发现是空的，没有实质的种仁。冬天会不会有小鸟来吃梣叶槭的种子呢？应当不会浪费这么好的资源吧。

不过，这个秋天我遇到的最好玩的果实还是糯米条的。这世界上有一种定律，那便是当你开始了解一样事物之后，很快便会在周围经常发现它的身影，尽管此前它在你的世界仿佛从未出现过，就像是隐身了一样。糯米条是忍冬科糯米条属植物，它的果实也是乘风飞翔，这一点是我在了解它之后才发现的。事情出于偶然，就在那几天，我和邻居一起带着孩子们出门玩耍时，对植物初初感兴趣的她看见了路旁灌木丛中还零星残留着的一小丛花，问我那是什么。那时候我不认识这小簇的漏斗状小白花，只猜是六道木之类，回来后查了下，才知道是糯米条（园艺栽培的杂交品种有大花糯米条，也即大花六道木）。令人好奇的是花朵后面还有五片裂开的如同花瓣一样的东西，那是宿存的萼片，这绿色的、小小的萼片到了果期仍然存在，且稍稍增大。几天后，就在植物园，隔着一条秋天草木丛生的小沟，我看见对面有一大丛糯米条，遂和同伴转过去看。花期早已经过去了，高高的灌木枝上，几乎看不到一朵花，而挤满了顶着萼片的果实。薄薄的，干燥的，在寒冷的空气中渐渐由绿转红，如同花朵般缀满枝头，望去十分美丽。在萼片底下，就是糯米条渐渐长成的细细瘦果。我们站着看着，为这远扬的枝条上无数的"花瓣"感到深深满足。这薄薄的萼片是用来做什么的呢？当我把其中一朵摘下来，从空中无意识地扔下去时，看到它如螺旋桨般旋转着往下飞翔的姿态，一霎时几乎是感动。虽然早就猜到是为了帮助种子飞得更远，从而能在更多地方扎根，但我还是没料到它飞翔的姿态那么像我高中时喜欢的一个游戏。那时候我们的教室在楼上，下课时没有时间也没有兴趣到楼下去玩，于是常常在草稿本上撕一小条薄纸，把它扭成一只竹蜻蜓的模样，而后站在走廊上往下丢。两瓣的纸条乘着风，在气流中不住旋转着往下坠落，是那时站在楼上凝视的我觉得十分优美的场景。许多年不再玩这个游戏，当看到糯米条的瘦果乘着五瓣的萼片旋转下落，那一瞬间便想起了那时惘然而灰暗的自己。我折了一小枝糯米条，把它放在包里，小心带了回来，插在一只青绿的瓷花瓶里。萼片很干燥，几乎不败坏，就那样保持下去。到后来许多果实从枝头落下去，把下面的桌子落满一层，我仍然舍不得把它扔掉，只是任由它仍带着许多干枯的果实插在瓶里。

2022 年 11 月，北京

在乌苏里的莽林中

这个冬天,陪伴在身边的书是弗·克·阿尔谢尼耶夫的《在乌苏里的莽林中》。

每天早晨起来,把小朋友送进学校后,回来第一件事是打扫卫生。做这些事时,我用一只蓝牙小音响连上手机,放一些书来听。从十一月起,每天播几章这本书来听,等屋子收拾干净,早饭吃罢,便将小音响关闭,坐到桌前,开始这一日的其他事情。心里也并不急着多听或多看一点,像是一种柔和的陪伴,宁愿它细水长流些似的。然而不久之后小学停课,我停止了自己的大部分工作,每日陪小朋友上网课,也改变了打扫卫生时听书的习惯,改放他喜欢的。直到一个月后,有一天我在疲惫中想,要听一点自己的书,于是重新放起了《在乌苏里的莽林中》。意外的是,小孩子也很喜欢,不让我关掉,于是那天我们一起听了很久很久。从第二天起,我从头开始,把这部书重新播放给他听。白天不上课时,他一边听着故事,一边坐在地上拼乐高或是做其他事情。夜里他在桌前画起探险故事,我帮他写字时,看到那故事里也出现了篝火、山洪以及遇到的种种植物,心里不由得十分感动起来,这是扣人心弦的故事在幼小的心灵上染上的痕迹,是这样地直接而鲜明。

阿尔谢尼耶夫是俄国(苏联)著名的地理学家,《在乌苏里的莽林中》是他一百多年前在乌苏里地区的原始森林中探险、考察的故事。阿尔谢尼耶夫1872年出生于彼得堡，从小喜欢玩旅行和打猎的游戏，十九岁时，以后备军士官的身份进入彼得堡陆军士官学校学习。在那里，他受到地理老师、中亚探险家姆·伊·格鲁姆的影响，对自然考察探险产生了很大兴趣。他阅读大量描写探险的书，对普尔热瓦利斯基书中所描写的西伯利亚和乌苏里地区尤其向往。1896年毕业后，阿尔谢尼耶夫被分到位于波兰的军团，在这里他仍然没有放弃自己探险的梦想，多次申请后，终于在1900年被调往符拉迪沃斯托克（海参崴）。

从1902年起，阿尔谢尼耶夫在南海（珲春东南部海域旧称）附近进行了一些短途考察，积累了一些在原始森林地区考察的经验。1903年1月，阿尔谢尼耶夫被任命为符拉迪沃斯托克骑兵侦察队长官，1904年—1905年日俄战争期间，他指挥侦察队，获得三枚勋章。1905年末，阿尔谢尼耶夫被调往哈巴罗夫斯克（伯力）滨海军事边区总队，1906年5月，奉命开始对锡霍特山脉的考察。从1906年到1910年，阿尔谢尼耶夫率领考察队，进行了三次对锡霍特山脉的考察。这部书中所记的，就是1902年沿济木河和勒富河的考察，以及1906年在锡霍特山区的初次考察。

乌苏里地区是指黑龙江右支流乌苏里江以东至太平洋海岸的大片土地，约四十多万平方公里。其中从北向南高耸危峻的锡霍特山脉占据了主体，东部则是蜿蜒绵长的太平洋海岸。乌苏里地区原属中国，1860年被沙俄通过不平等条约《中俄北京条约》割占，之后沙俄政府向这里移民，并对这片陌生的土地进行了多次考察。因为这种历史政治背景，我们在其中能看到的，是一种多民族、多国家混居的状态。既有本土以渔猎为生的原住民，也有移居过去的其他中国人，还有俄国人、朝鲜人，日俄战争后，在人们口中，滨海地区渐渐还出现了日本人。

一百多年前乌苏里地区的原始森林壮丽广阔的面貌，以及在其中考察的艰辛，是如今生活在极大地衰退了的自然中的人们难以想象的。原始森林中人迹罕至，古木参天，到处充满巨大的倒木，人马在其中行走十分困难，常常需要一边走，一边用斧头开路。夏季的午后和夜晚，林中充满铺天盖地的蚊蚋，大雨、山洪、暴风雪或山火，恶劣的天气使人陷入困境，常有生命危险。遇到食物短缺或需要补充肉食时，考察队要自己去林中打猎，或是寻找其他食物。阿尔谢尼耶夫工作极其认真，在考察之余，还坚持每天写日记，趁着记忆鲜明时，把当天的见闻或感受记述下来。得益于这种记录，在这基础上形成的书稿不是枯燥专业的调查报告，而是一份关于乌苏里原始森林探险生活的生动记载。在考察队日复一日的行进中，原始森林的地理环境、动植物面貌，以及依附着它的原住民和移民的生活和故事就随之徐徐展开。在原始森林中经历的一切是那样新鲜动人而又艰难苦辛，这使得它拥有了一种强大的真实的力量，这是一般虚构的探险故事所不能有的。

在这些故事中，最让人感兴趣的莫过于原始地区人们的生活，尤其是原住民的生活。这一地区的原住民有乌德海人和赫哲人，他们依靠着原始森林中极其丰富的动植物资源，或渔或猎为生。这些原住民在适应原始森林的自然生活方面，都显示出高超的技能和惊人的吃苦耐劳精神。而书中最灵魂的人物，则是赫哲人德尔苏·乌扎拉。德尔苏是赫哲族的猎人，从小在原始森林中长大，在1902年遇到阿尔谢尼耶夫的考察队时，他已经五十多岁，独自在森林中打猎为生，妻子和孩子因天花逝去已久。他过的是一种十分原始的游猎生活，长期在森林中露宿，只在十分寒冷时，才剥下桦树皮为自己搭一个帐篷。出于一种很快心心相印、相互欣赏的知己，德尔苏开始与考察队同行，以他长期在原始森林中生活的经验，为他们提供帮助。这次考察结束后他们分手，1906年，当阿尔谢尼耶夫开始在锡霍特山区的考察时，德尔苏又回到他们身边，和他一起考察。

德尔苏是枪法了得的猎手，原始森林中生活的行家，对于原始森林中自然的现象、鸟兽的行为，种种都有着深刻的观察和随之而来的指导于生活的经验。他能看出天空中不同的征兆预示的不同天气，什么时候会下雨，什么时候雨会停，能敏锐地觉察到鸟兽不同寻常的寂静，知晓那可能即将到来的连续的暴风雪。知道如何挑选木柴，烧出很好的火堆，如何在大风或突如其来的暴风雪前，搭出可以救命的藏身之所。最令人吃惊的是他对于原始森林中踪迹的辨认程度，阿尔谢尼耶夫说："这个赫哲人面对踪迹就像在读一本书那样，能够按照严格的顺序恢复事件发生的全部过程。"森林中的任何踪迹都很难逃出德尔苏的注意，一点十分微小的痕迹，对他来说就意味着许多的信息。他分辨得出森林中人和动物走的不同的路，能够根据树枝折断的情形推断出曾经发生过什么，甚至能够从动物的踪迹判断出它们其时的情绪。旁人看不出的东西，一经他的解释，立刻就显得那么清晰可见、一目了然。

这高超的读踪能力远远超出原始森林中一般的猎人，是长期对森林生活的体察和杰出天赋共同磨练的结果，因为在原始森林中，倘若不留意到各种踪迹所传达的讯息，很快就会陷入绝境，无法生存下去。河边一堆燃烧过的篝火，阿尔谢尼耶夫只看出灰烬、黑火炭和烧剩的柴火头，德尔苏看到的却多得多。"首先他发现这里有好几处火堆的痕迹。就是说，经常有人从这里蹚水过河。其次，德尔苏说，最后一次，就是三天前，有人在篝火旁边过夜。这是一个捕兽的中国老头儿，他一夜也没睡觉，到了早晨没敢过河，掉头往回走了。如果说这里曾经有一个人过夜，从沙滩上只有一个人的脚印就可以确定。至于说他没有睡觉,从篝火旁边没有人躺过的痕迹也看得出来。说这个人是捕兽的,德尔苏是根据一根带豁牙的木棒判断出来的,这种木棍一般是捕捉小动物下套子用的。说他是中国人,德尔苏的根据是从那双扔掉的乌拉和笼火的方法看出来的。这一切都可以理解。但是德尔苏怎么知道这个人是老头儿呢?我怎么也猜不出来,于是向他请教。"德尔苏捡起地上的乌拉(地方的一种鞋)给他看,他看到的只是这双乌拉已经破旧不堪,于是德尔苏告诉他,青年人穿鞋先坏前头,老年人穿鞋先坏后跟。

看起来似乎很简单的道理,但在未被揭出之前,就极难被注意。可以看出,德尔苏的读踪能力不仅仅是能迅速发现别人没有留意到的东西,而是能够综合在森林中积累的经验和对人情事理的体察,做出合乎情理的判断。这是更重要的方面。在森林中跟着德尔苏寻踪分解很有些仿佛读侦探小说的快乐,屡屡为他的本领惊叹。但德尔苏最令人感觉珍贵之处还不是这种在原始森林中生活的本领之高强,而是在这个人身上,存在着一种极为淳朴的原始民族的勤劳与善良,它们使得德尔苏将其一身的本领总是用之于关心和照顾他人。在初识不久后,有一天他们在一个猎人的空窝棚中过夜,第二天早晨离开前,德尔苏劈了柴,弄来些桦树皮,把它们全部垛在窝棚里。阿尔谢尼耶夫以为他是想要把窝棚烧毁,德尔苏却向他要一撮盐和一把米,用桦树皮把火柴包好,盐和米也用桦树皮包扎起来,挂在窝棚里。又把盖在窝棚外的树皮补好,这才准备出发。于是阿尔谢尼耶夫又以为他是打算将来返回到这里,德尔苏却回答说,这样无论谁来,找得到窝棚、干柴、火柴和吃的,就不会死掉。

读到这段记述时,很难不像阿尔谢尼耶夫一样,为德尔苏身上这留存的原始民族无私的助人与自助精神深深震撼。只有在离开之前,为他日森林中不知何时会来的陌生人准备好生存的必需之物,有一天自己在绝境中才有可能遇到相同的援助之手。但德尔苏不是怀着得到报偿之心的,这是一个只关乎给予的契约,他只是极其自然地遵守。在考察过程中,德尔苏往往也是照顾人的那个角色,当大家已停下休息时,他还在忙前忙后,或是和阿尔谢尼耶夫一起去考察、去为队伍打猎,在有危险的夜里,常常主动承担起看守篝火的责任。有德尔苏在,就使人感到放心,原始森林中仿佛没有他解决不了的困境,无论他遇到什么,马上就可以想出办法解决。他救过许多次同伴的命,遇到危险时,总是设法让别人先脱离危险,然后才考虑自己。和阿尔谢尼耶夫在兴凯湖单独考察时,归途迷路,遇上暴风雪,是德尔苏让阿尔谢尼耶夫一起拼命割草,并在阿尔谢尼耶夫因为疲劳失温失去知觉后,为两人搭建了温暖的雪下窝棚,利用大雪和草棚的保暖功能,安全度过了暴风雪的寒夜。在大克马河渡河时，木筏将要靠岸，又被急流重新冲走，同伴的撑杆折断，就在木筏快要撞上石头时，也是德尔苏在靠近岸边时把没有明白过来的阿尔谢尼耶夫扔进水里，让他游上岸，自己独留在木筏上，在木筏撞上石滩粉碎前，抱住河中一棵倒木，最后让同伴放倒河边云杉，借助大树爬上来的。阿尔谢尼耶夫充满感情的描述，使得这些故事读来都十分惊心动魄又感人肺腑，当德尔苏终于成功脱险，我们简直要随之欢呼起来。

作为深山中久远的原始民族的一员，德尔苏还保留着一些原始民族的习惯，他总是把打来的猎物分给别人，哪怕是住在附近不认识的人。这种原始民族的平均主义，在现在的人看来有种不可思议的单纯。赫哲人把自然万物都看作有生命，不管是老虎、野猪、飞鸟，还是河里的鱼，森林中的其他野兽。甚至是天气、水、火，德尔苏都把它们看作是和人一样的、有情感有好坏的"人"。水像人，因为"他会叫，会哭，也会玩"，火也和人一样，它一会明亮，一会暗淡，变幻出不同的形状。他把认为不好的东西都叫作"坏人"。他崇敬老虎，因为曾在森林中猎杀过一只已经准备走掉的老虎，在年岁渐长之后，常觉负疚和恐惧，不再猎杀老虎。每次他们在森林中遇到"阿姆巴"（老虎）的脚印，都是一个紧张动人的故事。在这个原始森林中的民族的历史里，早已形成了尊重自然、敬畏自然的认识，不利用人类的特长去滥杀其他鸟兽。因此，德尔苏也从不滥杀多余的猎物，更不会如当时很多西方人一样，将猎杀视为一种乐趣。他阻止士兵们有时无谓的猎杀，对于考察过程中有时遇到的其他民族的滥捕滥杀，也总是会感到深深的忧虑。在除了为基本的生存而打猎之外，德尔苏对森林的爱延及到所有动物。有一次，阿尔谢尼耶夫把一块吃不掉的鹿肉扔进篝火里，德尔苏看见后，连忙把它从火里抢出来，扔到一边，并责怪他怎么可以白白把肉烧掉，人走了，别的人会来这里吃。阿尔谢尼耶夫说这深山老林中还有谁会来，这时，德尔苏惊异地说："怎么有谁？貉子啦，獾子啦，还有乌鸦啦；乌鸦的没有——老鼠的来，老鼠的没有——蚂蚁的来。深山老林，各种各样的人的有。"于是阿尔谢尼耶夫明白：德尔苏不仅关心人，还关心动物，甚至关心像蚂蚁这样的小动物。他热爱原始森林和栖息在其中的一切生物，并且千方百计关心他们。

　　这个赫哲族猎人虽然几乎一辈子不出原始森林的区域，不知道进化论和食物链，却在与自然淳朴而深入地联接的生活中知道了任何一种生物都与它周围的环境息息相扣，而人类是其中力量尤其大的一环，因此更应注意这一点，不浪费森林中任何事物。书中有一处写到德尔苏的背囊，这一点表现得尤其明显。有一天阿尔谢尼耶夫扔掉了一个空酒瓶，德尔苏看到后飞快地跑过去，抓起了瓶子，怪他不该扔掉。对于森林里的原始住民来说，空瓶子是无比珍贵的东西。之后阿尔谢尼耶夫看了德尔苏的背囊：

> 当他把自己的东西一件件从背囊里取出来的时候，我越来越惊讶。那里面什么都有啊！空面袋、两件旧衬衣、一卷细皮带、一小捆绳子、旧翁得、子弹壳、火药袋、铅弹、一小盒火柴、一幅帐篷布、一块狍皮、混在烟叶里的一块茶砖、空罐头盒、锥子、小斧头、小铁盒、火柴、火石、火镰、松明、桦树皮、一只小罐子、杯子、小锅、土产小弯刀、筋线、两根针、空线轴、不知名的干草、野猪胆、熊牙和熊爪、麝蹄、一串猞猁爪、两个铜纽扣和一大堆别的破烂。我发现其中一些东西是我从前在路上扔掉的。显然，他全都捡了起来，背在身上。
>
> 我仔细看了他的东西，分成有用的和没用的两部分，劝他扔掉足有一半的破烂。德尔苏恳求我什么都不要动，说保证每件东西以后都会用到。我不再坚持，并决定今后事先没征得德尔苏的同意，什么东西都不扔掉。

这物尽其用的生活，在从前在乡下长大的我看来别有感触。从前乡下的人也是几乎不产生多余的垃圾的，择的菜梗菜皮，可以喂猪喂鸡，或是倒在土地上腐烂，剩下的饭菜也是用来喂家禽家畜；打碎的碗片不扔，可以用来刮洋芋（土豆）皮；舀水的瓢用葫芦制成，轻飘飘浮在水缸上。就是后来塑料制品出现后，也只是一些水桶、笤箕篮子、水瓢之类可以长久使用的日用品，不到用得破了不会扔掉，不像如今身处塑料环伺的世界，几乎买不到不用塑料包装的东西。而这些原始森林中的住民，是怎样在这一年中大部分时间艰苦寒冷的地方生活，只问自然要那满足生命最本分的东西，而不要更多啊。德尔苏所有的财富就是这一个背囊，夜里他在身后插上树枝，把帐篷蒙在枝条架上，把狍皮铺在地上，坐在上面，披上皮袄，抽起烟袋，几分钟后就坐着睡着了。阿尔谢尼耶夫看着，心想，他的一生都将这样度过，为了生存，这个人付出了多么艰辛的劳动，经历了怎样的苦难！但这个捕兽人未必愿意放弃自己的自由。德尔苏按照自己的意愿生活，他是幸福的。阿尔谢尼耶夫的理解是懂得德尔苏的。

书里写到近海与山溪区域的原住民乌德海人，过的也是一样艰辛的生活。在库松河附近，阿尔谢尼耶夫遇到一个冬天在外面睡觉不点火堆的乌德海人，担心他会冻坏，结果跑过去一看，这个老头穿着鹿皮翁得（土著的一种靴子），头上戴着白风帽和一顶插着貂尾巴的帽子，头上挂满白霜，后背也是一层白霜，睡得非常安稳。这些乌德海人住在水边的帐篷里，漫长寒冷的冬季使他们早已习惯严酷的天气，适应了它的训练。孩子们从小冬天就穿得很单薄，在外面干活儿，如果有谁想躲进帐篷里比其他孩子多烤一会火，就会被父亲撵出去。阿尔谢尼耶夫提醒父亲这个孩子冻僵了，这个乌德海人回答："让他去习惯吧，不然他会饿死的。"

要想在原始森林中长期生存下去，就得能经受住这大自然冷酷无情的考验。不过，这一原始住民与原始森林和谐相处的画面，随着移民的迅速增多，在那时已渐被破坏。书中写到伏锦村的村民们对待狩猎的态度很严肃，他们规定狩猎时不许触碰母鹿和幼鹿，在发情期不杀公鹿，自己划出禁猎区，互相保证不在那里打猎。这对保护森林中的野兽资源具有重大意义。但是后来移居来的俄国人不承认这项规定，开始滥捕滥杀，而他们对此毫无办法。在锡霍特山脉的库卢姆别河考察时，他们看到下套捕麝的朝鲜人的套子：

> 我们查看的麝窖共下了22个套子。朝鲜人在其中的4个套子上找到了3只母麝，4只公麝，都已经死了。朝鲜人把母麝拖到一边去，扔在那里喂乌鸦。问他为什么扔掉捕获的动物，他们说，只有公麝才有贵重的麝香。中国商人从他们手里收购麝香，1卢布一个。至于麝肉，有一只公麝就足够他们吃了，明天他们还能捕到这么多。据朝鲜人说，一个冬季他们能捕到125只麝，其中75%是母麝。

这种捕杀,尤其是对具有重要的生育价值的母鹿的捕杀,对森林资源的破坏和浪费是触目惊心的。阿尔谢尼耶夫说:"这次考察带给我很烦闷的印象。无论走到哪里,到处都会碰到滥伐滥捕的现象。在不久的将来,有着丰富动植物资源的乌苏里地区就会变成一片荒漠。"在沿海地区的小霍别河,他们又看到严重的滥捕滥杀现象,鹿窖绵延了24公里,有74个能用的陷阱,储物仓里,堆满了一捆一捆、重达700公斤的干鹿筋。房子的墙上晾着近百张海狗皮,全是小海狗皮。德尔苏说,周围的一切很快就会被统统杀光,再过十年,鹿、紫貂、灰鼠应该全都会不见了。

因此,书中的描述常常又使人感觉到一种悲哀的情感,这不仅是猎捕动物时使人自然感觉到的,也因为我们身处一百多年后,知道这片原始森林后来急遽的消失和衰落。他们也曾一起说过以后这原始森林中的生活该怎么办,德尔苏回忆起自己小时候,最后又问了一遍:"以后的,怎么过呢?"阿尔谢尼耶夫安慰他说:"没关系,老头儿,咱们这辈子够用的了。"这句话像是一句谶言,不仅是后来德尔苏的死去,阿尔谢尼耶夫也在1930年最后一次考察阿穆尔(黑龙江)下游地带的原始森林回来后,因肺炎去世。本书1930年版的序中,他写道:

这个地区的大部分原始处女林已经被烧光,代之而起的是一片片落叶松、白桦林和白杨树林。在过去老虎吼叫的地方，如今机车轰鸣；从前稀落孤单的捕兽人居住地，如今出现了一座座俄国大村庄；异族人已经离开，去了北方，原始森林中的野兽数量锐减。

这个地区丧失了自己的本色，正经历着文明所带来的不可避免的变化。变化主要发生在乌苏里地区的南部和乌苏里江右侧各支流的下游地带，而在北纬45°以北的锡霍特山区，则完全保留了荒漠山林的原貌。

这种消失对于我们来说，又更多一层痛惜的意味。美丽壮观的原始森林，一边向人类展示着它错综复杂的美与丰富，以及令人敬畏的力量，一边又显示出它逐渐被加深的伤痕。那美丽和壮观因此仿佛带有一种落日余晖的色彩，仿佛森林中黑夜来临前的黄昏鸟儿们最后的活跃。这隐隐浸入的悲哀也和德尔苏不幸的命运有关：因为德尔苏是那样地善良、能干，使身边所有人感到安全、可靠，就尤其使人为他不幸的命运感到伤心。书中不多几处提到德尔苏怀念去世的亲人，都使人感到十分沉浸的悲哀。当考察进行到大半，德尔苏发现自己的视力渐渐变差，不能看见猎物，这是命运给他的另一重击，对于一个在原始森林中以捕猎为生的猎人来说，这一变故是致命的，也最终导致了德尔苏的死亡。此外是故事中其他人生活的不幸：原住的乌德海人染上天花，人数大减，染上吸食鸦片的恶习，被移民奴役……这些当时真实的生活都让人感觉难过与沉重。

不过，吸引我们沉浸其中的最终不是悲伤，还是那随时变化的自然，和与这自然相衬的质朴的生活。考察队穿行于原始森林之中，为我们揭开那如今看起来遥远得接近于梦幻的过往。森林中随时的见闻，无论是林中各种各样的鸟儿，出没的走兽，还是森林或海滨的日月晨昏，随便一处，每每读来都非常动人。哥萨克们怎样循蜂找蜜，或大熊如何费尽心机想要掏出蜂巢里的蜂蜜，或是怎样防森林中的"小咬"（一种蚋），这些随处可见的段落，读来都十分有趣，使人感觉新鲜而又开拓见识。甚至只是略述林中植被的文字，在喜爱自然的人读来，也充满欣欣的生之魅力。不过最有意思的仍是考察的故事，因为条件的艰难，在很多时候更接近于探险。在遇到连续的暴风雨、暴风雪，或是连雨后忽然爆发的山洪，或是在林中遇到阿姆巴的足迹，或是遭遇断粮的危险，经受饥饿的折磨，看他们如何在德尔苏的带领下（通常，因为德尔苏经验的丰富，总是能够提前带领大家做好准备），历经艰难险阻，最后终于脱离困境，重新踏上路程，或是可以又一次干爽温暖地坐在篝火边喝茶谈笑，我们也终于能从这紧张里放松下来，从心底里为他们感到快乐，好像我们是跟随着他们一起在原始森林中经历这惊心动魄的一切一样。当地居民的生活，例如还保留着较多原始习俗和语言的乌德海人，在河边树皮搭成的帐篷中生活，如同鱼擅长游水一般擅长行舟；年轻的乌德海人在冬天的森林中围猎野猪，用爬犁滑雪，执扎枪追逐，是那么迅捷骁勇，充满生命力。这一切读来都非常有意思。或是勤劳的中国移民的生活，也很有趣，他们在原始森林中捕貂、挖参、种地，或是在海滨晒螃蟹肉、干贝，捞海带，捞扇贝，或乌德海人如何在冬天的冰上捕鱼，种种读来都非常有意思，同时也感到遗憾，为这后来因为人类的过度攫取而急遽衰落枯竭的一切，它们曾是如此美丽而丰盛。故事最后德尔苏死去，正是因为他不能放弃自然的生活，他的死因此仿佛成了这种消逝的某一象征。

在这部书里，使人感动的另一方面是阿尔谢尼耶夫与德尔苏的友谊，我们感到德尔苏是如此地使人眷念，这和阿尔谢尼耶夫对德尔苏的眷念不无关系。德尔苏对他也怀着同样深厚的感情。到最后，德尔苏死后，书虽然结束了，人却久久不能从这充满了善美与荡动的故事中醒来，因为它怀着爱与美之心，记录下了地球上曾有过的具有永恒的价值的自然与生活。

2023 年 1 月，北京

手表的故事

人生中第一块手表,在高二时获得。

是妈妈给我们买的——那时我和双胞胎妹妹正在县城一所中学读高中,平常住校,周末回家。家里只有爸爸,每日忙于农事,家里那栋我们小学五年级时盖起来的两层楼房,因为长年缺乏打扫和别人用来抵债的水泥质量欠佳,好像总是比别人家容易脏得多。在扫把够不到的高高的屋角,蜘蛛放心地结起高高低低的蛛网,地面不多时就又积满浮尘,好像水泥会不断地自己变成尘灰一样。屋子里的每个角落,都扔着些乱七八糟的东西,砍草的镰刀,用过以后团成一团挂满干枯草刺的丝网,晒干的黄豆,去年冬天穿过的鞋子,诸如此类,充斥着整个家庭的零零碎碎。我们平常有些不大愿意回去,只是出于一种爸爸已经一个星期没有见到我们、可能会想念我们的责任,以及要回去拿下一个星期的生活费的必须,才在每一个周六的下午按时坐上回乡的公交车,到柏油马路和乡间土路的交接处下车,再花一个小时走回去。

但我们每次回家,爸爸都是很高兴的,至少在我们刚回来时是如此。冰锅冷灶热起来,爸爸给我们炒菜、烧饭,饭烧好了,我们就坐在灶屋里的小桌子边一起吃饭。爸爸一边慢慢喝酒,一边跟我们讲话,他又寂寞了一个星期,难免有很多话要讲。我们随便谈一谈最近的考试和排名，他对我们的学习并不太担心：我们从小便是自己要学，到了高中，在学校从早到晚苦学的氛围里，更是从醒来就到教室，一直做题目做到凌晨。那也早已超出了他所能操心的范围，是他根本不能懂的东西，于是便谈到家里的生活。话题最后总不免转到妈妈身上，这时候爸爸的酒已经喝到微醺，又开始说那些他已经说过上百遍的话：妈妈把我们丢在家里，不管我们，他一个人在家种田，又辛苦，又孤单。爸爸的这些话我们不爱听，我们知道他的辛苦，却无法理解他的抱怨，觉得他喝醉酒的样子可厌，又害怕他随时会爆发，只有在不得已时才轻轻"嗯"一两声。这应付当然不能使他满意，其结果不是他深深叹一口气，吃完饭早早去洗脚睡觉，嘱咐我们也早点睡，留下松了一口气的我们到楼上房间继续做卷子；就是他越发激动，引起我们回护的顶嘴，最后以他发火，长长地教训我们一顿为告终。只有很少的时候，我们可以相安无事，平静地度过在一起的周六的夜晚。

　　妈妈不在家，她在城市打工。从我和妹妹读小学四年级那一年开始，就出去了。家里小孩多，姐姐们其时正在上中学，正是家里负担最重的时候，我们的学费都是先跟学校赊账，等到有一点钱了再补交给老师。每一学期开学前三天，我们都是看着别人家的小孩陆陆续续欢天喜地去学校报名了，而我和妹妹还不能去，跑到已领了书的同村的小孩子家，把她的书拿来翻看。新书发出一股好闻的油墨味，我们心里担忧着，今年会不会没有学上了？虽然也知道爸妈不可能不让我们上学的，但那样的隐忧总是在。我们哪一天才能去学校报名呢？会不会到已经上了很多天课以后？那时候我们岂不是有很多课都不懂了？有时候下午，正在田埂上放着牛，远远看见报完名的小孩子背着书包，三个两个从大路上蹦蹦跳跳回他们村去了，心里头忧愁与羡慕交加，回来也不跟爸妈讲，只是自己闷怔。我们总要等到正式上课那天早上，才由爸爸带着到老师们的办公室，听他和老师们求告，晚几天交学费行不行。老师们也很好，不需要爸爸多讲几句话，就在小学唯一一间办公室里——这时候中间的台子上分门别类堆着新书——把我们应拿的书一一拣了，吩咐我们去教室，马上就要上课了。有时候甚至不用等我们去学校，老师已等不及，托人带了口信来："学费晚些再交，叫石延平石延安先来学校把名报了！"我们听了这样的消息，高兴得一蹦三尺高，第二天一早就去学校把书领了。

因此，在我们小学四年级那一年"双抢"过后，妈妈跟着村里的人一起去上海帮人栽秧，实在是一种时代潮流与家庭困境双重作用下必然的结果。妈妈第一次离家去上海，是打短工，等到栽秧的活做完，就回来了。然而这样的时间也很短暂，在尝到打工挣的钱比种田要多一点的滋味之后,她很快再次去了上海,开始在医院给人做护工,后来去人家家里照顾病人。从那以后,妈妈在城市待的时间越来越长,一开始,"双抢"的季节还回来收稻栽秧,很快就连"双抢"也请不到假,一直在外面打工,几乎只有过年的时候才能回来了。

从我们小的时候,只要妈妈在家,这个屋子就是明亮的、干净的。床铺整洁,饭菜可口,全经妈妈的双手神奇变出,而其背后的辛劳,那时我们尚不懂得体悟。妈妈离开家去城市打工以后,屋子迅速变得黯淡起来,我们从小孩子时的不舍、不甘,慢慢似乎也接受了这样的事实,接受了妈妈不在家的绝大多数日子里,这个家就是这样,邋遢黯淡,冬天寒冷,夏天炎热,姐姐们远在外地学习,爸爸脾气暴躁,没有什么好值得人想念。那是村子里连电话也没有的时代,到我们高中时,家里装了电话,我们也舍不得打长途,平常绝无联系。但我们知道妈妈在外面定然的辛苦,因此不允许爸爸在我们面前讲她的不是,最后总是忍不住要加以反驳。

高二那年,不记得为着什么事,妈妈在年中时候回来了一趟。平常晚上我们要上自习,不能回家,于是她在到县城之后,回家之前,中午先到学校来看一下我们。这大约是我们上高中以后妈妈第一次来学校,自然带了一包好吃的,放在宿舍里。我们极兴奋，好久没有见过妈妈了，同时又有一点羞涩，好像这些年来惯常的分离，已经使得我们之间的距离变得有些遥远了。她平生喜欢好看的衣服，但家里穷，又要做事，因此平常总是穿旧的衣服，做起事来不心疼，只把几件好一点的衣服压在柜子里。此番回来看我们，路上特为换了喜欢的衣裳，看起来有一点洋气，她本来就比同龄人显得要年轻，稍微打扮一下，就更好看一些。妈妈问："你们想要什么？我带你们出去一人买一样东西。"因说起下晚自习以后，我们还想在教室里继续做题，不知道时间，有几次回来得太晚，楼下宿舍大门已经关了（那时候宿舍关门的时间是凌晨一点四十），只好拼命在外面拍玻璃，把看门的阿姨叫醒。本意是想让妈妈给买一只便宜的塑料手表的，谁料她竟然就决定带我们去钟表店，一人买一只真正的手表。

对于我们这样的家庭来说，这样的决定不能不说是奢侈。虽然对家里具体的收入并不清楚，但家庭在贫困里的挣扎，我们却无疑是身受的。我们上初中的时候，尚要自己在开学时去学校跟老师开口，附在班主任耳边，偷偷告他"我爸爸讲他已经跟校长讲好了，晚两天再交学费"，到了高二这一年，我们才第一次隐约感觉到，家里的经济稍微好了一点。这感觉的由来是我和妹妹两人合起来每星期二十块的生活费，变成了二十五块，偶尔有那么一两次，爸爸甚至能一次拿出五十块钱来给我们，使我们可以隔一个星期再回去。姐姐们逐渐开始工作，不再需要家里负担，但即便这样，我们也仍然是一个不折不扣的贫困家庭，不过是从高中开始才不再跟学校赊欠学费了而已。而最开始大概也只是因为爸爸不认识县城学校的老师，不敢轻易开口赊账，知道不容易通行罢了。多年后我回想起来，意识到像妈妈那样平常对自己极其俭省的人，之所以一定要给两个小女儿买好一点的手表，不过是出于母亲一种柔和的慈爱，一种对不能在身边陪伴照料的缺憾的弥补。

于是我们走到那时县城仅有的两条街上，在一家卖时钟和手表的商店里，对着玻璃柜台里面闪闪发亮的手表，认真挑选起来。按照各自的喜欢，最后我和妹妹挑了两款样式很近的金色手表——那个时候我们喜欢这样明丽的颜色——表盘一方一圆，既很相像，又有所区别，就像那时候的我们一样。买完手表，我们就要去上下午的课，妈妈就回家了。那时候我们并没有佩戴任何东西的习惯，手链也好，项链也好，从小没有戴过，久而也就统统受不住这种束勒，什么也戴不了。手表买回来，出于对妈妈的情感和下晚自习时的需要，每日戴在手上，除了洗澡，平常都不取下。且感到新鲜，时不时要把手腕抬起来，看一看它的样子。但不久以后，那两只手表就都坏掉，莫名不再走动，我们过于乖顺，想不到去找老板理论，也不想告诉妈妈手表坏了使她难过，只是舍不得扔掉,就仍然把它们放在身边。戴手表的习惯终于还是没有养成,十几年的时间过去,前几年我们回家过年,收拾旧箧,意外发现它们仍然静静躺在一起,和旧时同学的书信与留言簿并作一处。于是又拿出来戴了一下,自然还是不走动的,只是忽然想到,当年怎么没有想过送去修理店修一修呢?也许修一修,就能修好的。大概还是贫穷限制了我们的想象,于是也只有在十几年后,对着当初的手表,隔着遥远的时空心疼一下过去的我们了。

2020 年 3 月 26 日,北京

一

因为疫情，我有一年多时间没有回乡了。趁着暑热中短暂的平静，带小孩回家住上一旬。

甫一回来，头一夜凌晨为鸡声唤醒，"喔喔喔——"在深夜模糊而脆弱的困倦中，洪亮而略带悲哀的声音从窗外响起，和着远处别人家的鸡声，一声接着一声，我这才发现，原来是爸爸又养了一二十只鸡。其实一回来我就看见它们，只是那时还没有想起鸡叫这件事，这时且意识到有好几只公鸡，鸡笼就摆在我房间正对着的场基上，是以听得这样真切。我的房间窗外是家里的场基，房门连着堂屋，床头和堂屋只一墙之隔，确切是家里最吵的一个房间。每年回家，我都会痛苦地发现，爸爸又养了一大堆家禽，让我夜里睡不着觉。前年是上百只鸭子，每天天蒙蒙亮就"嘎嘎嘎嘎嘎"叫着，直到有人起来把它们放到池塘里去为止；去年是一群大鹅，天亮时叫声嘹亮如一个营的军号，在人的鼓膜里反复振荡；今年则是这群公鸡了。本来，夜里我就难以入睡，以至到鸡叫时，常常不是还没有睡着，就是刚睡着一会，于是只好躺在床上，从三点到五点，听着公鸡们几乎只是稍作停歇，一声接一声地挨个打过自己的三遍鸣。这时候天已经蒙蒙亮，

乡下的晨昏

爸妈也起床了，把它们放进发白的黎明里，而后是他们说话、做事的声音。直到他们把家里的事大概弄清，到田里去做这一日的农事，鸡们也散开到稍远一些的地方，"咯咯咯咯"轻叫着觅食，屋子里又恢复短暂的宁静，我才感到重新涌来的睡意，在小孩没有醒来之前，抓紧时间模糊睡上一会。

因为没有精神，回来的头两天我几乎没有出门，除了早晨起来，骑电瓶车去镇上给家里买一点东西外，就都闷在房间里。白日里太阳烤得火热，也使人出不得门。出发去镇上时，通常是八九点钟，这在乡下已是很晚，太阳已照得人身上发烫，但怕小孩无聊，无论有事没事，我差不多每天总要带他到镇上去一趟，买些小孩的零食、想象中爸妈需要的东西，拿快递，来回也不过四五十分钟。回来后我打扫卫生，把开了一夜空调的房间门和窗户打开，打开风扇，让空气流动起来。现在，即使是在乡下，我也要把自己房间地擦得干干净净，桌子整理清楚，为的是有赤脚在房间里走或随时在地上躺下的自由，使原本便有些挣扎的心能恢复稍许秩序，不至为那眼目所见的凌乱淹没。不多时小孩便要求重开空调，他比我怕热，有时在房间玩着，大滴大滴汗珠便顺着额头淌下，于是门和窗户重又关上，空调重又打开。但白天的屋子仍使人心情稍加明朗，从窗户透进来的光使房间显得通透明亮，仿佛空间也随之扩大了一些似的。屋子里那么凉，对映着窗户玻璃外耀目的光线，使人感觉到一种人生中如同一层薄膜般隔着的不真实。

在空调房待久了，偶尔从房间里出来，便只是去外面竹篙上收一趟妈妈早上晾好的衣服，那么一小会的工夫，也觉到太阳投在薄薄的皮肤上那脆热的焦灼。怕衣服败色，妈妈把它们晾在楼房的阴影里，常常在太阳晒到之前，风就已经把它们吹得焦干了。夜里打鸣折磨我的大公鸡们，白天就施施然躲在门口树阴下睡觉，或是在场基上、空地间踱来踱去，低头觅食，间或打一声悠长的闲鸣。见它们这么悠闲的样子，我忍不住跟妈妈抱怨："夜里那鸡吵得人睡不着觉！"妈妈说："那鸡笼是离你窗子太近了，晚上叫爸爸一起把鸡笼移一下，移远些，大概会好些。"那天黄昏，妈妈就叫爸爸一起把鸡笼抬起来，往场基角落移了一点，避开我的窗户。从那以后，虽然每天凌晨还是会听到鸡叫，但那已是我自己的缘故，鸡鸣声小了许多。

到黄昏时天渐渐凉下来，如果有风，六点以后会感觉凉爽。小孩被拘了一天，这时常要出去玩，于是我又推出电瓶车，带他到上面或下面村子，沿着村道漫无目的地骑一会儿。村子四面全是稻田，这时节碧绿森森，几乎看不到人影。白鹭从稻田和远处大坝子的竹林上空飞过，山斑鸠在路边停着，见人靠近，便惊飞拍翅，落到稻田上空的电线上，发出温柔的"咕——咕——"吞鸣。夹杂在山斑鸠随处可闻的咕咕声中，时不时传来强脚树莺极为清脆流丽的一啼，却总是看不见它们的身影。燕子也总在飞着，家燕和金腰燕，许多是今年的新燕子，学飞后还不久，在清晨和傍晚的村子和田畈上空，或是人家的屋顶，无论何处，都能看见它们独自或成群盘旋的剪影，有时在屋后电线上，几只一起停着，以喙理羽。黑卷尾常常停在路边电线上，浑身漆黑，两边尾羽撇开成一个温柔的长长的"八"字。远远分岔的小路上，几只不知什么鸟在地面蹦蹦跳跳觅食，一只棕头鸦雀从路边翠绿的野竹枝间翻坠出来，可爱的圆脑袋滚了一瞬，旋即飞走。我很想去草木丰茂的地方追逐它们，但却好像是生命力被压抑住了一样——虽然看上去只是我带着小孩，不方便去那样的地方或是做自己的事情——于是连停都很少停，只是往前骑。只有在看到天边的云实在好看时，才停下来，短暂地停留一会。看它在没几分钟的时间里，从一段低平的积雨云上升为一团明亮巨大的浓积云，又很快从云头坍塌下去，变得模糊，最后散成一块普通晦暗的大云。

二

车很快离开我最熟悉的一段，去到陌生一点的村子。说陌生，其实也是少年时每次上学放学都要经过的，这些年再看到，却总觉得很陌生了。过去的楼房或平房坐落在它们原先的地方，一些已经荒弃，一些里面还住着老人。这些面孔，我过去上学时见过很多遍，如今见了也觉得熟悉，仿佛依稀能从中瞧见过去的影子，只是已完全不再能记省到底是过去哪些人或该如何称呼。好像害怕被人发现有人窥见这其中的衰败，又好像一种羞赧，害怕被人认出此刻这载着小孩从路上经过的人，就是过去常常从这里走过去上学的孩子，虽然明白这只是我一个人的胡乱思想，也总是匆匆而过。再往前是一段山坡，道旁草木暧暧，几乎要遮到人的身上来，偶有人在路边空地上见缝插针地种一点蔬菜，一行大豆，或一架冬瓜。无人水塘边，遥远一角种着一小片莲藕，这时节藕花已将开尽，莲蓬结在水面上，也无人采摘。暮色渐渐笼上，将四围小山阴影投到水塘四角，中间是那朵已坍塌下来的巨大白云，在黯黯波面上，映出一片雪白。在这样看似通达实又荒寂的路上走着，我心里很快觉得害怕，却不敢在小孩面前表露出来，因为它显得太胆小了，因此总是骑不了多远即回头。有时时间尚早，到了村口，天还远远未黑，我们便朝相反的方向接着骑去，在那里再找一条路，再进去短暂流连一会。

　　这是久不在家乡生活的人的疏离，便是在生命起初待得最长久、最熟悉的地方，也已经有了异乡感。这并不是说，我在北京已有了归宿感，事实上，在北京的第十年，北京于我仍只有自己日日打扫和栖身其中的那一小块地方是有真实感的。这种情感的内缩在这几年随着世界的变化而愈益明显。詹姆斯·伍德在《世俗的无家可归》中写过一种类似的情感，在离开英国去往美国生活多年后，在美国的生活已成为他人生的主要现实，但他心里却始终没有与之产生真正的联结，只有努力维持的距离。"没有过往"，"疏离感的轻薄面纱盖住了所有的一切"。然而等他回到英国时，才发现"同样的轻薄面纱也盖住了所有一切"。英国的现实对他而言也已消失在记忆中，回英国的感觉只像是试穿过去的结婚礼服，看看它是否还合身。

他用"世俗的无家可归"或"离家不归"来概括这种在现代十分常见的个人与家园的分离。在这其中，个体与家园之间维系的纽带松开了，也许欢喜地也许忧伤地，也许暂时地也许永远地。它不是流亡式的放逐或无家可归，而是更轻松、更日常，更像是个人自由选择的离家不归或偶尔回归，可能持续不断地进行。不过，相较于詹姆斯这种更为清浅的离家不归（尽管也包含了失去在其中），我的感情也许更接近于后来我所看到的法国作家迪迪埃·埃里蓬在《回归故里》中所表达的情感。那是一个工人阶级的儿子（同时因为同性恋的身份而感受到双重的格格不入）用尽全力脱离原本的社会阶层后，再回顾来路时所感觉到的割裂的悲哀与刺痛。由学校和知识为代表的上层阶级的行为范式，与他自身所处的平民阶层的行为范式是如此不同，以至于作为条件，他必须和他的故地，也就是他过去所处其中的世界，一点一点地剥离开来，乃至完全逃离。不被排斥出努力想要融入的那个系统，就意味着要与自己原本的世界分离。"保持这两种社会身份、相安无事地同时归属于这两个世界，是不大可能发生的事情。"

这种与原本更低的社会阶层分离的痛苦，更接近于我们这一代农村人通过读书离开家乡的经历。如果不是过去的世界仍如此落后和不断萧条，也许我也便能拥有更为清澈的离家不归的情感。不过在那时，我并未清晰意识到这点，只是感觉到一种朦胧的安慰、疏离、寂寞、悲哀和伤痛的情感，它们时时交错着袭来，这感觉在每次回家过程中都会出现：看着这一小片天地中悄然变化的情状，或是遇到使我感觉伤心的事时，我常常感到这种自身与家园之间的悬置，那即是我会回到这里，在这其中感到我已经成为一个不属于这里的人，虽然这感觉并非无时无刻。在那个黄昏我想到，虽然不能将北京当作我情感的依归之地，但随着时间无可置疑地过去，我在那里生活的年份终将（甚至很快）会超过我曾在这里生活过的十八年。

这感情无法向在我车前踏板上安装的小座椅上坐着的小孩吐露，他只是在我双手和身体环拥出的那一小块空间里，感到很安全地坐着，对路边的构树果感着兴趣，无论去到哪里，总要留意路边有没有构树，看到一棵树上结了红红的果子，便要求我无论是去或回的路上，总有一次要停下来，给他折一枝果子。于是我停好车，穿过草丛，去为他折一枝最大最红的果子，给他擎在手中。我常常在一棵大构树边停下，那旁边有一户人家，是那个村子里为数不多仍有人住的人家之一。有一天屋子里灯已经亮起来，一个老人走到门前和他们说话，于是那家的人也走到场基上来，一个妈妈和一个小女孩，见我们在旁边站着，也走过来看。她们瞥了我们一眼，见我们所做的是如此平淡而又有点奇怪的事，便又走了回去。许多燕子在旁边一家无人居住的旧屋场基上空盘旋，在日落前捉飞虫吃。这场景使我感到嫉妒，仿佛它们理应盘旋在我家屋后门前，而不该出现在这里似的。

　　回去路上，已有吃过晚饭的人从家门走出来，在路旁散步或聊天，消磨天黑前最后一段时光。有一次我听到三个妇女议论我们，"带小伢出来兜风的"，显然是对这不太常出现在附近的面孔产生了好奇。很快到村口，总能看见上面大坝子和本村的人，聚在二坝埂的水泥桥上聊天。我从来也没见过我的父母在这个时候坐在这里聊过一次天，好像他们总有永远也忙不完的事情似的。不过，我知道那背后更深的原因，是曾在城市里生活过几年的爸爸，已感觉到自己和他们的不大相同。等回到家门前，夕阳已快落下去，蝉在树上集体发出这一日最响亮的躁鸣。妈妈早已把门窗全部关上，防止蚊蠓飞进家里，又一一给洗澡间及其他房间点上蚊香（我们洗澡时，就常常会不小心踩到放在洗澡间外间地上的蚊香盘，烫得发出一声嗷叫）。看到太阳把西边云彩染得一片金黄明红，我赶紧停好车，拿起相机，爬到楼上，匆匆拍下这一日最后的光明，楼下已传来妈妈呼喊吃饭的声音。

而后是：吃饭，洗澡。为了能吹空调，我们总是在爸妈房间一个四方的宜家小矮桌上吃饭，那是姐姐不要了从城市带回来的，价钱非常便宜。这个房间很小，是我们成年以后，爸妈将自己从前的大房间隔了一半出来的（另一半就是如今我的房间），除了床以外也只放得下这么小的桌子。爸爸在田里做事，回来洗过澡后，就把房间空调打开，坐到床上看电视，余下一切归妈妈做。她不敢劳动他做家里的事情，无论自己要不要下田，都尽量独力做完家里所有事情，除非是要爸爸搭把手的。另一方面，爸爸过的已经是一种极其辛苦的生活，每天只要不是下大雨，除开吃饭睡觉，他都在田里做事，一年中大多日子，回来都要自己做饭、洗衣，只有妈妈短暂回来时才能如此。多年的烈日早已把他的皮肤晒得酱油一样颜色，随着时间过去，头上的白发也越发不能忽略。每隔了半年一年回来，我总要为他们看起来又衰老了一点而惊心，这惊心无法说出口去，只在目睹他们仍要下田干活时变得更为难过。

我和妈妈一起端菜、端饭、拿筷子、拿酒杯，跑几趟把所有东西拿到房间，然后我靠着窗下的墙，在那边小板凳上坐下，为他们从泡酒的坛子里各舀出一端已泡出琥珀色的酒。匆匆吃完，我便回到自己房间里，阻隔我跟父母长时间待在一起的，是电视里电视剧和节目的声音。爸爸有时也会说："哪好看，哪有几个好看的。"但这也就是他所能看到的东西。小孩却珍惜这一日难得可以多看电视的时间，即便放的是他不感兴趣的东西（他说："公公老是看打枪！"），也总要在洗完澡后，去公公阿婆的床上，在他们身边再依偎上大半个小时。有时他陪他们看"打枪"；有时爸爸给他把节目调成能找到的动画片。出于疲倦，以及一种想让小孩和祖辈亲近的愿望，我躺在床上，任由他在那边待到他不想待了为止。

　　白天在房间，有好多次，在自己工作和陪伴小孩写画的间隙，我躺在床上，或是地上，听见白头鹎在门口唱歌的声音。一声接一声不歇地，一唱唱好一会。春天在北京的公园追寻过许多次白头鹎的歌声，现在这声音我已很熟悉了。白头鹎的歌声清脆明亮，是很动听的。我知道它们是在门口一棵桃树上。那里两棵桃树，都是爸爸前几年种下的，一棵上结的桃子，爸爸学人家果园套了袋子，一个个长得很大很好的样子，是晚桃品种，此时还没有熟；另一棵却不知为何没套，也结满了桃子，只是个头小，许多已被入夏以来陆续的雨水打得这里黑一块那里黑一块，看起来不太值钱的样子。家里没有人摘吃，于是有好几次，我站在灶屋门口，看见白头鹎们鸣叫着飞来，停在树上啄桃子吃。不过有一次，我听见声音，出来看时，却发现树上停的是几只绿翅短脚鹎，而不是白头鹎。翅膀也是美丽的苔绿，只是头黑黑的，不像白头鹎的后枕上有一片漂亮的白。它们看见我，就倏地从桃树上飞走，落到隔壁庭中玉兰树上，在那无人的院中玩了一会，又飞到前面人家屋边一棵大枫杨树上，继续发出明亮的歌唱。

偶尔白天大云坍塌，也会带来一场夏日的暴雨。下雨使人感到快乐，不仅因为下雨会凉快，可以把空调关掉，也因为这意味着爸爸这一天可以不用去给田里打水，而把灌水的事交给老天。每一场暴雨开始后不久，家里都会停电，有时是不知道自家哪里并线了，有时则是村子不知何处的电线在暴雨中出了问题。我们把门打开，让外面的空气进到房间，心里倒并不着急，电大概终归是会来的，只不过这问题的解决要留到暴雨之后，到那时再来烦恼、探看。夏天的白日总是很长，黑夜不会那么快降临，有足够的时间留给我们拖延。几天后，妈妈发现窗外有一根电线断了，拖到了场基上，要爸爸去处理，他只是用他那一贯糊弄生活的态度把那截电线挑起来挂到晒衣篙上，不过那后来下雨时就不再停电了。

暴雨过后，大地上暂时充满凉爽潮湿的空气，这时候倘若骑车出去，流动的空气将人裹拂其中，是意想不到的舒适。有一天，雨刚刚停下后，小孩跑到门前塘埂上的菜园里去摘菜，我跟在后面看着，只见隔着水塘，对面绿翅短脚鹎曾停留的那棵枫杨树上，一大群燕子正在树顶不断盘旋。这棵枫杨在我小的时候就已经存在，那时已是一棵大树，如今更其庞大，舒展接于一团绿云。暴雨带来的风尚未停息，把树冠吹得摇摆不定，燕子就在这气流中不断颤颤翻飞着，一边发出尖锐的鸣声，大约是在捉随着雨停后飞起的蚊虫吃。那场景十分美丽，使我感到一种仿佛从过去到现在的召唤，燕子翔集在枫杨树顶的情形，是那么多天里真正使我感到乡村生活中有活力的少数片断之一。

三

除开我回来后的头一两天，后来田里归妈妈的事已做完，只剩下爸爸每天轮流打水、修田埂、打除草剂之类，她不再下田，但家里终日的事已足使她忙得团团转。上午灶屋里已经火热，一座黑色的旧电扇开着，吹着些有气无力的风，妈妈淌着汗，十点多快十一点就开始在那烧中饭。在那之前，她已经做了一日中的许多事情，洗衣服（因为爸爸每天在田里、塘里泥里来水里去，衣服带泥，不能用洗衣机洗，要在洗澡间一件一件手搓过再机洗)，去菜园摘菜，把爸爸种的许多已经长老而无人吃的玉米全都掰回来，把玉米秆子砍倒，拖回来晒干。这玉米没有打过农药，长得很不怎么样，许多都生虫了，妈妈把它们清理干净，煮一大锅，我们也都不想吃，余下的只好都收进冰柜里。把还嫩的豇豆摘回，在阴地里晾一晾，塞进家里买酒留下的塑料大瓶里，加盐和凉白开做腌豇豆。拔草，砍草，就连奶奶去世后一年中只有叔叔回来那几天会有人住的旧屋前长出的高高的蒿草，她也在某个清晨拿镰刀去砍尽了，并在之后毫无意外地被我责备了一番。一日三餐，她要去外公外婆家送饭，并赶在这时间里抢着给他们洗碗、洗抹布、洗衣服、扫地拖地、清洗马桶。这几年，几个阿姨陆续从乡下搬到县城，因为孙辈们上学要去县里，为了照顾小孩子们，便跟着一起搬去儿子家，或是和儿子媳妇住在一起，或是儿子媳妇在外打工，自己独留在县城替他们照顾小孩。只有妈妈和三阿姨，跟着女儿去了外面城市，离得远，不在身边。去年下半年，外公外婆在县城轮流住了半年，而后又送了回来。从那以后，外公外婆的生活基本上就靠阿姨们每隔几天轮流从县城回来一次，给他们做一点饭、洗一下衣服来照顾。舅舅家在外婆家上面，不过百来米远，但舅舅显然认为这个事情跟他无关，于是阿姨们每每轮流着回来，当妈妈从姐姐家回来时，这件事情就完全交给妈妈来办。

每天吃中饭前,妈妈去给外公外婆送饭,把炒的菜小心撮两个碟子,炖的汤用一只大碗装着,上面蒙上她在拼多多上买的保鲜膜袋,叠架在大篮子里,然后挽着篮子走到大坝子上去。对于她的这种行为,爸爸保持睁一只眼闭一只眼的态度,他自然不会阻拦她在一年中不多的回来的日子里一日三餐侍奉年迈的父母,对于一切逢年过节应给长辈的钱物也不短缺,却又总仿佛有点看不惯的样子,因为我的外公自私、胆怯,偏爱子女到昏聩的程度,而妈妈恰恰属于无论如何付出也不会得到怜爱的那几个之一,爸爸一贯以来又觉得只有他的亲属是最好的。他对妈妈把家里一切好吃的挑出来带给外公外婆,只给他留下不太好的食物的做法感到不满,却又不和妈妈说,只在妈妈上去时在我面前说两句,说因为我带着孩子回来了,家里这几天才吃得好一点,平常只有他和妈妈在家时,妈妈常常只炒一点素菜,荤菜做一点,都挑出来给外公外婆去了。但妈妈不用说是知道的,她每出门前,因此总好像有点不安,嘱咐我们先吃饭,说自己马上就回来了。我在房间不动,等她回来一起吃,爸爸在他的房间一边看电视一边等着,心里不知是否有所不满。他又说阿姨们无论何时来,妈妈都要把家里一切能给的东西让她们带一点走,而在妈妈那里,则是爸爸看不起她的姐妹。我听着他们各自向我抱怨,口里只能安慰,心里想的却是家里到底是如何贫穷,才会使他们对这么小的事情斤斤计较到如此地步？一面越发给他们买些吃的用的回来，一面感到这无异于杯水车薪，爸爸那未曾说出口的真正希望，是女儿们不可能的发财。

虽然只有几百米路，正午骄阳似火，走进那样的太阳里，还是使人感到畏惧。有两次我看不下去，说我骑电瓶车上去，妈妈百般推却之后（她推却自有她的理由，除了心疼她的女儿之外，害怕爸爸见是我冒着大太阳送上去，心里肯定要不高兴也是原因之一；而我之所以没有在一开始就说，自然也是因为知道如果是我送上去，爸爸发现了难免要怪妈妈），最后同意让我一试。我先试着骑车载她，那车却太小了，她拿着篮子坐不下，于是我试着独自带篮子上去，那篮子却又很难平衡地挂在车龙头上，没骑几步，碗里的汤已洒了些在地上，妈妈在后面心疼得大叫起来："你下来你下来！我汤泼完得！我讲我上去送你非要你上去送！"我只好停下来，感叹她的夸张，同时却只能理解她的这种夸张，重新把篮子交给她，看她在毒日下的水泥路上走上去。拿到篮子，她就又恢复了镇定，安慰我说："我走上去快得很，马上就下来的。"

事实当然并非如此，常常她要过好一会儿才下来。因为妈妈在一切地方，无论是女儿家、自己家，还是父母家，所有习惯都是要尽可能地把一切都打理好，无论时间是否短暂。如果时间长一点，她就会找更多事来做。她抢着在这时间里给父母做卫生，又害怕耽搁的时间太久，爸爸在家要不高兴——不管他是不是真的会不高兴——因此总像打仗一样。等妈妈回来后，我们就一起在房间吃饭。午饭后，当过了一两个小时，我终于把小孩哄睡，偶然走出房间，却常常发现她仍然没有休息，而正坐在后门口的楼梯上，在那里稍微的风凉之处（小时候夏天，家里没有风扇，我们总是坐在那里给家里剥豆子、掐山芋梗子，或者乘风凉）剥花生。春天时叔叔回家，从外地带回两大蛇皮袋新花生，爸爸丢在那里没有管，渐渐都变成干花生了，于是她每天趁着闲下来的工夫，在那里一点一点剥，想看看能不能剥完了去镇上油坊让人家帮忙榨成油。这么多花生，光吃是吃不完的。我要走过去怪她，问她为何就不能让自己歇一下，知道她不会听，只有蹲下来和她一起剥一会。花生壳已经变得很硬，捏起来很费手。她每天倒一点出来剥，剥好的花生米，都倒进姐姐带回来的一些小手提纸袋里收起来。过了几天，有一天早上她问人借了一辆老年四轮电瓶车，自己去镇上问了问（怕油坊的人不认识我，会直接拒绝），结果油坊说榨菜籽和榨花生的机器不一样，不能帮榨。在那之后，但凡有要好的邻居或亲戚来，她总要让人倒一袋没剥的花生带回去吃，但白日只要得一点空闲，就还是坐在那里剥。

她在心里盘算着该在哪一天让我去看外公外婆最合适，既不使爸爸觉得她过于指使，又不使外公外婆觉得我过于怠慢。虽然外家离得这样近，走上去不过十来分钟，倘若一回来就让我带着小孩上去看他们，爸爸无疑要不高兴。虽然不能禁止，但他是宁愿我们回来不要去外家的，一说起去外公外婆家，他就常要提起几年前我抱孩子上去，回来时想让阿姨骑电瓶车送我，结果被外公在背后骂的故事。当然，在奶奶尚未去世前，他也并不强迫我们多去看就住在屋后的奶奶，知道我们之间没有什么感情，每次回来，只要去打一下招呼就可以。到后来奶奶因为失聪和阿尔茨海默症完全无法沟通时，我们去奶奶家的时间就更短了，但那时我们却常常去给奶奶送饭，把上一餐吃剩的脏碗盘拿回来。大约从我们念高中时起，爸爸不再管我和妹妹的事情，花费了漫长的时间，一点一点挣破得些男权社会套在身上的铁壳，到回来时，还是会因为从小对他的威严的害怕，而在他面前较平常显得更为驯服和软弱一些——虽然现在他已经极少再对我发火，有时候我甚且已经成为那个会在他面前发火的人了。但更多时候，是我在他和在这家庭中从来地位较低的妈妈之间转圜着，努力不引起他任何可能针对妈妈的情绪。因为爸爸的这种不赞同，我在内心中比平常要更退缩一点，虽然我对外公外婆也并没有什么深刻的感情，这感情和对奶奶的一样，是因为从小几乎没有感受到过来自祖辈的关怀而淡薄至此，不过，在外公和外婆之间，还是存在着差别。倘若说从懂事时起，我就能明确感知到外公对我们的视若无物，在外婆那里，我还曾感受到过一些温柔的、共同相处的时刻，因此，对外婆的感情要深过对外公的。如果不是我在内心也不大愿去主动探看的这种退缩，我大概会在更早一天提出去看外公外婆，但因为爸爸，也许还要加上炎热的天气，不济的精神，我在回来的头两天里并没有主动提出去看外公外婆。

到了第二天傍晚，爸爸在田里还没回来，妈妈对我说："明的（明天）下昼晚你带宝宝上去看下家爹家奶，我跟家爹家奶讲得你明的上来看他们，我在我钱包里拿两百块钱给你，你到时候拿上去给他们。"

逢年过节，倘若我没有回家而妈妈回来，我是会给妈妈手机上转一点钱，让她带给外公外婆的。这样除了能给外公外婆点零花之外，也可以让妈妈开心，这样她在父母面前能够挽回一部分由丈夫损失的情感，因为她的女儿还喜欢外公外婆。她知道现在年轻人都不取现钱了，常常在我回来时主动悄悄替我备好现金。我心里微微震动，一面为自己竟拖着没有主动提出去看外公外婆，一面感到妈妈毕竟是要为我做出符合她的安排，于是说："好的，那我微信给你发个红包。"

她说："我不要你把钱给我，我要你打钱给我干事！一年到头把那么多钱了！"

其实一年中拢共也没有给过几个钱，但在乡下的观念里，外孙女这种泼出去的水自然是不太需要常给外公外婆钱的,妈妈觉得不安,又觉得平常我已经给她和爸爸花了不少钱,不该再让我多花费一丁点,于是试图用自己好不容易攒的一点个人的钱来把它弥缝上。

我往她微信中转了两百块钱,说:"我自己给家爹家奶钱,难道还要你出吗?"

四

第二天傍晚,我带小孩去大坝子上看外公外婆。我和小孩骑车上去,比妈妈走得快,到外家门口时,妈妈还没有到。小屋在我从小熟悉的地方,大坝子下的分岔路口,过去这里是三间土墙瓦屋,十几年前也拆掉盖成水泥瓦屋了,但格局仍是一样,并排三间灶屋、堂屋、房间。房间旁再傍一个茅屋(厕所),如今外公外婆年纪大了,也早已弃用。过去这个茅屋里还隔出一大块来养一两头猪,如今当然也早已不存在了。现在乡下除了养猪场外没有什么人家养猪,地方也不提倡养,因此也好些年没有见过猪了。

大门开着,水泥场基上静悄悄的,这时候正把一日所吸纳的热量吐露出来。人站在上面,只觉从下往上,投得人热烘烘的。

房间窗户下，空调外机响着，这空调也是前几年装的，我猜外公外婆正在房间看电视，并不急着进去，想等妈妈一起来。小孩见屋边菜园里种着南瓜和辣椒，郁郁葱葱，立刻跑去找结的瓜，我跟在后面，一面叮嘱他小心草里万一有蛇，一面回答他层出不穷的疑问。感觉过了好一会，才听见妈妈的声音。等我带着小孩走进房间，妈妈已经又去大坝子里洗碗和抹布去了，只外公和外婆在房间一横一竖两张床上坐着，果然在看电视。房间里一股久乏通风的陈霉气息，这气息从好几年前开始，就成为外公外婆房间的一部分，也许是他们真正步入老境的象征之一，而他们大概早已习惯，闻不出来了。我记得上回来时，正是栀子花开过的时节，不知谁——也许是外婆自己——掐了一把栀子花，塞进一只透明小罐头瓶子里，放在房间土红色的抽屉台子上养着。大概已过了好些天，瓶口堆积的花早已焦黄枯黑，仍在里面窝着，底下一汪浅水。那时花早已没有了香气，房间的气息和现在一样陈霉，但当我把罐头瓶拿起来，放到鼻子下去闻时，还闻到一点属于栀子的最后淡淡的香气。此时连这样枯萎的栀子花也没有，只是沉滞的气味，电视里传来新闻节目的声音。

喊了家爹家奶，外公坐在靠里那张床上，说："燕啊，你来嗒？这大热，快进来凉快下子！你是大燕还是小燕欸？这毛毛长这么老大的啦？"外婆没太有反应，我把小孩推上前去，让他叫太太。

只见外婆把小孩搂在怀里，摸了摸他毛茸茸的头，我微微感到诧异，回了外公几句话，过了一会，她好似才忽然意识到来的这个人是谁，道："燕呐，是你来得啊？我当是哪一个欸！"

旋即又道："燕呐，家奶奶眼睛看不见嘞！家奶奶是瞎子嘞！"

我心里震动，一时几乎说不出话来。外婆已经八十六岁，因为糖尿病的并发症，从好几年前开始，她的眼睛就有一只看不见了，她便勉强接着用另一只眼睛看，此后虽然视力渐衰，但上一次我回来时，她还能看得见，没想到现在就已经完全失明了。后来我问妈妈外婆的眼睛是什么时候开始看不见的，她用一种因为习惯于听天由命和早已知之而来的仿如平静的语气飞快地说："去年下半年就看不见了。"

那时妈妈和我视频，偶尔说着外公外婆年龄大了，身体不好，搬到阿姨家去住了，这样的事情我是知道的，但是没有人告诉过我，那其实是因为外婆的眼睛看不见了。也许是大人们觉得这不重要，不需要说，在乡下，这种默默承受起命运和衰老所降临到身上的不幸似乎是理所当然的。人不就是这样过下去的吗？

"哪就不能治了吗？"

"没得办法欸，年龄大得，没得办法手术。"妈妈这时候回来了，站在外婆身边说，又开始拖房间地。

那一瞬间，那天中午妈妈说的一句话也便好理解了。那时她跟爸爸抱怨外公，说外公一点好吃的都不给外婆吃，外婆自己也不敢吃好的，这也不吃，那也不吃，怕"发"，天天就吃些腌菜。那时我震惊于外公的自私，却以为只是外婆一辈子习惯了在他面前做低伏小，而不知是她看不见了，只能依赖于外公夹菜给她吃。

我心里酸楚，在她身边坐下来，抚着她的手。外婆的身体胖大，从我有记忆起就是如此，十多年前得了乳腺癌和糖尿病后，也只是稍微消瘦了点儿。几个阿姨遗传了她的基因，有的在年轻时就胖得超过了她，不胖的在步入中老年后，也都纷纷发起胖来，唯有妈妈，在对自己不断的克扣之下，还保留着对她的年纪而言已是消瘦的身材。但如今，相对于小时候我坐在外婆身边所感受到的饱满，现在她已衰败得多了。她的脸和身体都消瘦了不少，衰老使得她的皮肤变得松垮，釉褐色手臂上布满一道道深刻的短纹，使得皮肤皱缩起来，脸上的皱纹更其深刻。不长的头发因为乏于梳理而乱糟糟的，已全白了——毕竟连妈妈的头也已经白了许多。在这中间，是外婆灰白浑浊的眼睛。我往下看，只见她两只脚和腿已经浮肿起来，于是说："家奶奶你平常要活动一下啊，不能一天到晚坐到床上，脚都浮肿了，要家爹爹扶你出去走走？哪怕就走到二坝埂上再走回来也好，不然明朝以后越肿越厉害啊！"

外婆说："脚肿哒？那也没得办法欸，平常家里也没得人，你妈也不老在家，哪个能扶出去走哦！"

太阳已经不算烈了；门口大部分场基上已晒不到太阳。不多时我提议扶她出去走一走，妈妈也同意这提议，并为自己之前没有想到而感到疏忽。我小心翼翼把她搀起来，因为之前从未做过而感到有些生疏，把她扶到场基上。场基中间堆着一长堆稻，上面盖着厚塑料膜，是舅舅家不久前收回来的早稻。我们就围着这堆稻开始慢慢转圈。外婆走得迟疑、缓慢，半边身子靠一点在我身上，这一点重量已使我感觉吃力，努力用臂膀撑着，怕使她感觉到，由此也意识到指望自身也衰朽颤巍的外公扶她出来走的不可能。这样慢慢走了半圈，外婆开始问我在北京的情况，家住在哪里，离天安门远不远，丈夫是做什么的，一年拿多少钱——当然不是第一次问，自我结婚以后，每次回来，到外婆家，所面临的都是差不多相同的提问，或许是他们又忘记了，也或是找不出别的事来问。我一一回答她的话，到拐弯时提醒，过了会，忍不住轻轻说："怎么就完全看不见了！"

外婆忽然低低咬牙脱口道："骂欤！讲我不得好死。讲我家奶奶老早就是瞎子瞎死的，明朝二回我也像我家奶奶一样瞎死得！"

"要不是怕担个名声，哪天我就到大坝子里擎（寻）死去得！"

不用抬头看，旁边只隔一块田的距离，就是大坝子的塘埂，在那下面遮住的水边，妈妈在洗拖把。我无力地安慰了几句，这样缓慢转到第二圈，舅舅从坝子上下来了，大概是刚吃过晚饭，趁天黑前到二坝埂上跟人讲讲话。他看见我，我远远喊了他一声，他点点头，下去了。过了小会，外婆轻声问："刚那你大舅下去嗒？"我说："嗯。"水泥地上的热烘气喷到脸上身上，我感到闷热，想到外婆应当比我更热，走完这圈，便停了下来。妈妈从堂屋拿出一把小椅子，放在门口，给外婆坐一小会。小孩仍然在菜园里，兴致勃勃看着结出的茄子，一个劲地要我过去看，想要我为他摘一个。于是我舍下外婆，走过去，为他摘下那茄株上唯——一只白玉般长茄子。

　　天色逐渐转黑，我们商量回家。外婆说："燕啊，你要把我扶回去欸。"我惊道："我当然会把你扶回去,我怎么会把你放这？"她说："我怕你忘记得。"等重新把外婆扶回房间，电视里仍然响亮地播放着新闻周正的声音。外公见我站在那里，又问起我之前外婆在场基上已问过一遍的一模一样的话。不过，倘若说这之间有什么区别的话，那就是外婆在问这些话时，能让人感觉到她只是在和我聊天，而外公的话里则带着丝拷问的意味，其底里的色彩，是一种类似于"你真能在大城市混下去？"的怀疑和否认。之前妈妈在家时已和我说过，外公这两天反复问了她好几次我到底住在北京城里还是郊区（这问题前几年自然也已经问过），她一再回答，却始终不能得到他的相信。因为这些，我不由得也变得较真了起来,跟他解释着北京很大之类的话。外公又一次说:"那住在县里也叫住在春谷,住在我们这也叫住在春谷,那差别还是大得很啰!"

妈妈说:"唉,你这老头子,跟你讲不清!"

我不再多说什么,回到家,晚上洗澡睡觉时,小孩一直把那根白玉茄子带在身边,宝贵地陪着。直到一天一夜过后,它开始发蔫,变得皱皱的,才又被他丢在了床边,取而代之的,是爸爸从菜园为他新摘回的另一只茄子。

五

剩下日子,多数傍晚妈妈在我骑车带小孩出去时到外家去,天将黑时回来。有时回来也要跟爸爸抱怨,尤其是在她日日送饭做事,外公非但并不领情,反而还要骂她时。有两天早上,我躺在床上,被失眠折磨得头痛,听见妈妈在灶屋大声打电话,诉说着外公的蛮横无理,对象不知是哪一个阿姨。她说,昨个下午她上去,这么热的天,那老头子把空调关得,把老奶奶拖出来,跟他一起坐在屋后头,讲不热。她去见了,便说:"你省这些电干么事?你不热姆妈哪不热?"帮把空调开了,于是外公开始骂她,讲她回来后自己霸在家里,不让妹妹们回来。"那老头子,你跟他讲道理哪讲得通啊！"她激动地对着电话那头控诉，"天这么热，你们个个又要在家看小伢子，有的还要照顾儿子、媳妇一大家，哪个有多少工夫家来搞他？我这么一天三餐送饭上去，洗衣裳，拖地，还要你们家来干么事？哪不能体谅下你们？"最后她大声向妹妹宣告："你们别家来！这大热，你们自己在家歇两天，家里有我，不要你们家来！那老头子要发脾气就给他在家发脾气去！"

她的坚持并没能维持多久，到了第二天早上，事情就起了变化。大概那时外公已打了电话给阿姨，叫她们回来，不知是谁在电话里说了大姐叫她们不用回来之类的话，于是外公又把妈妈骂了一顿。这次打电话，她不再说着叫阿姨们不要回来了，因为她们已经准备当天就骑电瓶车回来；只是再次抱怨外公其他种种不懂得照顾人与不近人情。

上午时外面下起小雨，爸爸仍然在田里做事，没有回来，妈妈在家准备做南瓜粑粑给我和小孩吃。是爸爸种在塘埂那头的贝贝南瓜，这几年乡下流行的，小小圆圆的灰蓝色南瓜，不同于过去本地最常见的大圆黄南瓜，味道更甜更粉，几近噎人。爸爸从田里回来，经过塘埂，看到南瓜熟了，就顺手摘一两个回来，扔在灶屋地上，不几天已堆了好几个。南瓜下还沾着泥巴，还很好看，小孩有时搬着玩，妈妈见了，总是说："宝宝，过两天哦，阿婆这两天没工夫，过两天做南瓜粑粑给你跟妈妈吃。"我说："南瓜粑粑可以，南瓜粑粑好吃。"爸爸听见了，过了两天，南瓜在地上还没有动，吃饭时便说："那两天讲没得南瓜，这两天南瓜摘回来也没看你做。"他自己是不吃这些东西的，只是见我不吃几口饭，而不满意妈妈没有及时做我想吃的东西给我吃罢了。妈妈忙说："我哪不讲做，天天忙得没工夫，明的就做给他们吃。"我说："不要紧，又不急得吃，随便哪天做不都一样的。"妈妈说："明的先做些甜的给你们吃。"爸爸又说："那南瓜粑粑甜的有什么吃头，做些腌菜粑粑不好吃得很？"他不爱吃甜的东西，因此料定不值得我吃，妈妈则正好相反，虽然这些年为了不长胖，她已经很少吃了。这是他们的分歧所在，在这点上，我却是爸爸那派的，虽然也吃南瓜粑粑，却更爱腌菜粑粑的口味，况且这些天我们几乎每餐都吃腌菜炒肉丝，做腌菜粑粑不算麻烦，于是我说："这一点爸爸讲得对，粑粑还是腌菜的好吃，妈妈你要不做些腌菜粑粑吧！不过南瓜是甜的，夹腌菜芯不晓得吃起来怎么样（腌菜粑粑外面的粉团是用纯米粉和水拃成的，里面包上炒好的腌菜肉丝），纯南瓜的粑粑也好吃，随便哪种都行吧！"

妈妈把南瓜洗净挖空，开始切南瓜时，二阿姨和四阿姨来了，穿着雨衣，骑着电瓶车，说五阿姨已经到家了（她住在邻县，从另一个方向回来），买了菜，准备待会三人一起烧中饭。妈妈一面做着粑粑，一面跟妹妹说："这老头子，你看跟他讲道理怎么讲得清欸，我在家照顾还不够，非要你们家来。"阿姨们说："家来就家来欸，这一向也没得什么事，家来看看他们也好。"在灶屋站了会，听妈妈说了会最近怎么照顾他们的事，又照例抱怨了几句。妈妈把南瓜和粉在大锅中揣好，端到煤气灶旁，开始用平底锅煎粑粑，一面跟阿姨说南瓜粑粑要怎么煎才更好，这时她们便准备上去。这样的聚会，妈妈几乎照例是不参加的，这自然还是因为她在家里总有事务在身。她要在家里给爸爸做饭，怕上去吃饭他会不高兴，又不想随便在父母家吃饭，以免将来被人说吃父母什么的。除非偶尔提前说好，或是逢年过节，否则虽然离得这样近，她也不会随便回娘家吃饭。阿姨们早已习惯这样的模式，也把这样的聚会默认为姐姐是不需参加的。

妈妈有些舍不得，说："你们等下再走欸，粑粑马上就做好。"

阿姨们说："等下下来再吃，家去时候哪不从这过啊！"

妈妈四顾说："那你们就这么上去啊？没得东西给你们带。"

我想起碗橱里有一碟妈妈上午炒好没吃的辣椒腌菜炒肉丝，打开碗橱说："要不把这碟腌菜炒肉丝带上去？"妈妈做的腌菜炒肉丝是很好吃的。

妈妈说："那就把这碗菜带上去啊？"

阿姨说："那就把这碗菜带上去欸。"

于是我把菜从碗橱里端出来,妈妈用保鲜膜袋将它裹好,一边裹一边说:"今的(今天)你们在家,那我就不要送中饭上去的了。"

阿姨说:"我们在家哪还要你送饭上去的!"

妈妈说:"那我就下昼晚再随便搞些吃的给两个老的送上去,再给他们把衣裳洗洗,把地拖拖就行得。"

阿姨们上去后,粑粑很快煎好了,我和小孩各吃一个,就不再动。到半下午时,雨停了,阿姨们从坝子上下来,准备回家去。这一下来,她们就又你一言我一语地纷纷说起关于外公的话来,大概是上去又见了一些新的事情,有了一些新的材料。

"那老头子,一毫不晓得照顾人,天天骂老奶奶。"

"他有时候还做样子欸,你家来得,他在你面前做样子,把好的夹到老奶奶碗里,讲,你吃欸!"

"嗯,实际上平常一些好的也舍不得把老奶奶吃,这个肉也讲她不能吃,吃得发,那个肉也讲她不能吃,吃得发。"

"那老奶奶自己也不敢吃,你喊她吃她也不吃,天天就吃个鸭蛋。"

我说:"要吃肉才行啊,你跟她讲营养全在肉里面!"

妈妈说:"哪没跟她讲啊,你怎么跟她讲她要吃些好的,她也不信。不过那天还好,跟我讲想吃鱼汤,我把那鱼炖好端上去,吃得一大碗。她哪不想吃肉啊！"

阿姨说："那个药，老奶奶天天要吃，他不给她递到手上，就放在台子高头，叫老奶奶自己摸。"

妈妈说："嗯，他不给她拿，还天天把那两粒药抠出来放台子高头，我讲你就给老奶奶自己摸，你把整板药放在台子高头，她也好摸些欸！"

见我瞠目结舌的样子，妈妈又对阿姨说："昨个中午，我送饭上去，非要我把床单被套拆下来洗，讲有味道，我讲我今的家里还有许多事要做，没得工夫，明的给他换，他不干，非要打电话给你们，要你们家来。我只好把床单被套拿家来，本来还想手搓，我燕子讲，你哪就不能放洗衣机洗？我想想算得，我就放洗衣机洗洗拉倒！洗好拿出去晒，没一小下，暴雨就来得，我又拿家来重洗、重晒，到下昼晚晒干，又拿上去铺被褥、装被套。他要么子就是么子，才不管你多忙。"

我说："你们为什么要那么听他话呢？"

她们赶紧说："不听他就骂欸！一骂骂得死人。"

"这还是因为你们对你们爸爸太好了，"我说，"他骂你们为什么要睬呢？你们一个个早都成家了，不靠他生活啊！他儿子他敢骂吗？"

她们说："那啊，儿子把眼睛一勒，他就不敢讲话了。"

"天天下午把空调关得,把老奶奶拖出来,在外面坐得,讲不热。"

"省那点钱干么事呢?"

"省得明朝二回死得给喜欢的。你平常把些钱给他,他们也舍不得花,都要你小阿姨给他存起来,留得。"

于是话题又说到外公外婆的偏心上,她们说:"那老奶奶也一样,两个天天讲,那老三家来,连一口水都不喝欸!我心里想,我们这些人家来哪吃得你几口东西啦?"

原来去年有段时间,三阿姨曾回来在外婆家住过一个月,照顾他们。又说起菜园里种的辣椒,年年只为三阿姨种的,谁摘也不行,上次二阿姨摘了点回去,于是外公说,那辣椒是要留着给老三磨辣椒酱的。二阿姨听见这话,顿时伤心道:"这老头子老奶奶!年年喊我给他们兴辣椒,那辣椒地我挖的,辣椒我兴的,草也是我家来薅的,我年年给他们兴辣椒,哪吃过一回?就那回我小明家来,我装得一罐子辣椒酱带家去给他。明年我再不给他们兴辣椒了!"

"身上一毫毛病就喊,'我要死啰'。"

"要是把姆妈身上那些病给他,不晓得哪天就喊死得!"

"一天到晚讲你不孝顺,不家来看爸爸妈妈。我想我家奶奶生病的时候,你让我妈家去看过她老娘几趟?"

"他不让家奶奶回去吗？"

"嗯，那时候你家太太生病，你家奶奶想家去一趟都不让她回去，家去一趟能骂死人。"

想到那样瘦弱矮小、一天到晚似乎也不说什么话的外公，在那样胖大、一辈子做着家里绝大部分事情的外婆面前，竟能如此施展自己的威力，也是使人惊异的事。过去大人们没有在我面前说过这些事情，到了如今这年纪，再蓦地窥见这潭水下的阴影，不免格外觉得冷森。

她们诉说了一通，到最后，所能想到的最痛切的一句话就是："这老头子，明朝二回死得没人伤心！"

不过，话虽然这么说着，往后其实还是听话的，在自己那点微末的钱财和儿女们所允许的范围内去照顾，因为兄弟是不管的。虽然实际上，外公所"享受"的，不过是在城市里人看来十分贫困的生活，虽然已较过去有了不少提升。一个有着大大小小各种我不清楚的老年病的患者（和外婆一样，也没有人认真向我们提起过外公的病，也因为我不是负责药物的那个人），所能拥有的，不过是外孙女（我姐姐）一年中在医院为他开回的一些药。女儿们一年中所能带回家的，也不过是极微末的一点钱。只是在这贫穷的世界中，依然有着它等级的划分，那就是他们大多可以作为自己妻子的统治者，度过自己的一生。

一只白头鹎又落到那棵没套袋的桃树上啄桃子吃,我站在灶屋门口远远给它拍照,刚拍了两张,阿姨也看见了,说:"这雀子在那吃桃子也好玩。"我说:"是的,没拍好,飞走了,算了。"阿姨说:"那树上桃子给雀子吃完得了。"我说:"是的,许多都坏了,恐怕不能吃了。"阿姨说:"搞不好还能吃。"见阿姨看得上,我问她要不要摘点桃子回去吃,阿姨推辞了一下,拿了只保鲜袋,到那树下摘了些桃子。不多时她们准备回去,小表弟的儿子一来到了房间里,就拿着阿姨的手机在那看短视频,一条接一条刷过去。这孩子开学上三年级,过去阿姨在他父母打工的地方住过几年,帮他们带孩子,后来她还要同时照顾大儿子的孩子,他也到了要上学的年纪,大城市里没有这样的孩子上学的位置,于是他和奶奶回了县城,平常偶尔和父母视频,几乎是和爷爷奶奶一起长大的。他上次来时,也是一进屋就到房间连上网络看起手机,见他看了很久,我忍不住去跟阿姨说那短视频要让他少看些,阿姨说:"唉,随他屌过去,他天天都这么看,你不把手机给他看他没得事做,就要跟你吵欻!"我不再多说什么,知道他平常必没有多少有意思的事可做,更不要说大人特意陪着出去玩了。手机视频是他唯一具有信息与情感流动意味的玩具,尽管这流动常常也是表面的浮夸的,缺乏真实互动的,但仍然是他所能有的最好玩的陪伴了。

阿姨用带着乡音的普通话对着房间喊："×××，回家了！"

不多时，瘦瘦黑黑的，已经有点高，正从儿童向少年之间逐渐转变的孩子从房间跑出来了，生气勃勃地坐上奶奶的大电瓶车后座。阿姨骑在车上，扶着龙头，暂时不动，对我说："燕子过两天带毛毛跟你妈一阵到我家去玩欵？"我有些为难地说："我过两天就要走了。"妈妈说："到时候再讲，再打电话看欵！"于是她们把龙头一拐，车把一拧，把车开走了。

六

那一天发给妈妈的红包，妈妈始终没有领，二十四小时后，手机上传来退款的消息。我去问她："妈妈你不领红包干么事？"她摇摇头，一副不愿多说的表情："我不要你给蛮！家来花许多钱了！"于是我只好又带着小孩去镇上买东西。每次去镇上，我们要在村道上骑十几分钟，而后跨越一条不断有大货车经过的新国道，再骑上从前的老国道，在那条如今已荒废了十几年的老路上骑上一个很大的山坡（镇名即由这山坡的名字而来），下到坡底，就到了镇中心。穿越新国道给我很大压力，每回在家出发时，倘若爸爸看见，必要吩咐："那过马路要注意欵！"其实无需他说，每次我都小心翼翼，先停下来，推着小孩，在路边等一会，确保两边远远没有大货车了，才赶紧重跨上车骑过去。电瓶车开上老街山坡，两边是过去我们上学时的房子，如今大半已废弃，偶尔能看到过去的招牌的字迹。零星两三栋楼房里住着老人，门口种些美人蕉、洗澡花、百日菊之类，小块菜地里种一点豆角、南瓜、辣椒。

车慢慢向底下主街驶去时，那种自身与家园间的悬置感又强烈起来：过去我们上中学时，小镇（那时还是乡）刚刚开始城镇化，两排本镇首批的两层商品房在街道两边建立起来，在街道和商品房之间，又种上了些细小的广玉兰。如今楼房仍然存在，只是变得灰白，广玉兰长成两三层楼高的大树，街道本身也没有比十几年前多出什么，只在过去并排的两条主街之间，横向发展出了几条新的一两百米长的街道，在那些街道边有了些新的商店。主街带给我一些熟悉的安全感（虽然广玉兰已长得那样高大，但正是其高大增强了给人的庇护感），在这安全感中间，却又始终夹杂着陌生，那里所开的店、开店的人、店里所卖的东西，都已完全不再是过去我曾在这里所经历的。我是一个如今置身其中，但却只有过去与之发生联结的人。

不过，这些小超市、育婴用品店、杂货店、农村信用合作社始终还有一丝熟悉感，它们不脱一个普通的小乡镇所能拥有的范围（而不像县城，现在的我已经完全搞不清那些近十几年来发展出的新区域,因为它已经变得太大了),只有桥头最大的那家超市,给人的距离感最深。这当然并非一家多么了不起的大超市,相反,如果放到县城去看,这只是一家经营不善的普通超市,里面灯光黯淡,稀稀拉拉几个买东西的人,超市里摆着一些零食和生活用品,唯一一个卖蔬菜的柜子,因为镇上的人更习惯于去一街之隔的八点就散的菜市,零零星星摆了几件瓜果蔬菜。开这家店的老板不是本地人,有时他会站在柜台里给人结账,正是他说的带着陌生乡音的普通话使人确定他不是我们当地人。超市里雇的另一个结账的小姑娘也说普通话,而不像本地几乎所有其他地方那样说方言。但渐渐的,普通话如今也已经在诸如快递点(也是如今才有的)这样的地方,成为人们熟练操用的共通语言,而非方言了。也有可能她们只是看到我是一个带着孩子的年轻女人,基于对镇上这类人群的基本认识——对小孩说方言被年轻的父母视为乡土的、落后的,因此他们一般都选择对小孩说普通话——而在面对我时换上了普通话。

我到这家超市来买东西,自然还是因为它里面的东西在镇上最多、最齐全,可以同时给小孩买零食,给爸妈买吃用,以及我自己买泡咖啡的鲜奶(其他超市只有常温奶)。这里最初还是两年前妈妈带我来的,那时她刚忙完家里的事,和我一起到镇上买东西,否则依我稀薄的探索欲,怕是不会找到这里。我一边在超市门口停下车，进入里面买东西，一边想着，这是我从未真正融入其中的地方，几天后我就将离开这里，超市的老板不久后也许会发现，那个前些天天天带小孩来买东西的女人消失不见了。然而，在北京的楼下买东西时，我却从未向小区外那个超市索取过"融入其中"，只是将其视为功能性的存在，不曾向之投射过感情，最多是将它看作小孩放学后常常要拉我进去买点零食的游嬉场所之一。

七

这一天阵雨在午后降临，雨晴后五六点钟，空气十分凉快，我不再骑电瓶车，而是带着小孩去大路上散步。道路两边稻叶上沾满雨水，到处是鸟鸣声。我们走得不远，走到新坝子的水泥桥边，就停下来在旁边一条岔道上玩，上回正是在这条岔道上，我们看见棕头鸦雀。道旁枫香树下，乌蔹莓蓝紫色的小圆果湿漉漉的，鸭跖草星星点点的蓝花在干涸的沟底开着。一只灰蓝色蜻蜓，不知是什么蜻，翅膀为雨水轻轻打湿了，在坡上杉木树下的竹叶间形成的一个窝里趴着。我伸手去捉它，轻轻一捉便捉住了，还是活的，于是又把它放回去，让它继续在那里晾翅膀。有人在路的另一边种了不知是红豆还是绿豆的豆子，豆叶累累蔓延到水泥路面上来，豆荚饱满如长针，有的已变作黑色了。我摘了一条黑色的剥开来给小孩看，原来是绿豆。他喜欢这豆荚，又让我给他摘一条好的，在豆荚上完整地开一条缝，但不要剥开，这样给他拿在手里。正玩豆荚间，前面走来几个吃完晚饭出来散步的人，笑嘻嘻地看着我们，问我哪里的。其中一个奶奶，原来就是这绿豆的主人，她把爬到水泥路上的绿豆茎叶给拂到路下去，免得给经过的车轧坏了，一面瞥见叶下黑色的豆荚，说道："哦豁，原来绿豆都能收了。"

她们见小孩手上拿着豆荚，便逗他："这绿豆是这奶奶家的，你把奶奶绿豆摘得怎么搞？"

小孩不知该如何作答，依偎到我身边，我笑着说："快跟奶奶道歉，说摘了奶奶的绿豆，对不起。"

大家一齐笑起来，她们继续往前走，我们也便一起往回走。走到水泥桥边，她们停在那里，一个叹气自家孙女今年上高中了，没考上县城的重点高中和另外一个公立高中，只好去上私立高中了。旁边人安慰她说："有高中上就好的嘞，还有的没高中上哩。"她点点头说："那确实。"县城只有两所公立高中，余下皆是私立高中，要上高中的人却很多，于是每年必有大批学生要去上私立高中。实际到最后，能有个私立高中上就已经不错了，不能上私立高中的，只能去更差的中专或职高。桥头苦楝树上楝子青青，正在这时，从村子方向走来五六个人，原来是村子里的人吃过晚饭，一起"逛趟子"逛到这里了。

见到自己村子里的人，难免要感到更熟一些，虽然这其中也有两三个我有好几年没有见过了。我们打过招呼，女人们循例夸小孩长得好，一个六十多岁的男邻居问：

"这小伢老家是哪块的？"

我心里诧异，想着他大概不记得他是第三次问这个问题了，或许记得，只是不在意。小孩两岁多时，有一次我带他回来，这位邻居来家里有事和爸妈说话，见到我们，便问："这小伢老家是哪块的？"那时我便诧异他为何眼见着小孩跟着我回来，却能问出这样的话，心知他是什么意思，却还是回答说："安徽的。"

果然他说："他爸也是安徽的嗨？"

我说："不是的，他爸是湖南的。我老家是安徽的，他老家不就是安徽的吗？"

他说："那不是的哦，那他爸是湖南的，他老家不就是湖南的！"

我说："凭什么他爸爸是湖南的他老家就得是湖南的呢？我是安徽的，他老家为什么不能是安徽的呢？"

他说："那哪一样呢！"

我说："那有什么不一样呢？他在安徽老家就是安徽，在湖南老家就是湖南。"

他摇摇头，表示我这套女方想争取孩子血统的行为无疑是没有根据的。

过了两年，他再看见小孩时，又问我了同样的问题。几乎完全相同的问答又发生了一次。我想他确实是没话可说，也并不真的对这孩子感兴趣，因此只是抓出脑海中最先跳出、最根深蒂固的那个问题问一下罢了。但何以第三次又问出同样的问题呢？我几乎是要不高兴起来，仍然说："安徽的，我老家是安徽的他老家就是安徽的。"维持着说了两句，转身带小孩回去了。

第二天下午，妹妹从城市回来陪我，在家短暂住了两晚。黄昏时我们一起去村道上散步，水泥道上走来非常闷热，尚未完全落下去的余晖照在人身上，一会便使人冒汗。道路两边长满了狗尾草，许多野酸浆夹杂其中，这时候结了小小的、灯笼般的果子，小孩走过，总要去摘两个果子在手上玩。有时候村子里一个幼儿，他的妈妈出去打工了，把他留给外婆照顾，他跟在我们后面，也想要去摘两颗酸浆果子，或是去抠一抠路上的石子。他的外婆坚决地制止他："不搞！脏！打手！""再搞不要你了！"一开始，因为恃着我的小孩的带领与防护，他还是跟在后面，但很快就被他外婆威胁要丢下他，而带走回去了。

夜里我开始发烧，让小孩和妹妹睡，他出乎意料地同意了。

大概因为同她一起回来的还有大姐的女儿,而小孩子总是愿意跟在比自己大一点的孩子后面的。因着有人帮我照看小孩,第二天清晨,我得以独自去田畈追寻了会鸟儿。早晨的空气清凉得多,远处村道上,一大群丝光椋鸟停落在水泥路面上,不知在啄着什么。见我靠近,它们呼啦一下全飞起来,落到旁边电线上,很快随着我的继续向前而又全部飞起,飞到更远处大坝子旁的竹林上空,在那里成阵地盘旋起来。盘旋了一会,又重新飞回电线上。丝光椋鸟是群居的鸟,常常组成大群飞翔。我继续往前走,一只夜鹭缩着脖子,也停在路边电线上,再往前不远便是新坝子的野菱角塘和水泥桥了,这只夜鹭大概正是准备去那里捉鱼吃。白鹭在阳光中遥遥飞过田畈,空气里水雾发出蒙蒙的金色。山斑鸠也停在电线上,仍旧发出咕咕的吞鸣。没有人,只远处一个人在打农药。走到塘埂边,菱角塘里有一只黑水鸡,它在水面上自发的菱角丛中不断啄食,而后游到塘埂边一带茭白丛间停歇,似乎是在那里营了巢。这时,一只红褐相间的鸟儿从水塘上空平平飞过,停留在对岸一丛灌木上。我从相机里追过去看,小鸟的眼睛上一带黑纹,宛如蒙上了黑眼罩。是一只棕背伯劳。这是我第一次在家乡"发现"伯劳——当然不是真的第一次,只是小的时候不记得,长大以后在此之前则从未注意过罢了。绕过水泥桥,很快又看见第二、第三只伯劳,它们就停留在水塘上方的电线上,静静站着，看起来十分娇巧美丽，实际却是一种会捕食其他小鸟和蜥蜴、鼠之类小动物的凶猛的鸟（有时候，伯劳会把捕获来的猎物挂在树枝或棘刺上，以此宣告领地和炫耀能力，或许也为了取食方便，因此在西方名"屠夫鸟"）。桥边另一头的塘埂上，狗尾草迎着光，有人将打水的水管丢在那里，一只小狗站在那儿，道路上闪烁着未干的露水的光泽，草丛里不断传来秋虫的唧唧声。是秋天的感觉了，我站在那里看着听着，舍不得离开，小狗仿佛也很惘然的样子，对着远方，和我一起陷入沉思。小狗你是谁家的呢？

这一天黄昏我们照例一起去村道上散步，那时也是暴雨过后，阳光明亮，比前一天凉爽得多。有人在路边割草，双手拎着一只简易割草机，旋转的刀片把村道两旁早上还光彩熠熠的狗尾草和酸浆全都扫倒在地。这是村子里过去从未有过的场景，使我感觉十分震惊。首先大约是我从未想过，乡村——如这样纯粹的乡村——道旁的野草也需要像城市中的一样被清除；其次是过去耕牛时代，道旁的草早就会被水牛啃得一干二净，只余短短的一截。不过，清除一切野草，将之视为令人厌恶的、不应在此生存的杂草，而只允许计划栽种的园艺植物生存（无论它们的种类如何单一，假如这些植物不能适应当地环境，无法很好地生存，那么就轮番种上新的植物，或铺上新的草皮，即便半死不活，也要把旁边生机勃勃的本土野草拔光，只留下光秃秃的空地，不能允许它们存在)，似乎是这几年来包括我所在的小区和附近的公园在内都竭力在做的事情。我只是没有想到它竟然会蔓延到我所在的自以为离外面的世界十万八千里、因此也少被波及的老家。我被割草机巨大的声响和它背后的事情所激扰，只想尽快走得远些，带着小孩却走不快，好在他割到了新坝埂的水泥桥那儿，就停了下来，大约完成了这一天的任务，问我们有没有看到小孤山那边有人割草。我们说，我们不是从那上面来的，于是他背着东西往回走了。我们也转头往回走（我们总是走到新坝埂的水泥桥就转回），等回到二坝埂的水泥桥上，那儿坐满了大坝子和本村乘凉的人。因为今天傍晚难得的舒爽，阳光照在他们身上，显得十分明亮而轻快。他们笑嘻嘻看着我们，问我们是不是在给他们拍照。事实上，出于一种羞涩和害怕冒犯的本能，除了父母外，我几乎从未当面给村子里的任何人拍过照，尽管他们可能是喜欢被拍下来的。妹妹给他们拍了两张照，问："为什么我爸妈从来就不能在这歇子下哦？"他们笑着说："那啊，你爸种田跟绣花样的，我们田里那秧抛下去什么样就什么样，你爸种田，那抛的秧还要一棵一棵地移、补！"

这一天还有其他使我难过的事。那天上午，爸爸提起稻田里有鸟糟蹋稻棵，在那里面做窝，他要在田里放个夹子。我猜那大概正是塘里的黑水鸡，于是说："那田里有个鸟做个窝要么紧呢？你千万别放夹子！"

他说："嗯，我不放夹子，那雀子把田里踩得一塌糊涂，踩一大块稻，在那做窝！"

"那么大一块田，有一小块踩塌要么紧呢？"

我理解他对于农田这种无微不至的爱护，以及那因为所挣与所付出极不对等的劳动的辛苦，由此产生的哪怕对于一丁点的损失都感到愤愤不平的感情。在他那里，事情不是我所感受的那样。正如知道乡下人钓得一只野生的老鳖，或用黄鳝笼子在于今益发贫瘠的田畈装得一些黄鳝，拿到镇上去卖钱，事情也不单是我所感受的那样一样。但这并不能减轻我的痛苦，我还是忍不住说："爸，你真的不要这么做事，你这样做我真的很难过。"他不出声，转身走开了。

八

妹妹走后，黄昏时我又恢复骑电瓶车带小孩出去兜风的习惯。那一天我决定骑得远一点，重新骑过之前感觉害怕的那段路。车子驶过新坝埂的水泥桥，继续往前，两边青青的单晚稻田上方，一架无人机正飞着打农药，不见人的踪影。这是去年开始出现的新技术，地方上有人买了无人机，开始在乡下为人打农药，每亩收取费用若干。农药散发出刺鼻气味，有甲虫跌落在田边水泥路上。如今我对这一望无际的绿色有了跟从前不一样的认识，因为知道这农业方式较从前我所熟悉的更具破坏性，想到这些年在乡下眼见的昆虫越来越少得多，不由得又为这几乎无时不在打的农药感到焦虑起来，骑得更快了些。很快到了之前感到害怕的路，这一次却奇异地不再害怕了，是重新行走带来的熟悉感，使我感到可以掌控。路面上时有蝴蝶停歇，黑色翅膀收拢着，电瓶车开过时，只倏地在一瞬间振翅飞走。低空中蜻蜓盘旋，有一会我开得稍快了些，一只大蜻蜓猝不及防撞上我的额头，翅膀扑扑几下，吓得我惊呼道："呀！一只蜻蜓撞到我头上了！也不知道还能不能飞！"小孩忙问："它受伤了吗？"只见那蜻蜓已迅速飞走，我说："它又飞走了——应该不要紧的。"再往前多骑一段，冲出这段两边林木荫蔽的路，下面是一大片开阔的田畈，我松了口气，把车子调头往回转。到得新坝埂附近，无人机已消失不见，农药味渐渐淡去了，仿佛刚刚发生的事不曾存在过一样。

两天后，丈夫来到家里，把小孩带回他的老家，去看爷爷奶奶。我可以短暂地单独待上几天，喘一口气——是他出生这六年来第三次离开他，前面两次，则分别是奶奶去世和那一年之后的春节，所有时间加起来不足半月。我仍旧发着低烧，打不起精神，白天只是待在房间里。那天在灶屋，听到妈妈给姑姑打电话，原来是爸爸又邀请姑姑一家来吃饭——事实上，是我回来这半个月里的第二次。想到有客人来，妈妈就又要张罗饭菜，我忍不住脱口而出："他怎么又喊人来吃饭！"说完才意识到妈妈还在打电话。到了中午，姑姑、姑父和大表哥一家来了，此番他们刚刚在上海经历了几个月的封锁，一俟放开，便立刻回来了，姑姑姑父同时带着二表哥的小孩，准备在乡下暂住一段时间。大表哥这些年在外面做生意，很赚了些钱，久不在家乡居住以后，前几年把家里原先的老屋子推倒，重新盖了一栋阔气的楼房，方便一家人回来。自高中以后，那里很多年我都不曾再去过，直到前年春天，才头一次跟着父母去过一次。山顶上气派的仿罗马式建筑外平出了一大片空地，原有的树都拔去了，空地外砌起围墙，水泥庭院四围和中间栽种的，是大表哥从园艺市场买回的几十棵红叶石楠、黄山松造型的盆景松和其他园艺树种，还有一个带喷泉的人工水池。姑姑给我看表哥表姐们的房间，一例拉了绿色的帷幔，里面大床上罩着白色的遮尘罩，只等他们偶尔回来时住。还有麻将房、桌球房种种。又说房子下面村子里的路灯，是村干部来劝表哥捐钱安装的。

不得不说，自家多年前盖的冬冷夏热的旧楼房与姑姑家结实气派的新楼房的对比，以及我们如今与他们生活条件的巨大差异，恐怕是刺激爸爸在我们身上寄托不切实际的希望的来源之一。表哥拔去门前过去本地的树种，种上外面高价买回的土俗园艺树种，却也显示出过去的生活加在我们身上限制的烙印同样是如此之深，就如同我虽然通过念书得以离开乡村去生活，却依然是一个贫穷的人一样。但在那一天我仍感到微渺的快乐，来自于姑姑家附近的池塘。这池塘在我们小的时候就有，那时候姑姑家门前种了好几棵桃子树，年年端午前后，我们要到姑姑家吃一回桃子，记得曾在吃过桃子后，和表兄弟姐妹们到那边去洗手。如今看到则近乎完全陌生，过了一会，我才把它和那个记忆中从未注意过的水塘联系起来。小水塘一面开阔，对着屋子与远处田畈，另外三面围绕山坡。山坡上，本地的毛竹、杉木、槭树和其他杂树生长繁密，枝叶倒映进水面，在伸出的树枝上，挂满了大丛紫藤，那时节开满了紫藤花。林下阴暗处，几丛映山红盛开。有鸟在远近树林中鸣叫。我在那里站了好久，看那紫藤花倒映在水面，林中不断传来鸟鸣。如此幽静与美丽的景象，简直可以作为乡愁之一完美的代表。

中午妈妈烧了一桌菜，不过终究只是些乡下常见的菜。我像平常一样在房间待着，姑姑把二表哥的小孩放到我的房间里。大部分时候，他只是安静地坐在地上，独自画着画，画了一会，忽然又跑出去，找奶奶去了（和阿姨家那边不同，因为挣到了钱，姑姑这边表哥表姐的小孩可以在城市里上学）。中午十分炎热，大家把饭菜端到一个大一点的房间里，在那里吃饭。把空调调到18℃，人还是感到闷热，也许是空调已经缺氟，或是窗户晒了一上午太阳，吸收了太多热量，一时半会温度降不下来。这些年表哥已经长到很胖了，他坐在家里的小凳子上，脸上淌着汗，庞大的身躯与我们用来吃饭的小桌子、和小桌子相配的小椅子显得很不相称。他带了两瓶很贵的酒来，给舅舅当礼物。我想，对于表哥来说，到舅舅家来吃饭可能未必不是件苦差事，但是他小的时候，舅舅对他不错，所以他还是要来。这是表哥的成熟之处，他的到来也带给爸爸很大的喜悦和满足。至于表嫂，她只是安静地坐在表哥旁边，偶尔说两句话。

男人们在房间里抽着烟，大家一齐说着话，更使人感觉到屋子里的气闷、嘈杂。随便吃了几口，我又退回到自己房间。爸爸和姑父抽烟、喝酒，聊很久自说自话的天。许久过后，大家走出房间，说着要准备回家的话，我走过去，准备帮妈妈收碗。只见妈妈和姑姑正坐在房间里谈心。姑姑说，大姑姑年纪大了，人也有点糊涂，上回为着件什么事情，说对妈妈不满，觉得妈妈没看得起她。妈妈听了，立刻委屈道："大姐怎么这么想？我从古以来也没看不起大姐过哦！我怎么会看不起她！"停了一秒，又接着说，"我对大姐还真是不一样，我从嫁到这边来，就把大姐当半个妈看待——"大姑姑的年纪比爸爸大不少,也是我很喜欢的姑姑。她嫁在邻县,距离在过去来说很远,我小的时候,一年中通常只有正月里,才有机会跟随大人们翻山越岭去那里吃一顿饭。那是亲戚的小孩子们难得聚齐的机会,大姑姑那边的房子和风俗又都和我们这边的多有不同,显得更好玩,做的饭菜又特别丰富可口,大姑姑人又笑呵呵的,因此总使我在小的时候,只要是去大姑姑家,就觉得很欢迎。姑姑安慰了妈妈几句,说:"大姐现在年纪大了,跟姆妈也有些差不多了,你别往心里去——"

不多时姑姑他们回去了,只余妈妈在房间。她说:"你大姥姥怎么这么想,我从来也没看不起她过哦!"我说:"你不要管她怎么想嘞,别管别的人怎么看你,那都是不要紧的事,明朝二回也不是讲不清楚!"她犹自坐着,忽然抹了下眼泪,说:"我做人怎么这么失败!"我感到难过,更多是震惊,第一次从心里意识到,原来妈妈是真的在意这些事。虽然这十几年的大部分时间她都是在城市中度过的,以后也将继续在城市生活下去。这在意并不会因为我一句模糊的、逃避的,甚至是带着淡淡谴责意味的安慰的话便能有所改变。她对生活的感受和看法,已经和村子上少数自始至终都没有离开过的人不同,也比在乡村待得更久、更为固化的爸爸灵活,但也和早已在外面的世界完全长出新的生活的我们不同。这里的生活,是她生命的前三四十年间唯一的根据之地，到今天仍有重要的意义，她不能像通过读书或工作完全拥有了一种不同的生活的我们那样，轻易放下过去曾紧紧联结着的人事。尽管我希望她能跳出来，从中挣脱，然而那未尝不是一种自以为是，因为妈妈，无论如何，并没有我们年轻人那样全新地学习生长的机会。在她的世界里，别人的看法和需求是那样地广大而重要，以至于无论怎样压缩自己，也要尽量去满足。她又接着说："完全是失败。"但在那时，我也感到退缩，不能面对自成年后就下意识回避的对父母的感情，无法深入谈论下去，以真正给她一点情感的依靠和疏解，只是继续用一种淡淡的谴责来回避。我说："哪里是失败了！"说着便端着盘子走了出去。没过一会，妈妈便追了出来，照例把我拉开，坚持把碗留给自己来洗。

　　我对爸爸邀请自己亲戚来做客的不耐烦，其实只是因为妈妈在家不能拥有同等的权利而生的不满。有时爸爸也会提议叫阿姨舅舅们一起来吃饭，但那毕竟是一年中的少数，而爸爸无论何时，只要他想，就可以在他的弟弟或姐妹在家时叫他们来吃饭。在请姑姑家来的前几天，妈妈私下里已经张罗着想要去她的妹妹家和她们聚一天。她并不直接表达，而是有天早上做早饭时对我说："你五阿姨喊你过两天到她家去玩，过两天不忙了我们去玩一天？你阿姨家在那山里面，风景拍出来肯定好看。"我意识到那话语之后隐藏的她的希望，于是说："好啊，五阿姨家那边的山确实好看。"

这并不算假话，我确实爱拍照片，尤其是自然的风景，这正是妈妈向我提议的原因之一。她很高兴，接着说："到时候我帮你看小伢子，你拍照片。"我说："好。"

后来她开始计划在爸爸面前说这件事，以隐隐表示"已经告知"。"老五打电话来喊燕子到她家玩，哪天我跟燕子带毛毛去玩下子，燕子想到阿姨家那边山里拍照片。"果不其然，爸爸说："那有什么好拍的！"我说："阿姨家那边不是蛮好看的吗？你觉得不好看我觉得好看哦。"不过事情尚未确定下来，后来便因我的生病取消了。那天早上，阿姨们打来电话，她们已经在五阿姨家聚齐，而我因为发烧，实在提不起精神，更重要的则是一种微妙的隐忧，"这时候发烧到人家去不好吧？"我这样和妈妈说。她不愿勉强我，同时也感到不便，我知道她也在和我担心着同样的问题，万一我是从外地回来，感染上了如今令全国人最害怕的病毒呢？于是她让阿姨们先聚，我们过两天再说。

没想到阿姨们很快就约好再聚，这一次是四阿姨叫大家去玩。妈妈没再问我，而是直接替我答应了。那是我预定好离家前的倒数第二天，上午时妈妈忽然对我说："你阿姨喊你到她家吃中饭，几个阿姨都去，我们等下骑电瓶车过去。"事情太突然，我没有提前给自己的电瓶车充电，不够骑到县城那么远，好在很快二阿姨就在电话里说骑她的大电瓶车来接我，妈妈则骑她借来的那辆老人电瓶车。我们在镇上停留了一会，到一个过去住上面村子的人开的一家超市买了两瓶不贵的酒，准备拎过去。这个超市里的人并未像她们想象的那样，对她们有额外的客气，实际上那个村里人不在，站在柜台里的他的亲属根本没认出她们。我们把酒放到电瓶车下面，骑上车出发。妈妈借来的那辆电瓶车开得非常慢，原来这老人车的设置最多就只能开成那样。为了等她，阿姨也慢慢骑着，但始终还是比她要快，我们一边等她，一边以此为笑话，说了好多调侃的话。

到四阿姨家时，菜已经全都做好了，客厅一张大圆桌上，两边交错着摆满了双份的菜。这是乡下如今待客常用的手段，怕不够吃，准备太多又怕来不及或太麻烦，所以菜都做成双份，摆到桌子上，保证分量尽够吃。妈妈到这时才知道阿姨还叫了她的亲家；她的大儿子，也就是我的大表弟，如今在县城做生意，他们还没从店里回来，大家就在屋子里一边说话一边等。除了在远方的三阿姨，其他几个阿姨，连同舅舅都来了，谈话内容照例是些关于外公外婆的话，只不过这时剔除了那原本便很少的一点对舅舅不满的部分。有时还夹杂着舅舅对他的姐妹们的几句评判，她们都让着他，并不反驳他。我在那时意识到，就是在这些无聊的、嘈杂的、反复诉说着的相同的话语和熟悉的面孔后面，有着她们想从中汲取的爱与欢乐之类的东西，以及对痛苦的屏蔽，正如爸爸喜欢与他的姐妹弟弟聚会一样。这确实就是她们习惯的、喜欢的相会,在这里面,有着我所不了解的、从过去贯穿而来使她们感觉珍贵的东西,也许只要是相会就已经足够。

这是一所典型的县城房子,三室一厅,客厅和房间都比较大,装修的材质和风格都符合大表弟如今作为一个在县城生活的青年人的标准,也就是说,看上去一切现代化的设施都有,而又都比城市中流行的材质、款式便宜或简陋一些。大桌另一边,靠墙放着沙发,沙发对面墙上,电视一个接一个地放着短视频,小表弟的孩子坐在沙发上,正在那里拿着遥控器看。我这时才知道原来电视里已经有这样的节目,即专门把各种短视频按内容汇成不同频道,供人选择。"是小米盒子。"他跟我解释,问我想看什么,我选了"美食",他就点开"美食"给我看。我们靠在沙发上,边看边说话。比如看到一个视频时我说:"我觉得这个蛮好看的,这个我很喜欢。"或是:"这个视频是骗人的,是把一些东西预先埋在里面再挖出来给人看的。"看下一个视频时,他就问:"这个视频是骗人的吗?"

或是他说:"这个视频好解压哦——"

我问:"你知道解压是什么意思吗?"

他羞涩地一笑,没有回答。我感到后悔,好在过了一会他又说:"这个视频好可爱哦,简直萌化了——"

我们一个接一个地看，直到吃饭。吃完饭又看了会，不久姑父要带他去游泳馆学游泳，于是这个长条的孩子背上一个装游泳装备的小包，准备出门去。妈妈也要回家，这时候五阿姨还在四阿姨的床上眯觉，四阿姨说："你再蹲一会，吃过晚饭再家去欸？"妈妈拒绝了，大家便不再挽留，把我们送出门。快三点钟，外面阳光还十分强烈，我拍拍小孩的后背，说："去游泳吧！"他点点头，跟在爷爷后面走了。

　　回去时阿姨不再送我，我就坐在妈妈的电瓶车后座上，由妈妈带着。带着我，车子就开得更慢了，妈妈在前面专心扶着龙头，车子在柏油马路上慢笃笃开着。来时横亘在天边浩大洁白的积雨云，此时消失不见了，天空中随处一点不太美丽的碎积云。一种缓慢的焦急从心中升起，但不到使人沮丧的程度，我静静坐着，感到裸露出来的皮肤被烈日晒到微微发痛。妈妈搭着一件花遮阳衫，虽然夏天在农田里那样暴晒，她对自己的美却还是在意的。

九

　　到了要走的前一天黄昏，我骑车到村中心去做上火车前必须要有的核酸检测。每隔五天，村里的卫生中心会组织一次核酸检测，整个镇上各个村子如此流转，有一个排了近期核酸信息的表格会在地方微信公众号上流传，但我没有十分注意。这一两年不知何时出现在村中电线杆上的喇叭，每隔几天也会不时播放出让人们去做核酸检测的通知，不过不出门的人从不去做。我以为那天是核酸检测的日子，很快骑到村卫生中心门口，才发现那里没有一个人。我停下车来，走进去，对着里面空空的小办公室喊："有人吗？"不多时一个男人走出来，我问他今天有没有核酸检测，他说："没有，明天才有。"我退出来，想到车票已经买好，于是匆匆骑车去高铁站。回来从高铁站出来时，我曾听见广场上有一个喇叭喊："马路对面有核酸检测，马路对面有核酸检测。"

骑去高铁站的路上，路边喇叭里播放着让小孩子们暑假不要下水游泳的声音。这宣传平日里也常常放，之前去镇上的路上我已听过许多次。它以歌谣的形式呈现，由一些中小学生录好了播放。那声音为了显得积极和牵动人心，念得急促高亢，在寂静无人的村庄路上，显出一种与这几乎不再有孩子的乡村格格不入的城市感。骑到高铁站，果然在对面广场边一排矮房子里，有一个核酸检测点，此时却没有人。我感到不安，在广场上转了一圈，不是高铁到的时间点，偌大的广场上几乎空无一人。后来我看到一个穿环卫服的人，于是走过去用方言问她做核酸的下班了吗，她用一种别处的方言模模糊糊地说："我不清楚，做核酸的人在那边。"说罢指向那排屋子中的一间。我走过去，透过玻璃，看到一个年轻男人正躺在一只大皮沙发里刷手机。我推开玻璃门,用普通话问:"请问核酸做到几点,今天下班了吗?"他半抬身,冷冷看了我一眼,说:"现在不做,火车到的时候才做。"说罢又躺回沙发继续看手机。原来如此。查列车时刻表,半小时后会有一趟列车到站,于是我在广场上又来回走了几趟,等了二十来分钟,忽然看到那人已套上白色防护服往核酸点走去,于是跟了过去。只见里面一男一女两个穿防护服的人,我问:"请问现在可以做核酸了吗?"那人不出声,看了我一眼,停顿了几秒,而后拿起手机,漠然地说:"把身份证拿出来。"

做完核酸到家,妈妈已等了我一会。之前我和她说好要一起上去,到外婆家道别。路边电线上,棕背伯劳又停留在那里,在它身后淡蓝的天空上,粉白的月亮升上来了。此外是黑卷尾、翠鸟。自从在村子里发现伯劳后,我才意识到乡下原来有这么多的伯劳,再去镇上买东西,无论何时都能在路边田野里碰到一两只,黑卷尾也是如此。小的时候我不知道伯劳这个名称,身边也不存在拥有这样知识的人,对于乡下人来说,平常认识的鸟只有燕子、麻雀、布谷,以及喜欢在田里的"牛屎卧子"——即白鹭、牛背鹭等鹭鸟,和喜欢守在水塘边捕鱼、经常会被赶走的翠鸟,再多就不知道了。我对伯劳的感觉,更多是上大学后,在古典文学的诗词中获得的,那时我已经离乡下很远了。是"日暮伯劳飞,风吹乌臼树",

"东飞伯劳西飞燕，黄姑织女时相见"，二十多岁时忧郁的爱恋，寄托于乐府的绮丽和哀愁之上。是要到现在，领悟到伯劳是如此常见的鸟，领悟其棕红与漆黑相映的羽色之显明，才能意识到过去诗人的起兴，是怎样一种出于自然的写实。开始学习看鸟之后，世界隐藏的一部分向我展开了一点，在那里面有一个深邃丰富的世界。

我也还记得几年前自己在这条路上所感到的无力感，那是一个下着小雨的傍晚，也是去外婆家，回来时在这里的小鱼塘前，我看见一只白鹭被鱼塘里的网钩住了。这是附近村子唯一一个有时会在鱼塘上空张捕细网阻拦小鸟的人家，不过那时它并不是被鱼塘上空的丝网钩住，而是一只脚被堆在鱼塘里面一坨蓝色的尼龙网钩住了。它振振翅，想要飞走，却又始终飞不走，只得又站在那里停歇一会。那时我带着很小的小孩，害怕顾不到时他会掉进塘里，没法走过去察看，回去后，因为落雨，又没有办法走到鱼塘中较深的地方查看，同样重要的，恐怕还有没法跟父母说出"我要去救一只鸟"而让他们代为照看小孩的话，便歇下了。第二天，当我终于克服畏难心理，走到水塘边查看时，白鹭已不见踪影。不知是自己挣脱了飞走，还是被人看见捉住了。我为自己不能及时来查看，使事情这样发生而感到难过。在那时，我已经感觉到自身与家园的割裂，我所看到、所感觉到的，与仍旧生活在村子里的人是如此不同,而这些对于他们来说,又有何意义呢?似乎确定无疑的是,我是一个悬浮在外的人,终将会离开这里。

到了外家,外婆这次没有下床,这些天妈妈已经每天扶她出去走过了。我靠在床边,看他们看了会电视,外婆看上去只是在发呆。没过一会,外公又问起我家在哪,是不是在北京城里。我感到懊恼,仿佛是一瞬间,失去了回答的耐心,而是对在旁边忙活的妈妈说:"我家爹爹哦,老是问我家在哪,这要是别的人我都要生气了!"

妈妈说:"你这家爹爹也是的,外孙女儿跟你讲话你老不信!"

没过多久,我便拿起相机,说要去外面拍会照。从相机里看大坝子对岸蓊郁的竹林时,几个邻居从下面走上来了,其中一个就是那问我孩子老家是哪里的。他们停下来,问我相机拍照好不好看,我退却地说:"还行,我只是拍着玩!"害怕他又要问我孩子的事,只给他们看了眼相机里刚刚拍下的照片,就又接着拍起来。他们便继续往上走,去到他们要去的人家,只剩我一人走到塘埂更深处,到了没有人的地方。西边天上,太阳已落到遥远的黯蓝重山顶上了,很快就要沉没下去,此刻将天际线旁染得一片长长的粉红,已经可以用眼睛直视了。风不再炎热,一水之隔的坝子那边,竹林中传出鸟雀的呼鸣。我静静站着,绿色田野中,一杆杆粗大的电线杆向前不断延伸，变得越来越小，远处村落中，三三两两散布着人家的房屋和屋前屋后几棵树，最远处便是重山的屏障。是在悬置中啊，然而这田野的风景，终究使我感到安慰，那是我来自其中的牵引。怀着一种希望有朝一日生活于田野中的人们及其他生灵可以有一种更好的、更与自然和平等相符合的生活的渺茫愿望，太阳很快掉到山那边去了，天空中有最后一抹柔红。我往回走时，看见妈妈已经走下去，几乎已经走到二坝子，于是便也远远跟在后面，回家了。一面想，没有进去再打一次招呼，家爹家奶不知道会不会生气？果然到家后，妈妈说我最后没有进屋跟家爹家奶打招呼，他们生气了。在那时却也使我感到气闷，认为是妈妈用她在意的事情来影响我，使我感到愧疚。直到很晚之后，才终于不再为这件事而攻击自己。

　　是要到后来，我才意识到，能够在悬置中感受，从某种程度上来说，是可以离开和回来的我的幸运。只能停留在此处的人，背负的又是怎样一种无法挣脱的命运？詹姆斯·伍德在文章的结尾中说，很多年后，他才意识到，自己多年前是做了一个重大的决定，这决定在当时却无丝毫重要的象征，直到漫长的时间过后，它当时的重要才显露出来。这跨越漫长时间的领悟，实际上构成了人的一生。我在小的时候，也从未想到后来的我们会那样彻底地离开，虽然追求一种别样的生活，在很早之前便已经由父母的允许与祝祷，刻画进我们的脑海中。那时每逢夏秋，我们都要下田割稻、打稻，这是小孩子在乡下所做的最为辛苦繁重的生活，出于一种强烈地希望子女将来能够摆脱这种绝望的命运的动机，割稻打稻时，父母曾无数次咬牙教育我们："要好好念书！不好好念书明朝二回就只能家来种田！"他们没有料到的是后来迅猛的改革开放，两代人的命运由此改变，绝大部分年轻人都将离开，无论是否好好学习。然而道路仍有千差万别，我们在那时已经感受到生活中绵延的贫穷和无尽的体力劳动所带给人的苦辛与绝望，于是决心要好好学习。那确实也是我们喜欢的事，只是如同迪迪埃和詹姆斯一样，我们在当时也全然不觉，这是一条真正通往告别的路。这离开甚至是从我们上学时起就逐渐开始的，从村里的小学，到镇上的初中，再到县城的高中，最后是离开省份的大学。而那时我们对此毫无察觉，不知离开便意味着永不能像当初一样回来。直至如今，一次次的返回与离开，感受那身处其中的疏离、安慰、孤独、残缺与伤痛，用自己所能有的方式做一些事情，也许也包括记下它们，便是完成我们生命的一部分。

2022 年 8 月—11 月，北京

《乡下的晨昏》补记

一年后的夏天,外公去世了。那些之前看起来只是偶尔发作的病症,最终以未曾预料的速度导致了他的死亡。"死亡"这个词太直接而赤裸了,以致现在打下它的我都有忍不住想要掩饰它的冲动,也许用更委婉一点的说法,"逝世""不在""从这个世界上离开",就不会让人感觉那样难以忍受。但不知为何我只能这样表述,外公的死带来的打击比我想象中——实际上从未想象过——要灰暗而沉重。在乡下的葬礼上,请来的道士套着打皱的道袍,做着潦草的法事,指挥着众人应该如何行动。外公在租来的过去乡下不曾有的冰棺中躺着,在第三日的清晨被送去县城的殡仪馆,又在火化后被埋在了离家不远的山坡上。他的一生这样无声无息地结束了,除了最熟悉的亲人们偶尔还会说起几句关于他的往事,对于其他人来说,就像不曾存在过一样。这一切也会很快散去,如同乡下无数的普通人一样。

关于外公的过去,我一无所知,这并非文学化的说法,而是实实在在的事实。过去奶奶家在屋后,我还曾从她口里听说过一鳞半爪关于她小时候的故事,而对外公则一点也没有。人们也并不谈论他的过往。这使我感到愧疚,在这短暂的记录中,我怀疑自己是否只写出了事情其中的一面,而没有涉及它的另一面。在父亲去世后，迪迪埃·埃里蓬在书里说："我不可抑制地想要回溯时光，试图理解为什么对我来说与父亲之间的交流如此艰难，以至于我几乎不认识他。当我试着思考这个问题时，我发现我并不了解父亲。他想些什么呢？对，就是这个问题，他对这个他所立足的世界抱有怎样的想法？他如何看待自己？如何看待他人？他如何理解生活中大大小小的事件？如何看待自己的生活？"而他的理解是："我终于意识到，我父亲身上那种我所排斥和厌恶的东西，是社会强加于他的。""我确信父亲所生活的环境对他来说是个巨大的负担，这种负担会让生活其中的人受到极大的精神损害。父亲的一生，包括他的性格，他主体化的方式，都受到他所生活的时间和地点的双重决定，这些不利环境持续得越久，它们的影响就越大，反之，它影响越大，就越难以被改变。决定他一生的因素就是：他生在何时、何地。也就是说，他所生活的时代以及社会区域，决定了他的社会地位，决定了他理解世界的方式，以及他和世界的关系。父亲的愚笨，以及由此造成的在人际关系上的无能，说到底与他个人的精神特质无关：它们是由他所处的具体的社会环境造成的。"

这也就如安妮·埃尔诺在她的书（《一个男人的位置》《一个女人的故事》《羞耻》）中所描述的，个人所处的社会阶层对于他们的行为、观念、思想的塑造的决定性。处于底层社会地位的现实带给他们鲜明的特质与无法避免的损伤。我并不十分赞同迪迪埃在这段话里所透露出的完全的社会决定论，如同我在阅读过程中隐隐感觉到的，作为一名同性恋者和出生于底层阶级而获得上升（因而获得了超出于过去地位的外在观察自身的视角）的男性，迪迪埃在理解这两方面都有很强的敏感性和准确性，但在理解同样身为底层阶级但更为弱势的女性方面，则仍然显示出一种更偏向于他的性别的天然倾向，把这其中存在的问题视为几乎等于无。但我仍然担心这些描述是否会带来一些社会地位更高的阶层对于他们的人生高高在上的评论，以为那完全只是出于他们个人的落后、自私或愚蠢。也像迪迪埃所说的："我在精神上依然属于我少年时成长的那个世界，因为我永远也无法在情感上认同统治阶级的价值观。每当听到有人用鄙夷或事不关己的态度评论底层人民的生活方式和言谈举止时，我就感到不适，甚至憎恨。我毕竟是在这样的阶级里长大的。"我拒绝自己的文字为那样优越性的想法提供证明。

2023 年 10 月，外公去世后百日

后 记

  收集在这本书中的散文，大多写于疫情以前。重新将它们从零散的文档中编缀起来，并再作几遍修改，在这期间，我感受到了更多更迫切的想去写新的东西的愿望。我们总是想要往前看，想去感受更多，描写更多，记录更多。目下的心灵有它的向往与痛苦，想要被述说出来，而描写总是滞后一步，出版则更是如此。但这是否也是一种否认过去的倾向呢？我想并不是，只是在这过去几年中，个人的情感和视角发生了变化，要去写现在觉得更为重要的事物，而不再能像刚开始写作那几年一样，只是从过去的回忆中打捞人情与风物——但它们曾经对我的意义是不言而喻的，它们陪伴我走过了前面的路。谢谢大家来读。

  感谢胡子用心给这本书写的序，它让我感受到被理解的快乐和激动。感谢编辑在出版过程中各种各样细致的工作。感谢爸爸妈妈和我的姐姐、妹妹，我们都在艰难跋涉自己的路。

2024 年 3 月，北京